伸子

王華懋——訳

麥田出版

宮本百合子

幡〇〇七

目錄

總序

幡：日本近代的文學旗手

楊照

認識日本的近代文學，一定會提到夏目漱石。夏目漱石在一九〇〇年到英國留學，一九〇三年才回到日本。具備當時極為少見的留學資歷，夏目漱石一回到日本就受到文壇的特別重視。在成為小說創作者之前，夏目漱石已經先以評論者的身分嶄露頭角，取得一定地位。

一九〇七年夏目漱石出版了《文學論》，書中序文用帶有戲劇性誇張意味的方式如此宣告：

……我決心要認真解釋「什麼是文學？」，而且有了不惜花一年多時間投入這個問題的第一階段研究想法。（在這第一階段中，）我住在租來的地方，閉門不出，將手上擁有的所有文學書籍全都收藏起來。我相信，藉由閱讀文學書籍來理解文學，就好像以血洗血一樣（，絕對無法達成目的）。我發誓要窮究文學在心理上的必要性，為何誕生、發達乃至荒廢。我發誓要窮究文學在社會上的必要性，為何存在、興盛乃至衰亡。

這段話在相當意義上呈現了日本近代文學的特質。首先，文學不再是消遣，不再是文人的休閒娛樂，而是一件既關乎個人存在、也關乎社會集體運作的重要大事。因為文學如此重要，所以也就必須相應地以最嚴肅、最認真的態度來看待文學，從事一切與文學有關的活動。

其次，文學不是一個封閉的領域，要徹底了解文學，就必須在文學之外探求。文學源於人的根本心理要求，也源於社會集體的溝通衝動。弔詭地，以文學論文學，反而無法真正掌握文學的真義。

夏目漱石之所以突出強調這樣的文學意念，事實上，他之所以覺得應該花大力氣去研究並書寫《文學論》，是因為當時日本的文壇正處於「自然主義」和「浪漫主義」兩派熱火交鋒的狀態，雙方尖銳對立，勢不兩立。夏目漱石不想加入任何一方，更重要的，他不相信、不接受那樣刻意強調彼此差異的戰鬥形式，於是他想繞過「自然主義」及「浪漫主義」，從更根本的源頭上弄清楚「文學是什麼」。

日本近代文學由此開端。從十九、二十世紀之交，到一九八〇年左右，這條浩浩蕩蕩的文學大河，呈現了清楚的獨特風景。在這裡，文學的創作與文學的理念，或者更普遍地說，理論與作品，有著密不可分的交纏。幾乎每一部重要的作品，背後都有深刻的思想或主張；幾乎每一位重要的作家，都覺得有責任整理、提供獨特的創作道理。在這裡，作者的自我意識高度發達，無論在理論或作品上，他們都一方面認真尋索自我在世界中的位置，另一方面認真提供他們從這自我位置上所瞻見的世界圖像。

每個作者、甚至是每部作品，於是都像是高高舉起了鮮明的旗幟，在風中招搖擺盪。這一張張自信炫示的旗幟，構成了日本近代文學最迷人的景象。

針對日本近代文學的個性，我們提出了相應的閱讀計畫。依循三個標準，精選出納入書系中的作品：第一，作品具備當下閱讀的趣味與相關性；第二，作品背後反映了特殊的心理與社會風貌；第三，作品帶有日本近代文學史上的思想、理論代表性。也就是，書系中的每一部作品都樹建一杆可以清楚辨認的心理與社會旗幟，讓讀者在閱讀中不只可以藉此逐漸鋪畫出日本文學的歷史地圖，也能夠藉此定位自己人生中的個體與集體方向。

導讀

在「女性主義」出現以前，領先時代的女性自覺

楊照

宮本百合子是日本近代文學中重要的「女流作家」，她出身顯赫的貴族世家，後來卻因為堅持左翼立場而在軍國主義及戰爭中飽受折磨，有著如此高度反差的人生際遇。

宮本百合子出生於一八九九年，本姓中条，她的父親是知名的建築師中条精一郎，一九〇四年到一九〇七年間在英國留學，取得了劍橋大學的學位。母親西村葭江是維新時期知名啟蒙思想家西村茂樹的女兒，西村茂樹曾經成立「日本弘道會」，更為知名的經歷是和福澤諭吉、森有禮等六人結成了「明六社」，建構了明治時期日本吸收歐洲知識思想的重鎮。西村葭江在嫁給中条精一郎之前，以第一名畢業於華族女學校，還獲得明治天皇親自頒獎。

在從中条百合子成為宮本百合子之前，她曾有過另一個來自婚姻的名字——荒木百合子。於日本就讀女子大學英文科後，父親安排她到美國留學，一九一八年九月抵達紐約，兩個月後在紐約親歷目

睹了第一次世界大戰結束所引發的狂歡騷動。她進入精英的常春藤名校哥倫比亞大學當旁聽生，認識了當時在哥大攻讀博士的荒木茂，發展了一段海外自由戀愛，決定嫁給荒木茂。

結婚時兩人的生命經驗有著奇特的不對稱。從一個角度看，百合子當時才十九歲，荒木茂比她年長十五歲，已經三十四歲了。換另一個角度看，十九歲的百合子不只是家世提供了她得以前往二十世紀新興繁華都市紐約，她自己也很早就表露出驚人的早慧寫作天分。十二歲開始模仿《源氏物語》寫古典風格的長篇小說，隨後轉換為積極學習現代小說，十七歲時，她的第二部長篇小說就在地位極高的啟蒙知識重鎮媒體《中央公論》上連載，同年又以書籍形式出版。去紐約之前，她已經是出版了兩本文學著作，備受矚目、引發眾多討論的亮眼少女作家。相對的，荒木茂是哥大東方語言學系的老博士生，選擇的專業是極度冷門的古波斯語，不要說在日本沒有任何知名度，就連何時能畢業、畢業之後能做什麼，都是一片茫然。

百合子要嫁給這樣的人？她出身華族、個性強烈的母親無法理解，後來更表現出無法接受的態度，進而從現實觀點懷疑荒木茂一定是別有用心，將和百合子的婚姻視為「登龍之術」，要藉此擺脫自己困蹇的人生境況。為此，百合子和母親之間起了很大的衝突，一度甚至被母親禁止回到娘家。經歷了種種風波，百合子終於在婚後第五年選擇結束了這段婚姻。決定要離婚時，她也就開筆寫《伸子》這部小說，雖然採取了小說的形式，實質上鉅細靡遺記錄了婚姻過程。

可以這樣說吧，《伸子》等於是百合子為自己而寫的一份「婚姻自白書」，追索、交代了自己到底經驗了什麼、思考了什麼。小說中和現實裡一樣，母親占據了重要的地位，百合子似乎像是在母親關切、質疑、困擾、憤怒地凝視下，決定仔細認真地解釋自己為什麼違反母親及大部分人的預期，選擇了他們都認為不適合的荒木茂作為丈夫。在這過程中，一邊向母親說明，一邊也以小說和寫作的自己對話，盡量弄明白究竟這場婚姻對自己的意義是什麼，如此才能確定下一步該如何決定。

促使百合子如此檢視婚姻，除了母親、除了她從小擅長的小說形式帶來的作用外，還有一個不能忽略的強烈因素，那是突然闖入她生命中的湯淺芳子。湯淺芳子比百合子年長三歲，本來也要進東京女子大學讀英文科，卻中途轉向，成了日本最早的俄羅斯語言與文學專家。湯淺芳子選擇少人行走的道路，一部分和她的女同志情感特質有關，她二十四歲就在京都和當紅的名藝妓同居。湯淺芳子與眾不同的風度，不接受男性權威的態度，深深吸引了百合子，更提供了她得以擺脫自己和母親爭執，從第三角度來分析看待婚姻的動力。

百合子離婚後，一度和湯淺芳子住在一起，一九二七年年底，又相偕前往革命後的蘇聯訪問。這次離開日本三年多，住過蘇聯，又廣泛遊歷了歐洲，回到日本時，百合子徹底脫化成了一位忠貞的共產主義信仰者，認定了共產主義是人類應該追求的美好未來。

她積極參與了「全日本無產者藝術團體協議會作家同盟」，更進一步成了正式的共產黨員。那是一九三〇年，日本政治與社會正快速朝向軍國主義傾斜變化的關鍵年代，百合子卻明確、堅決地逆反潮流，在一九三二年和共產黨核心幹部宮本顯治結婚，於是才有了現在大家熟知的「宮本百合子」這個名字。

一九三三年，右派政府對日共發動了大鎮壓，宮本顯治被捕，接著百合子也遭檢舉而被拘留。之後一直到戰爭結束的一九四五年，十多年的時間中，百合子的作品幾乎無法發表，難得出版的書籍也遭到查禁，還數度進出拘留所。一九四四年十二月，宮本顯治甚至在審判中被處以無期徒刑。幸好沒有多久，日本戰敗，一九四五年十月，宮本顯治得以獲得釋放。

這十幾年的經歷，讓我們看到了宮本百合子的堅強韌性，以及近乎不可思議的強大創作動機，那麼嚴酷的環境都阻止不了她持續寫出作品，不管能不能發表，在哪裡發表。戰後重獲寫作自由，經過了一些曲折，到了生命最後的幾年，宮本百合子將精神專注投入在《道標》三部曲的寫作。《道標》等於是《伸子》的續篇，從《伸子》結束的地方開始，追述、描繪了離婚之後的生活，重心從婚姻移轉到絕對不會有婚姻糾葛的新關係上，也就是從思想到欲望到社會關係，年輕的百合子如何受到湯淺芳子影響改造的過程。

雖然中間相隔了四十年，《伸子》和《道標》一前一後明顯構成了宮本百合子文學的核心，也是她最感人最成功的作品。她少女時期起步寫小說，正逢「白樺派」當令，她很自然迎向那樣一種關切下層人民的號召，十七歲就以成長中去鄉間探訪外祖母時所見所聞，寫成了帶有高度社會意識的《貧窮的人們》，後來正式加入左派行列，寫了更多帶有社會寫實精神的作品，但終究在根柢裡，宮本百合子還是相當醉心於「私小說」的浩然傳統，並且反而是以「私小說」風格完成的兩部自傳小說，獲致了最高的文學成就。

連結社會意識與「私小說」的，是宮本百合子堅毅固執的女性自覺與女性立場。在「女性主義」尚未成為通用的專有名詞，也還沒有明確的概念形體之前，宮本百合子已經藉由不懈的自我凝視與自我剖析，塑造出完全與傳統不同的女性生命意義。也因為是那樣走在時代之前的先端探索，沒有什麼現成理論可供依傍、抄襲，宮本百合子直接從生活體驗而來的感動、疑惑、掙扎、決斷，格外親切格外鮮明，經過了將近一個世紀，仍保存著和當今讀者直接感性對話，尖銳刺入生命實感的力量。

《伸子》書中，宮本百合子真誠、深刻地將自己愛上荒木茂（小說中的佃一郎）的經過，一方面以在紐約所受到的衝擊作為大時代的背景，另一方面又添上了和父親先後染上流行性感冒（在當時是可以致命的凶猛病症）的打擊聯繫上，細膩地呈現了那份愛情不是一見鍾情，不是一時糊塗，而是有著環境條件加持基礎的。

除此之外，周遭其他人以各種方式試圖介入，提醒她佃一郎不是好對象的熱心，也產生了逆向推波助瀾的作用。她那樣一顆早熟開始創作，不願受到傳統集體束縛的心，反而被這些現實算計推向了完全不具備社會資源與地位的佃一郎。她愛上了佃一郎，因為她更愛不被別人決定婚姻的自由。

然而這樣自由選擇的婚姻，也就只能由自己承擔。小說的後半本，宮本百合子敏銳地捕捉了兩人相處中的互動細節，揭露了很多人不願去看更無能真摯體會的婚姻實景。正因為以戀愛之心走上婚姻之路，十九歲就結了婚的這個愛好自由的靈魂，也就必須誠實面對「婚內失戀」的情況。更進一步，她還要自由地去決定該維持還是該放棄這段婚姻。

《伸子》完全從女性的角度進行書寫，用的雖然是第三人稱，卻甚至沒有要假裝客觀提供佃一郎那邊的解釋，如此而製造出了一種特殊的窒息性氣氛，持續陷入帶有隔閡的沉悶狀況中，帶引讀者一起思考，如何才能突破這樣的透明障壁，還有，可以忍受在這種障壁中繼續婚姻嗎？婚姻成立與維繫的要件到底是什麼？

將近一百年前宮本百合子對於婚姻的質問與反思，一百年後仍然可以有效觸動任何想認真理解婚姻的讀者。

第一章

1

伸子雙手繞到身後，憑靠在半開的窗框上，望著室內情景。房間中央有張長方形大桌，桌上雜亂地堆著文件——打字機的紫色墨字暈滲、草率地裝訂成厚厚一冊的紙頁，以及邊角釘夾閃閃發亮的某些備忘錄——兩名男子就隔著這些文件，聚精會神地念誦比對著內容。頭頂的水晶燈光線清晰地照亮這些，落在鼠灰色地毯上。

就如同照耀整個房間的單調燈光，兩名男子的工作內容亦單調無趣。穿著手紡呢衣物的黝黑清瘦男子左手拿著成冊紙頁，目光掃視著，一頁翻過一頁，口中不停地讀出長串數字。男子對面，伸子的父親佐佐淺坐在椅子上，手拿藍色鉛筆，毫不大意地檢查數字。他穿著款式高雅、條紋特殊的有領吸菸外套[1]。儘管穿著休閒，他卻已埋首於這機械式的忙碌工作超過三十分鐘了。

1　譯注：指流行於十九世紀五〇年代於抽雪茄、菸斗時穿著的男性外套。

旁觀的伸子不理解那工作內容，也不明白有什麼必要非現在處理不可。她之所以安分地退到窗邊看著，主要是因為她從小就學會要認分，父親在忙的時候絕不能打擾。但她卻也漸漸被他們的動作給吸引了。

「二八七點二六〇。五九三〇三點四二七……」

以不重不輕的平坦語調飛快念誦的聲音，就彷彿紡錘勤奮的運作聲。佐佐的藍鉛筆順著那聲音，以近乎全自動的敏捷，精細而一絲不苟地沙沙滑動著。這裡頭生出一種獨特的節奏，專注地看著，便能感受到近似機器規律運作帶給人心的、強力扎實而又精力充沛的亢奮。

他們一口氣處理完兩疊裝訂成冊的大開本文件，接著稍微放慢速度比對完第三份薄薄的備忘錄後，佐佐如釋重負地行禮並挪開椅子說：

「啊，真是辛苦了。」

四下的緊張一口氣弛緩下來，連伸子都情不自禁地鬆了一口氣，外界的噪音驀地自身後一擁而上。正值晚飯後時間，人們都上街去了。伸子所在的五樓正下方的百老匯大道，無數行人絡繹不絕的腳步聲、談笑聲融為一體，化成散漫不定的濃濃雜音，直升而來。汽車尖銳的喇叭聲穿透都會彌漫至夜空的巨大喧囂，在燈柱下叫賣晚報的報童高亢的吆喝聲斷斷續續。——手紡呢衣物男子迅速理好文件，收進自己的黃色手提包裡。接著他和佐佐交談了兩、三句，遠遠地向伸子道別，以做作的快步離去。佐佐送男子到門口。

回來後，佐佐津津有味地吐出香菸的煙說：

「好了——差不多該出門了。」

伸子離開窗邊，在一旁的長椅坐下問：

「真的要去嗎？」

「怎麼這麼問？妳也要去吧？我已經這麼回覆人家了。」

「我——不想去了。」

「為什麼？」

「我累壞了。而且……好像不怎麼有趣。」

「唔……」

佐佐沉默地看著自己吐出來的煙半晌，徐徐地說：

「不用換衣服了，妳也一起來吧。只要去了，總會有收穫的。再說，得趁著我還在的時候，多認識一些人，否則到時候只剩妳一個，總是不方便。」

今晚伸子和父親受邀參加日本人學生俱樂部主辦的類似茶敘的活動。邀請函上說，這場懇親會的主賓是最近剛從故國來美的某文學博士，卻完全無法勾起伸子的興趣。伸子本身也是紐約初來乍到的旅客。午後她一個人前往陌生的下城購物，精疲力盡地回來。想到連晚上都得規規矩矩地待在人群之中，她實在有些厭煩。但健康而精力旺盛的佐佐大多數時候都不顧伸子內向的性情。他總是以不像將屆耳順的活潑拖著伸子四處跑。這顯然是出於父親對女兒的關愛，想要趁自己停留此地時，讓伸子熟悉環境，並廣為結交。他是來這座都市出公差，僅停留短暫的三個月。他回國以後，伸子將一個人留在這裡。旅行期間，伸子縱然不情願，大抵上也都是跟著父親到處走——從市公所到某家大銀行的鐵絲網內，深入人們坐在錢幣堆裡以蒼白的指頭數錢的悶熱房間裡。但是對此地陌生、又沒有特殊目的的伸子，若是不跟著父親走，肯定又會覺得日子漫長得難熬，就宛如被丟在一邊的石頭般無趣——現在她也確實不想出門。但一想到父親離開後，自己得一個人悶在飯店房間直到十二點，又不禁毛骨悚然。

伸子踢動雙腳，磨磨蹭蹭，這段期間，佐佐逕自踩著活力十足的步伐進臥室去了。很快地，開著的門內傳來潑水聲、放下髮梳的輕脆碰撞聲。窗外是夜貓子大都會毫無睏意的喧鬧，以及對街建築物屋頂上旋繞的廣告霓虹燈忙碌的閃爍。漆黑的夜空反射著下界的燈火，染上朦朧的溼潤。

一股孩子氣的恐懼油然而生：

「萬一被丟下就糟了！」

她匆忙起身追上父親。佐佐已經梳好頭髮，站在房中央，一隻手正要穿進外套袖子裡。伸子見狀急忙說：

「抱歉，可以等我一下嗎？我還是去好了。」

伸子快步走到鏡前。

佐佐看看時鐘：

「快沒時間嘍？」

「很快就好，五分鐘就好！」

伸子迅速梳理頭髮，戴上褐色的小圓帽。

2

隨著街號增加，行人漸減，街景變得冷清起來。

父女來到拉下百葉簾的陰森大櫥窗，在街角往左彎。一離開大馬路，頓時變得陰暗，好似連平緩的下坡路路面都看不清楚了。隔著前方一條大馬路的另一頭是哈德遜河，不時有刺骨的夜晚河風颳過。河畔公園樹葉落盡的樹木間，立著朦朧綻放冰冷蒼白燈光的煤氣燈。

寒冷與寂寥之外，又攙雜了恐懼，令伸子感到異樣的緊張。她不自覺地用力抱住父親的手臂。

「一片漆黑呢。你知道在哪裡嗎？」

佐佐的鞋跟敲出聲響，不停留意著右側人家，以有些異於平時的壓抑語氣說：

「應該還要再前面一點。——不過每戶人家都長得一樣，真教人沒轍。路燈實在太少了……」

確實，左右並排著幾十戶人家，狹窄的門面如出一轍，都有著低矮的鐵柵欄及高上三、四階的屋門。街道上稀疏的路燈光線，照不到這些和路面有段距離的樸素門口。兩人幾乎是一戶戶查看著這些陰暗的人家門口前進，愈來愈感到孤寂。就在他們開始厭煩的時候，前方出現一道透出燈光的拱窗。窗簾隙縫間映出室內男子走動的立姿，傳出聽不清內容的話聲——

伸子扯了扯父親的手臂。

「是這裡！」

佐佐看了一下屋子外觀，走上門口階梯，撳下門鈴。短促而無餘韻的鈴聲立時在門內響起。伸子生出期待與好奇。這陰暗的巷弄正令她陷入莫名的不安，導致她感覺這道老舊的玻璃門另一頭似乎有某些溫暖愉快的事物在等待。玻璃很快地映出人影，橡木門意外順暢地朝內打開。開門的男子見到兩人，將門開得更大，語氣恭敬地寒暄道：

「歡迎光臨。請進……」

佐佐一進門廳，立刻脫下外套。伸子張望四周。右側牆邊有附鏡子的高帽架，左側擺著有葡萄藤蔓厚浮雕的長椅，前方是通往二樓的平緩階梯。屋內有間以厚重的門簾遮掩視線的開放房間，那間廳房傳來全是男聲的鏗鏘有力談笑聲。那附近堅固的褐色橡木圓柱及鑲板在燈光下反射著光澤，令伸子感到舒適的感動。這一帶滲染著某種讓她感到新鮮的氣味。家具上光劑的氣味，與香菸、羊毛和某種乾燥皮革散發的氣味合而為一，感覺就是純男性的住居。

開門的男子協助佐佐褪下外套後說：

「請往這邊走。也有許多女士光臨……」

伸子微微頷首，這時第一次清楚地看到男子的容貌。男子穿著白色低領而有些磨損的樸素黑衣，打著黑領帶。相貌陰沉，但渾圓寬闊的下巴很有特色。伸子邊上樓邊問：

「請問安川小姐有來嗎？」

年約三十五、六歲的男子以應是天生的低沉嗓音回道：

「有的。」

上了二樓，有個房間房門半掩，裡面傳出女人的談話聲。男子出聲：

「安川小姐，佐佐小姐來了。」

室內頓時安靜下來。

「咦！她來了？」

話聲剛落，安川便大步趨前出現在門檻上。領伸子上樓的男子下樓去了。安川冬子是伸子短暫就讀專門學校期間的學姊，非常勤學，是眾所公認的模範生。伸子只和她交談過一、兩次，但是在此地，稱得上來自大海另一頭的朋友，就只有安川一個人。安川約一年前便進入C大學攻讀教育心理學。

安川稀罕地打量伸子：

「我聽說妳要來，但因為我都不出門，所以不知道妳已來了。妳來得太好了——什麼時候到的？」

「三星期前。」

安川一點都沒變。她以同樣令伸子驚訝的一如既往的爽脆口吻問：

「聽說妳和令尊一起來的？」

「對，我是他的跟班。」

伸子感覺在這些女人面前，自己被當成小女孩般看待。

「今晚他也來了，在樓下。」

「這樣啊。——真好。妳現在住在哪裡？」

「布倫特飯店。」

「啊，那裡我去過。——我來介紹，這位是高崎小姐——她是高師[2]畢業，主修家政學。這位是名取小姐——攻讀音樂——」

伸子逐一向每個人周到地行禮。

大略寒暄、簡短問答完畢後，伸子感到一陣說不出是失望還是意外的模糊寂寥。在場的人裡面，沒有一個讓她一眼就產生某些好感。她們的主修不同，容貌亦各異，然而每一個都像能幹的人那樣，不論在物質或精神上都極為忙碌，彷彿不斷地受到催趕，毫無餘裕。這些就像她們枯燥無味的衣著，毫不例外地成了她們的特色。伸子將脫下的外套擱在旁邊的椅子上。

一度中斷的學校話題、留學生的流言，很快地再次死灰復燃。有人親切地向伸子攀談，伸子友善地逐一回話，然而心卻異樣地沉鬱。充斥這個房間的生活圈之狹隘、氣氛之憋屈，總教人侷促，無法融入。好不容易進入全新的環境與生活，這些海外遊學生卻不聞不見，即使和朋友在一起，也只知道埋首學業、功課與忙碌，或談論第三者全無興趣的他人流言，這種狀況，教伸子感到恐怖。

即使下去一樓的廳堂，伸子仍擺脫不了受到束縛的感覺。

佐佐愉悅地坐在廳堂角落的安樂椅上，說個不停。

剛才領她上二樓的男子靠在入口附近簾子旁的柱子上，雙手抱胸，正與坐在椅子上的另一名男子交談。椅子上的男子膝上不合時宜地躺著一隻蜷成一團的黑白貓。男子愜意地邊摸貓邊說話。這散發家庭氣息的情景讓伸子覺得舒服。伸子想要向旁邊的中西打聽那名男子叫什麼。中西是後來才到的小姐，聲音悅耳，說話充滿感情。

結果，剛才的男子笨拙地挪動著魁梧骨感的身軀，來到就在她前面的桌子旁。他伸手做出拂拭桌角灰塵般的動作，以低沉的嗓音進行開會致詞似地開口：

「各位晚安——」

周圍幾張臉轉向聲音所在，整間廳堂的嘈雜安靜下來。一片靜默當中，有人在拼木地板上挪動椅子。裝模作樣的清喉嚨聲響起……

男子略低著頭，平淡地對許多人蒞臨參加表達謝意，歡迎並介紹松田博士後，坐了下來。松田博士是個外貌溫厚的中老年人。他站了起來，隨性地聊起從藝術鄉土特質觀點，對美國繪畫藝術的觀察心得。

說著說著，博士略帶沙啞的平坦嗓音轉往泛泛之談，伸子很快地又感到不滿足了。她聽著博士的話，開始比較對面一字排開的男士們。大部分的人都轉頭看著立於廳堂右側的博士，因此從伸子這裡只看得到許多張臉的左半邊。紅光滿面、眼皮浮腫的庸俗面孔；膚色泛黑、眼鼻粗糙、八成有口臭的容貌；又或是臉頰到嘴邊瘦削無肉，擁有疑似黏液質[3]光滑皮膚的臉龐。腳擺放的位置、憑靠椅子的姿勢，在在似乎顯現出隱藏的部分性格，讓伸子覺得這項觀察很有趣。看正面時伶俐精悍的某個青年，側面卻彷彿暴露出他的魯鈍，顯得虛弱無力。伸子忽然對平素難得看到的自己側面感到幾許不安。她一個接著一個看去，目光落在斜對面剛才那個不知名也不知道職業的中年男子身上。

男子坐滿了整張椅子，應該是習慣動作，雙手緊緊地交抱在胸前，略低著頭。伸子送出不必擔心

2 譯注：指女子高等師範學校，為培養女校教員而成立的日本舊制學校。
3 譯注：古希臘醫師希波克拉底將人分成四種體質（多血質、黏液質、抑鬱質、膽汁質），認為是體質決定了人的個性。

被對方發現的一瞥，心中一隅生出輕微的困惑。男子的側面有著她看過的任何一個男人都欠缺的特質。其他男人，容貌與身體都有著相同的力量密度——亦即是以無異於胸膛的相同血肉所構成，然而唯獨這名男子，那肩膀寬闊的北方人體格與上面的臉之間，有某種扞格不入的微妙差異。從腳部以相同的力道一路往上看，來到臉部時，視線卻在這裡被某種複雜的東西給絆住了——某種質樸、感傷，就像無法順暢發露於外，轉而內攻般的情感化成了陰翳，蔓延在那張下唇緊抿的蒼白側臉上。

伸子的視線後退了一兩次。她被那張陰鬱的側臉挑起了好奇。男子臉上有的，絕非許多人都擁有的那種得意人的快活，也非剛毅，而是某種陰影，接近黑暗。愈是注視，愈讓人強烈地想要知道那種陰翳是來自何處的什麼。

松田博士說完了。

四下興起比先前更融洽的談笑聲。走廊的門打開，送來冰淇淋與糕點。而令伸子好奇的男子再次起身了。他提議因為有新面孔，希望大家依序自我介紹。伸子最痛恨這種事，忍不住朝遠處的父親投以求救的眼神。但父親聽到這項提議，一臉愉快，眼角皺紋泛著可親的微笑，仍舒舒服服地坐著。

「那麼——古人說『請自隗始[4]』，我就自告奮勇了。」

男子名叫佃一郎，在C大學攻讀比較語言學，學習古印度伊朗語。家鄉在日本海側，研究之餘，也幫忙基督教青年會的工作。他最後說：

「有任何我幫得上忙的地方，都可以找我，請不必客氣。」

古代語言的研究，與世俗的基督教青年會的工作之間，在心境上有什麼必然的關聯嗎？伸子感到難以釋然。但他的主修科目給了伸子模糊的滿足。因為她覺得他臉上的神韻與他的研究之間有某種性格上的關聯。

接著起身自我介紹的人，幾乎都是主修政治、經濟、社會學和法律等。抱著貓的男子叫澤田，主修植物學。女人們也分別簡短地說明各自的抱負或目的。伸子因為尷尬，只冷冷地說了句「我叫佐佐伸子──請多指教」就坐下了。她實在沒有勇氣在這麼多人面前告白，說自己想要更深更廣地了解人們的生活，在死前完成一部傑出的小說。

父女在接近十二點時回到了飯店。

伸子洗完澡，換上居家服，把玩著白天買的精巧銀製封蠟工具──現在是歐戰爆發第五年，每天各處都有紅十字會或為了勞軍而舉辦的義賣會。伸子在其中一處發現了這樣古色古香的玩意兒──這時換上睡衣的佐佐走過來說：

「明天早上九點佃要過來，別忘了。」

「佃先生──今天晚上的？」

「嗯。──南波託我幫他找姪子，我雖然十分牽掛，但一個人實在無能為力，所以想請他幫點忙。」

佐佐大略說明。

「佃好像在這裡待了很久，一定可以找到什麼線索。搞不好──不，說不定他就知道南波的姪子在哪裡……再怎麼說，要在這種滿坑滿谷全是人的大都會裡找出一個失蹤多年的人，可是件大工程呢！」

4　譯注：原指拿自己做一個榜樣。後比喻自願帶頭。

然後佐佐說：

「妳也快睡吧。」

他就像享受活動之後的睡眠般，立刻上床去了。

3

隔天早上，伸子一如往常，恢復了精神，神清氣爽地醒來了。臥室窗簾依然拉上，細微的縫間，一條光線如顫動的金絲般射入陰暗的房間，在梳妝台的白粉壺上投射出燃燒的小火炬般的閃光。

她懷著靜謐的心情，掀開蓋被坐起來。伸頭看看另一邊的床，父親似乎已經起來了，床是空的。

伸子望向枕畔的鐘。九點半。她立刻想起了昨晚的約定——

她穿上居家服，打開窗戶。今天也是個好天氣。天空籠罩著些許霧氣，朝陽溫暖地照耀著十月下旬的街道和建築物。伸子好整以暇地洗了臉，梳了頭，換好衣服。她穿著和昨晚一樣款式素雅的白絹領深藍色衣物下去大廳。

早晨的大廳一片清澈，大理石圓柱和熱帶植物盆栽安置在清爽無塵的空氣裡。

伸子環顧人影稀疏的大廳，發現父親和佃並坐在餐廳入口附近的長椅上，正在說話。她目不斜視地往那裡走去。

「啊，妳起來了。」

伸子先向父親道早，接著對為她拉椅子的佃說：

「昨晚失禮了。」

「我才是失禮了。妳一定累了吧。」

佐佐和佃很快又回到原來的話題。兩人決定在日文報上刊登南波武二的尋人廣告，佃並且會調查市內住宿設施的登記簿。

伸子在一旁聆聽兩人說話，覺得佃即使來到這裡，他的臉和聲音依然保有昨晚吸引她的氣質。而且像這樣面對面，他有一種將她廣漠漂泊的感情繫住、牽往狹窄的某處的特質。讓她感覺受牽引的是什麼？顯然不是外在因素。佃的服裝在早晨清晰的光線中，看起來比昨晚更不時髦，也不高級，毋寧顯得寒磣。容貌亦是，不僅遠遠稱不上俊美，甚至比在燈光下看到時更顯陰沉。然而不知何故，他卻有某種挑起伸子好奇的特質。

談話告一段落，佐佐邀佃說：

「如何？要不要一起喝杯茶？我們正準備要用餐。」

佃先是婉拒，但一起在桌旁落座。伸子聽他聊起來自日本的勞工如何淪為流浪漢，以及嗜賭成性的男子等軼事。佃是個口拙的人，無法主動天南地北地聊開。他說得趕去上課，很快就告辭離開了。

伸子和十一點前要去下城的父親離開飯店，一起前往地下鐵車站。兩人在車站道別，她一個人徒步前往美術館。

除了週末，美術館內總是一片冷清。一進門的右邊，有間全是羅丹作品的展間。林布蘭的《拿石竹花的女人》前，一名疑似義大利人的男子正在臨摹。男子全神貫注，穿著美術家風格上衣的背部蜷曲著，比對著原畫與自己的畫，細心努力重現原畫神祕傑出的色調，但看在伸子眼裡，他的畫布完全就是一團醜惡。其他地方，有個中年女子就像石版印刷般精細地刻畫著阿拉伯人騎跨在躍動的黑馬上高舉長槍的畫，也許是準備拿來用在雜誌封面上。伸子在樓下的咖啡廳簡單用過午飯，四處閒逛。

正準備要回去時，她忽然靈光一閃，再次折返樓上。她迷失了一會，最後詢問守衛，進入某間無人的展間。那裡是展示古代波斯美術品和抄本的陳列室。

原本籠統地以為是土耳其美術品的精緻蔓藤花紋銀飾、地毯、藍黑色釉藥對比美麗絕倫的陶器等等，竟全是伊朗人製作的，這令伸子驚訝。進門後盡頭處寬闊牆面上高掛的飾瓦，讓她感覺到異樣的懷念與興味。那是一幅貴人行樂圖，貴族青年男女在春季花朵盛開的樹下交談，侍女的衣裳被春風吹動著，自另一頭捧著酒瓶前來，畫面歡樂，但公主寬下巴、圓臉頰、粗眉毛的相貌，以及有領巾的服裝，都與日本所謂天平時代[5]的風格一模一樣。不僅如此，開滿各處的花朵可愛的形狀，樹木和天上的飛鳥造形，以及濃濃地妝點著這些的釉藥的黃、紫、綠、藍等熟悉的配色，都讓人不由得聯想到奈良時代的美術風格。

伸子感覺身體熱了起來。她在心中忙碌地從波斯、中國聯想到日本。但伸子的東洋美術史知識實在是過於貧瘠，無法立刻想到這三者之間正確的關聯。

她繼續以困惑和好奇的眼神觀看許多玻璃櫃裡的卷軸。有纏頭巾、大頭大眼的國王坐在轎子上的畫，以及狩獵的畫。餘白處有疑似記錄的文字，但那些以朱紅或金色裝飾、宛如花紋般的文字，如果沒有圖畫，伸子連上下都分不出來。她踩出腳步聲走下美術館漫長的石階，內心訝異道佃真的在研究那種文字嗎？

星期六，伸子和父親一早就出門訪問郊外的朋友。

三點過後兩人回到市內，佐佐說他傍晚前在下城有事，伸子便一個人先回飯店了。她正要走向電梯，有人叫了她的名字。回頭一看，身形靈敏的雀斑臉門房跑過來，一字一句地報告：

「小姐有訪客。客人剛來，在那邊等您。」

伸子納悶是誰，回到大廳。定睛一看，佃就和昨天一樣，坐在餐廳入口附近的角落。伸子立刻察覺他的來意。佃占居一處，就彷彿認定那裡屬於他，這讓伸子感覺到他的踏實。伸子自在地向他寒暄：

「你好。家父還沒回來，我可以效勞嗎？」

伸子在他對面坐下。

「昨天說的廣告，我去刊登了，現在送收據過來。」

「啊，太感謝了。」

伸子看了一下佃遞過來的紙片，收進手提包裡。佃看著她的動作說：

「還有，今早我去看了一下彌爾斯飯店，也就是我之前提過的那間市立旅館，但最近的登記簿上沒有那個名字……我請對方讓我看了近三個月的記錄。」

「啊，不必那樣急著辦呀。」

伸子驚訝他怎麼那麼閒。

「家父就像那樣，是個急性子，拜託的時候匆匆忙忙地說上一大堆，但你大可有空的時候慢慢處

5 譯注：指以天平年間為中心的奈良時代（七一〇—七九四）。

理就行了。」

「不，沒關係。昨天下午我剛好沒事。那麼，令尊回來的話，請轉達他廣告應該後天就會見報。至於彌爾斯那裡，我這兩、三天會再去看看。因為我稍微有一點底……」

「麻煩你了。」

但伸子總不願意就這樣起身道別——佃看來也不急著走，沒有要拿起擱在邊几的帽子和手套的意思。很快地，伸子笑道：

「你說你主修的伊朗語——那真的很神祕呢。昨天我去了大都會博物館，順道看了一下，我連哪邊是頭哪邊是尾都看不出來。」

佃也點點頭笑了。他的笑容就像靜謐湖泊上擴散的漣漪。他問：

「妳看了什麼？卷軸嗎？還是拓印？」

「玻璃櫃裡的卷軸——有圖畫的。波斯人現在也用那種文字嗎？」

「文字沒有多大的不同，但語言變化很大，文字也是，上古時候用的是不一樣的楔形文字。」

伸子興致勃勃地看著佃說：

「他們都用那種文字寫些什麼呢？都是記錄之類的嗎？」

「不！」

佃強而有力地否定。

「也有許多史詩和故事。——不過在更早以前，使用楔形文字的時代，都是在岩石等刻下國王征服其他民族的簡短記錄——」

伸子隨著熱中於對話，語氣開始變得率直不造作。

「文字愈來愈多、愈來愈複雜，就可以寫出各種故事了對吧？什麼樣的故事比較多？內容有什麼樣的特徵？」

「這個嘛……」

佃沉思下去。他沒有立刻接口，令伸子有些急躁，然後他才說：

「內容大抵上都是悲觀的吧。」

「對人悲觀嗎？還是對時代的處境感到不平？」

「那個國家的人民自古以來就遭到各種外族欺凌，政治上總是飽受打壓，也是原因吧。」

「……」

伸子詢問他的主修在學術上有何價值，以及研究的目的。她覺得比較語言學相當有趣。這是與民族心理、社會組織、文明消長密不可分的、活生生的綜合研究領域，耐人尋味。佃沒有半點厭煩的樣子，仔細地、但又有些詞不達意地回答伸子的問題。他還掏出小記事本，寫下現代文字的標本給她看。

兩人聊了近兩小時。然後佃說要去探望病人，站了起來。

「是日本人嗎？」

「對。病況已經好多了，但我每星期都去探望一次，他一定正在等我。」

這時期惡性流感幾乎侵襲了全世界。在紐約市，每天都有為數眾多的病患死於腦部和心臟的併發症。伸子也在報上看到，甚至有傳聞說是德國潛艇來到美國沿岸散播病菌所導致。

她笑著對佃說：

「探病很好，但小心別被傳染了。」

結果佃意外一本正經地說：

「我應該不會有事，三、四個月前我就已經接受過各種預防注射了。」

「咦？為什麼？」

「基督教青年會要派我去法國，準備期間施打的。已經打了傷寒和猩紅熱等疫苗。所以我不會被傳染。」

佃語氣沉重地說著，拿起邊几上老書生風格的陳舊硬頂圓禮帽。

「而且那類疾病，面對的心態不同，病情輕重也會有異。」

伸子想問他怎麼會想去戰區，但佃沒有給伸子任何說明，禮貌地道別後，踩著笨拙的腳步隱沒在人群中了。

伸子回到飯店房間。

緊閉的房內充斥著午後平靜的斜光和窒悶的熱氣。她將窗戶大大地打開。接著摘下帽子，脫下外套，躺到長椅上，想要先舒口氣。

她雙手交握，墊在後腦勺下。底下疊著的靠墊柔軟舒適地壓扁了。由於扶手較高，長椅在她的眼睛一帶投下恰到好處的陰影。好溫暖……室內悄然無聲，僅有開啟的窗外流入些許不致擾人心神的市街喧鬧聲……它們安撫了神經，令伸子昏昏欲睡。但她並沒有睡著。她沉醉地睜眼，望著失去閃亮、老衰的午後陽光遊憩的白色天花板和細枝花紋的樸素壁紙——思考著。因為佃那頂老舊的硬頂圓禮帽尚未從她的心裡消失……

與佃見面、交談，對伸子來說並非無趣的事。自從出門旅行，直到遇見佃以前，她都沒有聊到這類話題的機會和對象。聽佃聊起他鑽研主題的各種新知很有趣，但——伸子思考。為何他會給人如此特別的印象？他就彷彿抗拒著流行一般，不肯丟掉那頂有如猶太老人戴的老舊硬頂圓禮帽。和那頂帽子一樣特別的、寂寞而不滿足的某種事物吸引了伸子。因為佃已經不年輕了，卻似乎在窮困中做著那樣的研究，引起了她的同情嗎？或只是因為自己是生活充實、年輕有活力的女子，反而會對他那種陰暗的人感到興趣？——伸子翻了個身，趴在長椅上不斷地思考。

4

兩、三天後，佃來報告他去職業介紹所打聽的結果。

哪裡都問不到南波武二的消息。佐佐又拜託佃的朋友，在中部主要都市發行的日文報上刊登一樣的尋人啟事。佃三番兩次為了討論此事來訪飯店。他也帶了偶然向伸子提起的C大學的課程介紹借給她。

佃帶著那份印刷品來訪的夜晚，伸子和父親因為有客人，待在樓下大廳。伸子全然無法享受父親和朋友的對話。客人是個老人，不時瞅著伸子的臉直看，就好像她是個才十來歲的小女孩，同時嘴裡說著與她毫無關係的鋼鐵業話題。就在這時，佃手臂掛著外套、手上拿著帽子，一臉陰沉地出現在大廳邊角。伸子興高采烈地迎接他。佐佐把佃和名叫東鄉的老人介紹給彼此，並以他天生的熱情，不斷地提供客人共通的話題。佃也以恭敬的態度回應佐佐的話，以及東鄉有些以長輩自居的問題。但伸子明確地感覺到佃一點都不是由衷享受這場對話。他以社交義務的態度應酬兩人，這令伸子不滿。她逐漸承受不了席上無言的壓迫。她無暇自省自己有無必要拘泥於佃的態度，已然站起身來，向父親和東鄉告罪說：

「恕我失陪一下。」

然後邀佃到旁邊的桌子：

「要不要過來這邊？你帶課程介紹來給我對吧？」

佃從外套口袋取出頗有厚度的C大學手冊，將椅子拉近伸子旁邊。後方燈罩色彩斑斕的客房立燈，將寧靜的光線傾注在他們的小桌上。

伸子翻著手冊，發現看似有趣的課程，便詢問風評。

「咦，這裡有你修的課。老師的名字每一個都好奇怪。」

「喔，這位是波斯人。也有敘利亞人的老師……那邊有一個叫約翰納的對吧？」

「學生是哪一國的人？」

「在更前面一些的地方……目前只有兩個學生，我和……」

伸子翻頁。如同佃所說，學生只有兩名，佃和一個叫芙蘿拉．西德尼斯女士的人。

「這位女士已經念了很久了。聽說她的丈夫一樣在C大學。她說她想完成論文，但常生氣說弗塞特博士身體太差了，讓她的論文毫無進展——」

「弗塞特博士很老了嗎？」

「不清楚，五十六、七歲吧。他喝太多威士忌，又是個大菸槍，經常病倒。」

第三次遇到佃時萌生的疑問又重回心中，伸子問：

「弗塞特博士也照顧你嗎？」

這大剌剌的問題似乎讓佃語塞了一下。他又支吾了一聲，模糊地回答：

「我不知道能不能說是特別照顧。弗塞特博士人很公平——但學生少，也沒什麼人會選修這種課程——他一定覺得我們這些學生居然能不厭倦地讀到現在。」

「之前你說要去法國對吧？……老師怎麼說？」

伸子問著，迎視佃的臉：

「老師說『很好，快去』嗎？」

話剛說完，伸子便覺得簡直像在詰問一般，頓時一臉尷尬，辯解道：

「抱歉，問東問西的……」

佃倒是沒有受冒犯的樣子，反應之平淡，反而令伸子驚訝：

「弗塞特博士沒說什麼。因為老師知道我一旦決定的事，旁人是勸不動的——」

接著他補充說：

「不過師母非常開心，還特地打了件毛衣送給我。」

就彷彿他相信這是真心的好意。

「……」

伸子覺得教授夫人的鼓勵完全是俗濫的愛國主義婦女心態，因而為此感到不愉快。難道佃的身邊，就沒有人會在這種時候設身處地給他建議嗎？

「你的朋友也都贊成嗎？」

佃好像要後退似地抵禦著伸子的問題：

「我不太談起自己的事……」

「我想也是。」

伸子對佃以及佃身邊的人感到某種強烈的不滿。

「……」

她吞回急切地就要脫口而出的埋怨，將話題轉向其他焦點：

「之前你提到這件事時，我也覺得很奇妙——你應該也沒有非去不可的義務吧？」

「不是這樣的。我認為世局如此，卻只顧自己想做的事，實在太自私了，希望能為陷於困境的人盡一份力，才決定要去的。」

佃的眼神充滿了自信的頑固。伸子以陷入沉思的眼神目不轉睛地回視那雙眼睛，雙手擱在攤開的C大學手冊上，徐緩地反問：

「繼續攻讀課業，算是自私嗎……？你鑽研學問，並非餘暇嗜好吧？如果那是你的本分，我不認為這能說是自私……」

「但全世界都陷於苦難……」

「我認為只要情況允許，持續投入自己的志業比較好。因為，並不是只有馳騁沙場才算是為人類做出貢獻吧？戰事不管再怎麼漫長、再怎麼劇烈，終究只是一時的暴風雨，我們應該放眼更長遠的未來，也應該為了未來而行動。」

伸子認為如果佃對自己的想法懷有堅定的信念，自己的這番意見不可能說服他。她等著佃的回答，然而他只是「嗯」了一聲，不發一語。

「當然，如果你已經放棄自己的主修，那另當別論。若你認為自己在做的研究，不管對現在還是未來都沒有意義的話……」

伸子以這話再次刺探。她期望能藉此觸碰到隱藏在佃心底的動機。結果他避開這單刀直入的質問，以極感傷的語氣，自言自語地喃喃道：

「反正我就像老師的綽號那樣，是個苦行僧，這輩子就只能老死在大學圖書館了。」

伸子整個人被扯開似地，一臉驚愕地看著佃。一輩子老死在圖書館？這話豈不是表示這個想法絲毫無法讓他感到光明或喜悅嗎？他看起來甚至是悲傷的！像在嘆息這是無可違背的宿命。既然如此，他應該像快活、熱心地追求幸福的人那樣，忠於自我就行了，然而他卻封閉了自己。他把自己擺在如此巨大的矛盾裡，卻又怎麼能滿不在乎？為何不能好好地將自己安放在其中一邊，享受滿滿的陽光和空氣，活得像個人呢？

伸子年輕的情感攙雜著茫然、苦澀與憐憫，傾注在佃的身上。

因為伸子第一次理解到，總是一成不變地顯現在他臉上的表情——彷彿缺少了什麼、有風吹過內心空洞般的表情——似乎正反映了支配他整個生活的此種異樣的混亂。

伸子深坐在安樂椅上，千頭萬緒，看著佃那張一板一眼的認真表情，漸漸地感到一股莫名沉重而又焦急的亢奮。
因為她實在難以坐視佃像那樣活著了。

5

時序進入十一月，都會徹底換上了初冬景色。早晨從飯店窗戶望向對面屋頂，只見融化的霜雪升起了蒸氣。同樣是道路，上班族和勞工也都挑選被陽光照得閃閃發亮的一側行走。午後變短，暮色也變得灰暗孤寂。深夜看戲回來，凶暴的風猛烈地颳過街道，讓人忍不住豎起外套領子，拱起肩膀。夏季以後，自一九一四年爆發的歐洲戰爭，終結之日亦逼近眼前了。

十一月七日午後，伸子難得一早就關在飯店裡。她一邊泡澡，一邊歡娛地與晴朗的白晝光線嬉戲。接著寫了封瑣碎的長信給母親。用完午飯，再次回到房間，繞過擺著只剩下貼郵票的厚信封的桌子，閒閒地踱來踱去。還不到兩點。從餐廳回來時，她忘了買郵票。既然還要下樓，今天還沒有出門過，要不要出去走走？可是——去哪？

伸子就像要尋找某些契機，開窗俯視街上。午後的陽光照亮窗戶緊閉的建築物正面，在飛簷下厚實的金色招牌反射出蒙塵的光輝。人行道紅白條紋的遮陽棚下，一身鮮豔服裝的女子踩著金屬裝飾閃亮的鞋子往前行。藥局玻璃門反射著陽光打開來，裡面走出兩名男子，一個將什麼東西投入伸子在看的窗戶正面的郵筒，另一個在旁邊用鞋尖點了點地，很快地又結伴一板一眼地彎過街角，消失在隔壁街區。那甩動臂部般筆直轉彎的背影，引得伸子不自覺地笑了。空氣暖和乾燥且輕盈，汽油的氣味舒服地飄浮在樹葉落盡的行道樹樹梢上。伸子被街道活潑的氣味吸引了。她關上窗，前往臥室，然後戴上帽子，穿上外套，折回來拿起準備投寄的信時——

一道異樣的聲音響起。遠遠地，冷不防傳來一道尖銳而尾音不絕的喇叭聲，緊接著四面八方開始迸出粗重低吼顫動的無數喇叭聲。感覺就像聲音森然林立一般。叭！叭！空氣如浪濤般搖盪。攙雜其間的，還有其他喇叭聲尖叫似地跟著嗶嗶響起。伸子忍不住握緊了信，木立在房間正中央。究竟出了什麼事？她本能地推窗看外面。各處窗戶同樣粗魯地一道道打開來。伸子從來沒有像這剎那般的這樣，覺得眼下的百老匯大道異樣地平坦渺小。太陽掛在和剛才一樣的位置。汽車來來去去。然而嗶嗶叭叭的喇叭聲十萬火急地叫囂著某些事。

伸子離開窗戶，打開走廊的門察看。這邊也有許多門開開關關。再過去的房間前，穿著花俏居家服的女人絞著雙手走來走去，歇斯底里地大喊著。——這個女的也行，伸子想要打聽到底出了什麼事，便往人影的方向走去。這時電梯高速升了上來，鐵柵門「卡鏘」一聲打開，金鈕釦制服的電梯小弟將上身探向走廊，一手將擴音器放在嘴邊，以渾厚的低音怒吼似地喊道：

「德國投降了！無條件投降了！」

鐵柵門再次飛快關上，差點沒夾住吼叫的電梯小弟的頭，接著發出隆隆聲響上樓去了。

伸子不敢相信自己聽到的。

「無條件投降……德國投降了……」

伸子感到膝頭發顫。她探頭看窗外，就像要再次確定事實。才短短一、兩分鐘，景象居然變化如此之大！不知不覺間，飯店正門口升起了偌大的美國國旗。對面的藥局，以及上面並排的各道窗戶也是，大大小小的國旗就像再也按捺不住，激情地擺動起來。汽車喇叭聲更加嘈雜、激昂。伸子感動得快要哭了。街上為數驚人的汽車全都伸出國旗，滿載乘客，爭先恐後地衝往下城。砰！砰砰！期間鞭炮響個不停。

伸子在長椅坐了下來。

不過，血腥的殺人工作，真的就這樣永遠結束了嗎？

伸子懷著仍不敢置信的興奮急切心情，再次站了起來。她把要寄的信忘在桌上，亢奮地離開房間。上街去！上街去！

6

伸子迫不及待電梯門打開，走了進去，裡面擦肩而過地走出一名黑外套高眺男子，一樣性急地一腳跨出走廊。但男子看見進電梯的伸子，「嗨」了一聲，又退回電梯裡。

激動得疏於注意的伸子仰頭看男子。——意外的是，那是佐佐的好友之一，平野。伸子用力握住平野的手。

「你來找我們？」

「令尊不在嗎？」

「對。我想出去看看。」

「這樣啊？總之先下樓吧。」
平野向電梯小弟揮手示意。
「不過，這種時候一個人出門不太安全。」
「我知道，只是附近看一下。」
「就算是附近也不行。因為每個人都瘋狂了。」
莫名空蕩的大廳裡，即使想上街也無法離開的服務生們以激動的眼神看著兩人。
「怎麼辦？如果妳出門，令尊會擔心的。」
「我想向櫃台留個話。」
「看來沒辦法要妳乖乖留在飯店呢。」
平野以熠熠發亮的眼神看伸子，笑了一下。
「那，反正我也靜不下心，就一起出個門，去看看下城的狀況吧。」
他把伸子的鑰匙寄交給櫃台，順帶留了一本筆記本。
「這樣就沒問題了。今晚可得要令尊請我一頓大餐，做為感謝。」
原本就人滿為患的高架電車，愈是靠近下城，每一站想要擠上車的乘客數量就愈驚人。
「天哪，這也擠死人了吧！」
「咕噫！」
有乘客模仿豬的慘叫，引起哄堂大笑。
「抱歉，請問是日本人嗎？」

有個滿臉皺紋的老人摸摸幾乎快要在推擠中掉落的軟呢帽，對平野說道。
「是的。」
「咳。」
老人因為過度亢奮，頻頻清喉嚨，用力扯開微弱顫抖的細嗓門說：
「這次的和平成果，咳，我們同為協約國子民，實在同感慶賀。」
平野微笑說：
「真是如此。畢竟我們已經期待和平這麼久了。」
老人聞言，極滿意地點點頭，又繼續清喉嚨。
滿載慶典式狂歡的高架電車開到雷克托街。兩人走下被踩爛的號外淹沒、連地面都看不見的車站鐵梯來到街上，伸子被眼前的混亂震懾，緊緊地抓住了平野的手臂。巨大陳舊的事務所建築物就像被繁重的業務壓垮的鐵籠般聳立在左右兩側。數千道窗戶彷彿同時敞開的心扉，朝向大街開放。光是這樣，就已是極罕異的景象了。這些空蕩的窗戶吐出五色彩帶，垂掛其上。速記使用的黃紙、撕成繩索一樣的股市資訊紙——男女群眾踩著這些一分鐘前還以某些形式代表著金錢的紙屑，歌唱、笑鬧，揮舞旗子，緩步遊行。事務所沒有一道窗戶裡面有人影。
某個街角，馬路正中央有輛電車被棄置在原地，連司機都不見蹤影。電車看起來就像莫名無力的物體，黃色的車頂上，兩名街童齊聲吹著口哨跳舞。急就章組成的樂團吹奏著國歌一路走來。人潮當中，精明地想趁機賺一筆的男子雙手揮舞著各國小國旗，喊著：
「來喔，來支國旗慶祝喔！要不要國旗？一支五分錢！五分錢！買支國旗做紀念喔！」

——想要一個人搶先人群，或穿越街道，實在是不可能的事。嬌小的伸子一手高舉小國旗，另一手緊抓著平野，鼻子幾乎快抵在前面的人的外套背上，被推擠著前進。

兩人被人群自動運送到華爾街與百老匯大道的十字路口。來自三方如潮水般湧入的大批人潮，以豎立著布滿塵埃的華盛頓銅像的廣場為中心，無法移動到任何一方，盤踞在此。符合激烈的商業戰場的下城形象、有著漆黑髒圓柱的建築物前，一名男子正在演講。伸子與男子之間隔了好幾層群眾，完全聽不到他的聲音，僅能勉強若隱若現地看見他狂熱的動作和手勢，以及光禿的額頭。這反而就像代表了充斥著天地的異常亢奮，給了伸子奇妙的悲傷印象。在這邊，乞丐緊抓著風琴把手，彈奏出令人肉麻的華爾滋樂曲。配合著音樂聲，連帽子都沒戴的年輕男女粗魯地舞動著。

每個人都興奮得面紅耳赤，醜陋極了。無論男女，沒有一個人是迎接令人欣喜的和平，面露開朗嚴肅而美麗的表情。每個人的表情都是動物性的。眼睛炯炯發亮，嘴唇泛著癡醉的冷笑，以及貪婪追求更強烈刺激的痙攣。亢奮的原因，不管是停戰的歡喜還是宣戰布告都無所謂了。他們想要的，只有顛覆日常生活的狂熱。陶醉在忘我之中！——然後向前走！向前走！他們沉迷其中，用肚子推，用肩膀撞。暫時停滯的人潮再次緩慢地移動起來。讓文明爆發的野蠻力量露骨地自四面八方逼近而來，伸子害怕起來。

「欸，能不能離開？我想回去了。」

「等一下。啊，亂成這樣，實在是……好，趁現在！快走！」

總算穿出對面人行道的剎那，右邊的街區爆出一陣吶喊。

「什麼？有人打架嗎？」

平野踮起腳尖看，臉撞到前面的男子帽簷。

「搬出不得了的東西來了，有人扛了德皇的人偶過來了。」

伸子費盡辛苦從人群間窺看。確實，用舊衣物和紙板做成的德皇威廉二世臉上歪斜地戴著他正字標記的鬍子，被扛了過來。胸口掛了塊牌子，寫著：「下地獄吧！」它被扛著走，或巧妙地揮舞，又或是放倒。隨著這些動作，威廉二世做出可悲又滑稽可笑的動作。在大喝采之中，人偶被吆喝著運到了十字路口中央。

「燒了它！」

「快點滾去巴黎！」

「燒燬軍國主義！」

狂熱、彷彿要刺痛舌頭的女高音戳刺上去似地尖叫：

「魔鬼！把我們的孩子還來！」

某處傳出神經質的啜泣聲。威廉二世的人偶在數千顆頭上做出更愚蠢的動作來。第二波吶喊響徹了整座廣場。伸子看見火勢轟然升起。威廉二世襤褸的格紋衣燒了起來。風琴高奏國歌。淡淡的青煙在初冬午後透明的、略嫌慵懶的天空裊裊升起。四下瀰漫著有些劍拔弩張的氣味。

7

伸子懷著總有些不滿足、甚至夾雜著悲傷的心情，在三小時後回到了飯店。

她在大廳和剛回來的佐佐會合了。他的開朗，天真得全容不下任何抱怨。佐佐以香檳酒般的歡娛開口：

「妳怎麼啦？可以觀賞到這麼精采的場面，真是太棒了。真是千載難逢的好機會。妳想想，要是再晚上一個月過來，一輩子都無法目睹如此珍貴的歷史性一幕了。——一切都是機緣巧合。都多虧了平野——」

佐佐以還帶著感動的熱切口吻，急促地說出他在某個實業家俱樂部的午餐會上聽到喇叭聲的事。

「當場所有的人都起立了。眾人要我做為協約國代表，臨時向我慶祝，還為日本乾杯——感覺真不壞。你呢？那時候在事務所嗎？」

「我可好笑了，在公車屋頂上被困得動彈不得，所以逃進飯店這裡來。」

和平野三個人一起去餐廳時，為今晚特別打扮的客人都在說，今天的停戰報告是搞錯了。因為晚報宣稱華盛頓當局尚未接到這樣的公報。

但無論有無公報，入夜後的市區雜沓仍陷入了高潮。

伸子晚飯後出門去看夜景。在汽車被困在原地的四十二街左右，伸子和父親下車用走的。

弧光燈底下，是色彩比白晝更為濃烈的群眾狂態。醉得搖搖晃晃的年輕女子大步走著，用短棒挑掉前方男人的帽子。男人慌了。女人們搖晃肩膀，撞成一團，笑倒在地。身穿軍服的士兵真正是爛醉如泥，逆向分開人群而來。他腳步踉蹌，搖晃著定不住的頭，無禮地探看路過的女人的臉。但士兵突然跌跌撞撞，正面抱住了走在伸子前方的一個大塊頭女人。女人尖叫，摑了士兵一巴掌。士兵呻吟，喃喃，雙眼暴睜，露出可怕的表情來，就要撲向女人。在擠滿了人的道路上，女人無法輕易閃躲。黑影一陣混亂，男人怒吼著什麼。伸子受到驚嚇，用力拉扯父親的手臂，躲到燈柱後方。

「我們回去吧！我已經受夠這種混亂了——」

「簡直就像群魔亂舞呢。」

通宵徹夜，伸子聽著窗下傳來的人群與醉漢的大呼小叫。

隔天的早報，讓人們得知了前天的消息全是誤會。真正的報告，應該會在十一日的早晨前透過無線電從戰地送來。但一般人完全不懷疑七日收到的停戰報告。他們語帶譏諷地說「政府總愛拖延宣布事實」。

十一日清早，伸子還在床上就被父親叫起來，聽到慶祝正式簽下停戰協定的喇叭聲。此起彼落的喇叭聲震動著戶外布滿白色霧靄的寒冷空氣，傳進伸子睏倦迷糊的耳朵裡。喇叭聲正經而冷靜，失去了七日午後那種突然對天鳴放的熱情。伸子的心情也一樣。她以失去新奇感動的現實心情聽到一半，喇叭聲還沒有停，她又沉沉睡著了。十三日公布了停戰協定修正案，同時威爾遜總統計畫前往法國參加和平會議的聲明，又引發輿論議論紛紛。

伸子感覺到幾乎是訴諸感官的人類精神的顫動。一九一八年冬季，民眾在心理上卻處於春天，意欲以新的內容和信念，來重建人類社會失去的事物。清算了過去的社會抱著更深的疑心，堅強地建設，一股至少要讓世界變得更易居、變得更合理的熱情，帶著前所未見的可實現性浮現上來。伸子的心胸感受到它的刺激。地平線亮起了新的光芒。這道光芒將為自己的生活帶來什麼樣的影響……？

最初將佃帶入佐佐父女生活的南波武二尋人任務最後無疾而終。但不知不覺間，佃成了他們的自己人，繼續留了下來。佃熟悉此地，有他方便許多，後來佐佐也經常託他一些事。為了這些差事，佃幾乎每隔一天就會到飯店來露面。有時佐佐不在，佃在等佐佐回來的時候，就和伸子聊天。次數一多，不知不覺間，伸子對佃的身世幾乎是一清二楚了。佃的生母剛生下他不久便過世，他由繼母照顧，二十出頭就隨著某個傳教士來到美國。接下來約十五年間，他過著半工半讀的生活。佃對生活的強烈抵抗，以及對即便想要追求，在經濟或時間上都不允許的社會享樂有一種禁欲式的、同時或也可說是乖僻的侮蔑，這些只要得知他的身世，就能明確地理解背後的心理成因。但若是如此，佃的靈魂真正是剛毅地、在堅忍主義之下得到了豁達的安寧嗎？

佃頻繁地拜訪佐佐父女，和伸子毫不厭倦地聊上三、四個小時。漸漸地，伸子感覺佃很自然地向她吐露出他追求的事物。對疑似孤獨的佃來說，自己成了他的些許安慰，這樣的認識對年輕女子的伸子來說，感覺並不壞。他人對他的請託，以及對他而言的受人之託，比起單純的公事，更帶有某種淡淡的、些許的人情。

——佐佐回國的日子近了。如果伸子要一個人留下，就必須決定她接下來的著落。本以為這並不是什麼問題，然而事到臨頭，她卻無法輕易做決定。父女之間每到入夜，便經常提起這個話題。

「再長我也只能再待一個月了——有沒有什麼合適的家庭？得找個可靠的地方安頓妳，畢竟妳不是男人，不能就這樣把妳丟下。」

「是嗎？如果把我生成男的就好了。」

「哈哈哈，妳跟妳媽都這樣說，真是沒救了。妳不願意寄住在切特伍德家嗎？」

「嗯……」

切特伍德博士是C大學的美術系教授，精通日本錦繪[6]，與佐佐是多年來的知心好友，然而，伸子想起披著白色蕾絲披肩、對政局高談闊論的老夫人那好管閒事的嚴厲臉孔。

「感覺我會受不了。」

「唔。」

佐佐似乎也想不出其他地方了。最後他總是這樣說：

「如果是去英國就好了，那裡就簡單了，雷曼夫人一定會把妳當成親孫女，照顧得妥妥貼貼。雷曼夫人——妳也知道那個經常用有趣的書體寫信過來的老奶奶吧？我住在她那裡的時候，經常拿妳寄給我的信給她看。她現在還是會問候小伸子怎麼了……」

伸子會為了落腳的地方頭疼，還有其他理由。伸子之所以跟著父親到紐約，主要的動機是想要一個嘗試她理想生活的機會。在佐佐家，伸子是長女，好勝的母親多計代想要把她當作實現自己私底下莫大心願的傀儡，同時做為中流家庭的女兒，伸子亦受到各種掣肘，無法盡情追求想要的人生。這樣下去，自己等於只活了一半。起碼過去三年，她都覺得自己的生活無法真正開始，受盡折磨（依照當時西方的算法，她的年齡是十九歲又幾個月）。父親要出門旅行，妳也一起去吧……不論父母之間有過什麼樣的討論、基於什麼樣的意向決定此事，對伸子而言，光是能夠離開父母家生活，就是了不起的一大步了。

十一月十一日的停戰宣布後，無論好壞，劃時代的社會噪音都敲打著飯店窗玻璃，扣動了伸子的心弦。自己也想要拋棄過去不冷不熱、宛如溫室植物般的生活。為了實現這個願望，接下來半年到一年要生活的環境，對伸子來說是個困難的抉擇。

她拜訪在大學附近租公寓的中西，做為參考，最後終於決定依照切特伍德博士的建議，搬進C大學的附屬宿舍。安川也住在那裡。

「凡事都是經驗，多經驗總是好的。妳就住上一陣，如果不滿意，到時候總會有什麼想法，沒問題的。」

「安川說，即使夜間想要出門看戲，只要預先告知，還是可以出門，我覺得很不錯。不過，聽說那裡必須是旁聽生才能入住。」

「那也沒問題。」

「……我這兩、三天過去看看再決定。我可以請佃先生陪我去嗎？」

「如果他有空，拜託他看看吧。」

和佃一起去C大學登記的日子，是個溫暖晴朗的星期一。他們混在學生之中，在種有銀杏樹的行道上前往各處，辦理手續。年輕女學生抱著書本，髮絲在風中飄揚，活力十足地走過。

「我總覺得有些期待起來了。」

伸子對走在一旁的佃說。

「學校真是不錯。很好笑對吧？來到這種地方，我就好想要認真用功一番。」

佃只把戴著硬頂圓禮帽的頭歪向嬌小的伸子那裡，像個受過軍事訓練的人般抬頭挺胸走著，禮貌地回答：

6　譯注：多色印刷的浮世繪版畫。

「那就開始用功呀。」

伸子笑了出來。

「像我這種熱愛玩樂的人，實在沒辦法像安川小姐那樣用功。我只是對許多事物都很感興趣——你才是，應該全心鑽研。現在在忙什麼？」

「經文的翻譯。是以前的拜火教教徒使用的咒文……」

「有趣嗎？」

「這就不好說了……」

「只是做為參考嗎？你是第一個翻譯的人嗎？」

「很久以前有法國人翻譯過，但錯誤百出，所以我才要重新翻譯……」

弗塞特博士的研究室所在的建築物旁枯黃的草地上，松鼠悠閒地嬉玩著。C大學位在市區，但校園內到處都有寬闊的草坪和行道樹，還有立著牧神潘雕像的噴泉。

兩人從大學正門走出百老匯大道，立刻就看到一一六街的地下鐵車站了。

「怎麼樣？要直接回飯店嗎？」

「我想想。」

伸子看著小陽春天氣的街景，內心覺得飯店房間實在侷促。

「你是不是在忙？如果你有事，我一個人逛回去就行了，請自便吧……謝謝你陪我。」

「不，反正我下午也沒事。」

佃急忙追上伸子說。

「那——妳去過河濱公園嗎？」
「沒有。」
「那麼，我送妳穿過那裡回飯店吧。」

8

穿過馬路，再經過一條寬闊平坦的路到另一頭，沿著人行道，是一排灌木叢。有條庭園小徑般的道路就穿過那片樹叢。兩人肩並肩，慢慢地走下小徑。從鑲在公園草坪邊的散步道，一眼就可以俯瞰哈德遜河。

流經的哈德遜河被冬季的太陽曬得暖融融的。沉重而柔軟的寬廣河面閃爍著珍珠色澤。洋洋入海的下游處一片氤氳。遙遠的對岸，冬季枯萎的稀疏森林坐落在模糊的淡紅之中，形似海鷗的鳥沒有伴侶，形單影隻地飛過。淡淡的河水味，讓伸子感到既懷念又新鮮的喜悅。

「……好安靜。」
「現在是人最少的時間。」
兩人不斷瞭望著右邊的河景，往下城走去。
「這裡離學校和飯店都很近，我卻完全不知道這個地方。居然有這麼棒的所在。又多了一個散步的地點，真開心。」
行經的路上，到處都有舒適的草坪和樹叢。

「這座公園小得剛剛好。」
結果佃以神經質的口吻打斷地說：
「最好不要一個人來這裡。」
「是嗎？白天也是嗎？」
「有不安全的傢伙在這裡遊蕩。」
「啊，說的也是。」
伸子理解佃警告的意味，順從地答應。
「我會小心——可是……日本人應該不會有事吧。」
佃更加懷疑、極意味深長地支吾了一聲，不願立刻回答。
「唔，妳漸漸就會了解吧。」
佃的回答就像有十足的根據，但基於禮貌，不願多說，這勾起了伸子的好奇。默默地走了一段路後，伸子問：
「你對住在這裡的日本人很熟悉嗎？」
「我自認為清楚。」
伸子想要接下去說，卻被佃搶過話頭。
「絕大多數都跟狼一樣。」
他簡短地如此斷定，伸子忍不住微笑。「狼」——。
伸子懷著適度散步後的輕鬆心情，回到自己的房間，以出於熟悉的漫不經心，一如往常地插入鑰匙向右轉。「喀嚓」一聲，感覺到奇妙的抵抗，門沒有打開。伸子屈身看鑰匙孔，順帶為了慎重起見，轉動門把，結果門輕易地朝內側開啟了。門根本沒鎖。是女傭來打掃房間嗎——？

伸子訝異地走進客廳，東張西望。結果出乎意料地，臥室傳來佐佐的呼聲：

「伸子嗎？」

伸子驚訝到先前的舒爽心情頓時飛到九霄雲外去了。佐佐今早九點和她以及佃三個人一起離開飯店，應該傍晚才會回來。伸子急忙趕往臥室。

「爸，你怎麼了？」

佐佐在床上一臉蒼白，撐起上半身。他看見伸子，想要擠出平常溫暖明亮的笑容，但身體似乎極為不適，微笑到一半就消失了。伸子看見父親眼中的不安，不禁跟著憂心忡忡起來。雖說她並不知情，但是在公園閒晃，愉快地打發時間，讓她內疚不已。

「你什麼時候回來的？」

她坐到床沿，執起父親的手。

「大概三十分鐘前，臨時回來的。——我身體不太舒服，頭疼得要命，好像也發燒了。」

「我看看。」

伸子撫摸父親的額頭。很燙。

「會冷嗎？」

「我在正金銀行，忽然覺得渾身發冷，感到不太對，趕忙坐車回來了。」

佐佐打住了話，似在思考自己的病情。接著他就像強自以玩笑帶過似地自言自語道：

「是流感嗎？終究還是染上了吧。」

伸子覺得冷到骨子裡去了。她聽到父親的聲音從臥室傳來的當下，其實也想到了這個可能性，瞬間毛骨悚然。自秋季爆發的惡性流感，至今仍在肆虐。許多流行病愈接近終結，病毒就會愈輕微，然而今年的流感卻是相反，許多新染病的人都死了。伸子拚命擺出泰然處之的態度說：

「也許是吧。但爸很快就警覺到，一定會沒事的。——你一定要振作起來！」

然後她突然成了母親般，以堅毅的快活說：

「我是個好護士，爸可以放一百個心。」

她迅速換下外出衣物。

佐佐似乎一直在等伸子回來，看著她脫下外套，前往套間，然後回來洗手等一舉一動。

「原來放在那裡。我還以為在大行李箱裡，找了老半天。」

佐佐說著，主動敞開睡衣，讓伸子將體溫計夾到腋下。

三十八度九。

「幾度？」

伸子甩甩體溫計，將水銀歸位。

「不嚴重……爸一定渴了，叫個冰茶吧。」

一會兒後伸子說。

「請澤村醫生過來吧，好嗎？」

「……好吧。」

在看到伸子之前，佐佐似乎都處在緊張之中。這時放鬆下來，看似連開口都懶了。他將臉擱在重疊的兩顆羽毛枕上，不時重重地喘氣。

醫生過來前的近一個鐘頭，就只有父女倆，伸子感到無以名狀的孤單。緊要關頭，大都會的生活與他們的生存是多麼地毫不相關。伸子痛切地感受到周圍的冷漠。

9

醫師診斷，佐佐的病就像伸子也猜到的，是目前正在流行的惡性感冒初期。澤村以家庭醫師的親近口吻說：

「但完全不必擔心。才剛顯現出非常輕微的症狀而已，而且這種病，還是要看病人平日的健康狀況。您的營養狀況很好，也沒有宿疾纏身。放心，休養個十天就能痊癒了。」

佐佐說飯店不方便，住院也可以。

澤村看著站在床邊的伸子，笑道：

「這裡就有個很棒的護士，現在或許最好不要隨便移動。不過您來我這兒住院，我賺得也比較多，哈哈哈。」

能幫忙採買照護物品，以及去澤村家拿藥的人，就只有佃了。伸子打電話給他。

佃很快就帶著藥品等物件現身了。他就像理解自己協助伸子的角色，滿懷自信地行動。佐佐晚上只喝了少量的葡萄酒。佃和伸子去了餐廳，但盛裝談笑的人們以及燦爛的餐桌景象，現在完全失去了打動伸子的力量。

「別太擔心。」

佃安慰伸子。

「我看過一些狀況更糟的人——但令尊不一樣。嚴重的眼睛會充血得很厲害，一眼就可以看出來，真的不必擔心也無妨的。」

這四天，佐佐的病情逐漸惡化，像是第三天，病人痛苦到連在一旁看著的伸子都無法順暢呼吸了。幾乎沒有咳嗽，但高燒一直在四十度上下徘徊，並且劇烈頭痛。全身關節作痛，甚至無法一個人翻身。但佐佐還是沒有向女兒訴半句苦，自己設法忍耐。——父親出於關愛的忍耐，反而壓迫了伸子的靈魂。父親不是慣於生病的人。伸子清楚，如果陪在這裡的是母親，父親絕不會如此百般忍耐。而且父親也是個敏感的人。他在外國的飯店，患上了絕不容大意的疾病。他的腦海，不可能完全沒浮現過可怕的想像。這不祥的想像不時折磨著伸子。因此看著似乎正在克制感傷、不知不覺落入沉睡的父親睡臉，她更是深受銘感。

一天裡面，佃待在佐佐飯店房間裡的時間，變得比其他任何地方都要長。他先是早上過來，幫忙採買需要的物品，協助更換冷敷的溼布等。大學有課的時候，就暫時離開，三點或四點，或是更早的時間再次來訪。然後大半都待到夜晚。有時他會在病榻旁邊默默地坐上許久，或是離開熟睡的病人，躡手躡腳地走入套間，寡默地喝茶。這種時候，即使只是傳來床單摩擦的窸窣聲，神經質的伸子也會立刻豎起耳朵。佃立刻察覺她的憂心，起身踮腳走到隔簾處，悄悄窺看病人。然後輕輕地將隔簾照原樣合攏，向伸子搖搖頭。伸子得知病人平安無事，仍在熟睡，便點點頭……但已經成了生活中不可或缺的人，他長時間陪伴在他們父女身邊，對伸子已成了天經地義的事。見到佃閒得發慌的樣子，病人曾擔心地說：

「實在太給你添麻煩了。今天我舒服多了，請別客氣，回去吧……伸子，可以吧？」

但佃平靜地回答：

「如果我有事，會自己告辭，請別顧慮我。寬心休養才是最重要的。」

第六天開始，儘管速度緩慢，但沒有再次惡化，病人的高燒開始退了。醫師聽診胸膛，檢查舌頭。

「啊，這下真的沒事了。」

他宣布說。

「最危險的關頭已經過去了，接下來就等痊癒……」

醫生偶爾好奇地偷看站在衣櫃前的佃，說：

「您的這場病，就像是輕微的麻疹，若以為沒事了，輕忽大意，讓病情反覆，可能會不堪設想。紐約的寒風是出了名的，接下來也千萬要保重……」

相隔十幾日，佐佐第一次起身走到套間的長椅時，伸子開心極了。

「萬歲！萬歲！」

她歡呼著跳來跳去。

「看吧，爸，我是個很稱職的護士吧？」

「我的乖女兒。」

佐佐拉了位伸子的手，要她在身旁坐下。

「好了，妳可以寫信給妳媽了。」

太開心了。總算放心了。伸子百感交集，淚水潸然而下。她又哭又笑，把頭用力往父親的懷裡蹭。

佐佐的復原進展遲緩。好了兩三分的時候，有些日子仍在發燒，或劇烈的頭痛再次復發。佐佐第一天雖然奮勇地走到套間，但隔天開始，便只有起身去洗手間，一樣成天臥床。但無論如何，最可怕的時候已經過去了。開始有許多人到他的床邊探望，也傳出笑聲，茶具被端進房裡。伸子看到他們最為恐懼、不安、最需要時遠離他們、銷聲匿跡的世人，再次若無其事地現身，在復歸日常的生活中感覺到某種清新與諷刺。

這陣子早晨寒意逼人。伸子也許是先前精神上的疲累，每天早上都難以起身。應該已經睡夠了，但即使醒來，也覺得肌肉鬆弛，背部就像黏在床上，爬都爬不起來。有時甚至會賴床到近中午。這樣的某天早上，伸子打起精神，七點多就下床了。她無論如何都必須在九點前去到B校舍。前天負責指導學生的羅倫斯教授寄來了明信片。十五天前她申請旁聽英美文學和社會學，但因為父親生病而擱置了。教授來信，是通知要討論細節。

伸子用外套裹住因為睡眠不足而莫名發冷的身體，只喝了咖啡、吃了蛋就出門了。此時正值上班時間，地下鐵車站擠滿了拿著報紙和皮包的男女。伸子坐上剛好到站的快車。從飯店到大學，路程應該不用二十分鐘。她在一一六街下了車，但月台的模樣與之前和佃下車時有些不同，伸子訝異著，穿過剪票口來到街上。瞥了一眼街景，伸子不知所措了。地址是一一六街沒錯，但這裡確定不是百老匯大道。車站廣場不僅看不到C大學的建築物，街道左右並排的也全是些像倉庫的建築物。一起從地下走出來的人們冷漠地匆匆彎過街角消失了，稀稀落落、慢吞吞地走在散落著舊報紙的早晨骯髒人行道上的，只有條紋褲黑外套戴獵帽的男子，以及工作服的勞工。

伸子下定決心，專心一意地往上城的方向走。學校位在一二〇街。只要沿著這條路往回走到一二〇街，左邊或右邊應該就有連著百老匯大道的路。她走了好久，終於遇到一名交通警察，這才發現自己坐錯車，來到比百老匯更東邊的地方了。

羅倫斯教授也去過日本，聽到伸子迷路的事，深為同情地笑了。教授叫她來，是勸她把選修的英美文學的部分課堂挪作作文課，應該會對她有幫助。教授為此介紹了一位普拉特小姐給她。

10

羅倫斯教授聊起日光和鎌倉，回想起左甚五郎雕刻的眠貓[7]會叫的傳說等等，並說羅馬有間教堂，傳說壁畫上的天使會在教堂信徒過世時來到枕畔迎接。聊到一半時，伸子的頭便漸漸痛了起來。不是一般的頭痛，而是額頭到後腦都被緊緊箍住般的痛楚。聊完之後，那種緊箍的感覺變得更強烈，她甚至幾乎無法轉動眼睛了。感覺就像眼珠子整個僵固，一動就疼。

室內溫度高得不自然，因此向來健康的伸子起初以為自己只是被悶著了。她以為散個步，促進一

7　譯注：眠貓為日光東照宮回廊上的裝飾雕刻，相傳出自傳說中的雕刻大師左甚五郎之手。

下血液循環就會好了，來到戶外，經過陽光下的人行道，往飯店走去。時值風和日麗的十二月大正午，伸子卻渾身發寒，開始承受不了了。顫抖從背脊擴散到全身，種種刺激——從汽車喇叭聲到沿著細鞋跟傳來的路面堅硬，都毫不留情地震動著她的腦袋。就連要好好地睜著眼睛，都得費一番力氣。若不是擔心會路倒街頭，哪裡都好，她只想立刻一頭栽進黑暗的角落，昏睡過去……她陷入孱弱無依的欲泣心情，在某個街角上了電車。電車黃色的車體悠哉地在太陽底下行駛著，開上一小段路，又喀登、喀登吵鬧地在每個街區停車再前進。伸子在冰涼堅硬的藤面座椅上閉著眼睛，強忍隨著晃動衝上喉邊的嘔吐感。她幾乎快失去意識地回到了飯店客房。

臥室裡，佐佐靠著枕頭坐在床上。佃也在，站在牆邊說著什麼。

伸子看也沒看兩人，說：

「我回來了。」

她摘下帽子，拋出去似地放在父親的床腳，傾訴：

「我很不舒服。」

一看到父親的臉，她幾乎快要哭了出來。正開朗談天的佐佐聽到伸子的哭音，似乎真心被嚇著了。

「妳怎麼了？」

佐佐抓住伸子的下巴，把她的臉轉過來。

「臉色怎麼糟成這樣！會冷嗎？咦？什麼？很難受？這可不行，妳立刻休息，喏，就在這裡躺下吧。」

伸子悶著聲不回話，斜著一隻眼打量佃的服裝，也不是刻意地問：

「你要去騎馬？」

佃只穿了西裝外套，底下是卡其色的粗織襯衫和及膝長靴。佃似乎反而被伸子的問題嚇了一跳，簡短地回答：

「哦，這是基督教青年會的制服。——妳最好休息一下……一定是之前累著了，妳操勞過度了。」

伸子在佃的協助下脫了外套。

「來——到旁邊這裡休息吧。」

父親走到另一張床，掀開上面的蓋被。

「我要去我房間。」

伸子被佃拖行似地，步履蹣跚地走進自己的臥室，關上了門。

「啊，叫她別把門鎖上。」

父親交代的聲音傳來。

睡衣怎麼會這麼冰！床單怎麼會這麼涼！伸子冷得受不了，因為太冷了，牙關打著顫，盡可能把自己的身體縮得小小的。頭好像變成石頭一樣，難受極了，啊，好希望有誰來摸摸她的頭！如果有更溫暖的被子，真不知道會有多舒服……

然而身邊無人，也沒有她渴望的溫暖蓋被……好冷……就像溼透的小兔子。真的就是溼透的小兔子。伸子像個孩子般，把臉蹭向枕頭。

「媽……媽……」

伸子逐漸神智模糊，眼角滑下淚水。

她忽然清醒過來。四下已經入夜了。電燈明晃晃地亮著，父親一身和服，不知所措地站著。她覺得刺眼，翻身的同時，擔心父親尚未恢復到可以勉強走動的程度。她想要這樣說，卻發不出聲來。她想再次翻身，卻宛如自百尺高處墜落一般，整顆頭麻痺了。混沌再次降臨。惡寒過去，高燒與痙攣取而代之。

軀體因莫名上頂的不可抗力衝動，一跳又一跳地弓起。整個身體都在打嗝。每回抽動，伸子便發出悲痛的斷續吶喊。她想要緊緊抓住什麼，遏止這既痛苦又疲累的衝動，卻什麼都抓不到。四面八方都是光的漩渦，就好像腦袋裡外都被閃光燈給團團包圍了。這片燦光的汪洋不斷地盪漾、閃亮、奔馳，無休無止。好亮，好亮，好難受。

「好累……讓我睡、讓我睡……」

她不斷地譫語，頻繁地抽搐。意識忽明忽滅。

凌晨二時許，神智不清的伸子從飯店被送去醫院了。她在車中一度醒來，理解自己在被送去醫院的路上。可是，是誰這樣抱著自己，拿靠墊替她枕頭？她睜開刺痛黏滯的眼睛，在陰暗中專注地注視著對方。是佃。他見伸子睜眼，哄孩子似地在膝上輕搖著她的身體說：

「難受嗎？再忍一忍就好，很快就會舒服了。很快的……」

三更半夜，伸子在病房裡被換掉了全身衣物。夜班護士離開後，佃進來了。

他撫摸著伸子的額頭。

「妳在醫院了，可以放心了……安心睡吧。」

他說著。

「不會有事的，我就在這裡陪妳。」

只想好好熟睡、藉由安眠來逃離痛苦的伸子閉上了眼睛。即將睡著的前一刻，痙攣又襲擊了她。全身抽動。每回她都像先前那樣呻吟。

「讓我睡……讓我睡……」

「嗯，妳可以睡了，喏，放心地睡吧。」

儘管如此痛苦，伸子還是不知不覺間打起盹來。全身關節彷彿化掉一般，她的心好似被拖入了遙遠黑暗而舒適之處。伸子蓬頭亂髮的腦袋陷入枕中，就快要打起鼾來。忽地，古怪的感覺讓她又半醒過來。有東西在觸碰她的臉頰。不意間，柔軟的唇瓣按上了她的唇，久久不離。周身上下的神經都清醒了。就像被佃的存在給灼燙了似地驚醒了。伸子感到新的戰慄竄遍全身，在二度陷入昏迷的途中，伸出雙臂繞住佃的頸脖，將自己的唇按上了他的。

有人在摸伸子的手。

「已經早上嘍。」

然後那人把伸子的手從佃的身上解開來。

「換我來陪妳吧。這位先生也得休息才行。」

手臂一下落在枕上。伸子以無法聚焦的灼熱眼神看向護士。她感覺到彌漫室內的拂曉冰冷的灰色光線。伸子反射性地喃喃：

「啊——已經早上了。」

自己究竟有沒有睡著，模模糊糊，但她感覺就像一整晚在驚濤駭浪中翻騰，身心極度疲倦。好睏，睏極了。

「對，小姐真乖，妳得好好休息才行。」

伸子勉力擠出一絲扭曲的微笑。佃的聲音響起：

「那麼，我會再來。要我帶什麼過來嗎？」

伸子抵抗著被拖進沉重睡眠的感覺，強自集中精神。

「那，替我拿盒子來，藍色皮革的，裡頭有裝梳子什麼的。——還有，替我向爸問好。」

伸子被餵了一粒藥丸。佃已經走了。一樣不知何時，伸子被餵了兩匙味道糟得令人作嘔的可可亞。

門口隱約爭執的人聲，忽地將伸子吵醒了。周圍一片陰暗，也許正值傍晚。嚴厲的話聲在陰暗中響起。

「請不要和她說話。」

「這是我的自由。是她父親拜託我，同意我自由探望的。」

「是的，我知道。你可以探望她無妨，但請不要和病人說話。她現在需要徹底休養心神才行。」

佃進來了。他俯視著床上的伸子，接著就像對一般人說話那樣開口。

「怎麼樣？」

「Oh! Please don't!」

佃莫名的堅持，讓伸子對護士感到難為情，即使被佃這麼慰問，也一點都不開心。她在欲泣的心中喃喃：

「為什麼他非說話不可？」

伸子沒有回話，佃便確定地再次問道：

「妳覺得怎麼樣？」

伸子回答時難過地責備：

「為什麼你要開口？」

情緒性的淚水冷不防盈滿了眼眶。伸子懷著沮喪，就這樣睡著了。

第二章

1

八樓屋頂有宿舍餐廳。餐廳空間順著建築物伸展的側翼，深處更為開闊。現在正是晚餐時間，數量驚人的女孩們圍著鋪上白桌巾的數十張桌子而坐。喧鬧聲、熱氣般的話聲、笑聲、餐具碰撞聲在空氣中回響。從伸子的座位可以看到大廚房的門之一，那道門不斷地開開闔闔，每當端著送餐托盤的女服務生進出時用鞋尖踹門，就可以瞥見裡頭的廚娘和爐具上的大鍋等等。廚房的熱氣亦隨之傳來。

伸子坐的餐桌是八人座，但總是只坐了七個人。今晚她特別期待見到安川咲子。因為她期待只要見到咲子，不管是「啊，肚子餓了！」還是任何話，都可以侃侃傾吐，驅走一早以來的沮喪。

然而咲子看到晚了一些進餐廳的伸子，便規規矩矩地將雙手交抱在胸下，微微頷首，就像對外國朋友那樣行禮如儀地說：

「Good evening. —— How are you?」

伸子開始用餐。雖然餓了，但這頓晚餐食不知味。

這天早上，伸子十點到十一點去上了十九世紀英美文學史的課。下課後，她急忙前往艾弗里館。這裡是美術、建築相關系館兼圖書館。

搬進宿舍幾天後，伸子為了尋找安川，偶然進入這棟建築物。安川是來查閱日本美術圖案中自古以來的「便化」——形式化的傳統用法，伸子很中意這裡無人的靜謐，以及建築的精巧。大圖書館雖然宏偉，但內部就像議事堂一樣，令人坐立難安。隔天開始，伸子便到這裡讀書寫字。佃也會來這裡。

每天早上，伸子總是懷著加速的心跳，走近以大屏風隔開通道視線的某張桌子。佃已經去上自己的課了，但桌上留著熟悉的他的黑皮包，伸子知道他打算晚點再來。她讀起小說來。

讀了幾頁，輕巧的女鞋聲在屏風外駐足。

「咦——原來妳在這裡？」

伸子驚訝抬頭。站在那裡的是中西珠子，帽子外套都是黑的，將她皮膚姣好的臉蛋襯托得更為美麗。

「妳居然找得到這裡！快過來。」

伸子執著中西的雙手，要她在旁邊坐下。

「妳什麼時候回來的？」

「昨晚十一點多。」

兩人對望，相視而笑。

「怎麼樣？」

珠子約一個星期前去了波士頓看望未婚夫。

「很棒。從這裡過去，就覺得那兒好靜，住的地方也很舒服，很自在……」

「他好嗎？」

「謝謝，他很好。」

珠子那張剛接觸過冰冷的戶外空氣、生氣盎然的臉上綻放著新鮮的歡喜光輝，以生性的親密率真說道。

「而且幸好我去了，他正要著手進行很棒的研究，如果研究完成，對他的前途似乎很有幫助，但相當艱難。所以他說我去看他，對他是莫大的鼓勵……」

接著珠子以閃閃發亮的眼神，從正面撫摸似地看著伸子問：

「那你們呢？後來怎麼樣了？」

「……」

伸子面露說不出是苦笑還是窘迫的複雜笑容，歪了歪頭。

「嗯，都一樣吧。」

「今天呢？他有來嗎？」

「他好像去上課了——啊，一起吃個午飯吧，我們三個一起——我們好久不見了嘛……好嗎？」

「謝謝——不過，現在幾點……？」

珠子瞄了手錶一眼。

「今天我實在沒空，接下來我得去布倫塔諾書店。倒是，我是來轉達重要口信的。妳這星期六有空嗎？」

珠子說，最近和她交情不錯的橫尾、樋口這些青年，想邀請她和伸子一起去看歌劇。他們也和佃參加同一個俱樂部，伸子偶爾也會和他們聊上幾句。

「歌劇嗎？」

「是參孫和大利拉——」

聽到劇目，伸子心動了。但說到星期六夜晚，每個人都想特別熱鬧一下——佃有什麼打算呢？留下他一個人出門，也教人放不下，伸子猶豫著無法回話，這時佃進來了。伸子等不及兩人寒暄，把邀約的事告訴佃。

「你有什麼打算呢？我有點想去……」

佃也不顧珠子和伸子站著說話，逕自坐了下來。聽完伸子的說明，他不悅地反問：

「他們並沒邀我吧？」

珠子一臉吃驚地看伸子。

「他們這次是只有邀我……但如果你有什麼計畫，我也不好答應，所以請中西小姐在這裡等你回來呢。」

佃沒有看兩人，把硬頂圓禮帽撥到一旁，開始將書本筆記擺到桌上說：

「妳想怎麼做就怎麼做吧。」

和佃相處的這四個月，伸子多次聽到他這種話。現在她仍感受到宛如第一次聽到般的痛苦，說：

「……我希望可以兩全其美。」

「妳自己決定就行了。不過……」

「不過什麼？」

「妳們並不清楚橫尾和樋口的為人吧？」

連珠子都被牽扯進這古怪的局面，伸子覺得心痛悲傷極了。她表情扭曲，沉默了半晌，不久後立下決心似地悄聲對珠子說：

「這次我還是不去了……抱歉，難得妳邀約……就算我不去，妳還是會去嗎？」

「我沒問題的。」

珠子以體諒的明快，鼓勵地把手搭在伸子的肩上說。

「那，或許這樣比較好。反正那種地方隨時都可以去。我會替妳問好。」

兩人一起走到門口。

「請替我說我另外有約了。」

「我會的。」

珠子一邊走著，忽然以女性的溫柔細聲說：

「……佃先生是在嫉妒呢。不過這表示他對妳的愛就是這麼強烈，妳很幸福。」

伸子一臉不敢置信。結果珠子擺出學姊的關懷與強勢，輕睨地說：

「是真的。」

伸子回到桌前。佃不看她，也不開口。伸子生性無法長久忍受這樣的不自然，出聲喚道：

「欸。」

佃抬頭。

「什麼事？」

「這種時候，你最好明白地說出你的想法，畢竟我是在跟你商量。」

「妳覺得怎麼好就怎麼做，我這樣說錯了嗎？」

「不是這樣……但那樣講，總覺得有疙瘩。因為你雖然嘴上說隨便我怎麼做，態度卻完全不是如此。我會跟你商量，就是尊重你的感受呀。」

佃不說話，但以近似白眼的眼神斜斜地仰望伸子，哀訴地說：

「妳知道我沒有權利叫妳別去吧？」

伸子噙著淚沉默，佃突然焦急激動起來，低沉地匆匆囁嚅：

「妳去就是了，去就是了。根本不必考慮我。」

「我不是想去才這樣說的。畢竟往後還是會遇到一樣的事……」

伸子說到一半，五、六名學生走了進來，個別占領了他們前後空曠的大桌子。這讓伸子不得不噤聲了。

就這樣到了下午兩點，伸子去了普拉特小姐那裡。

普拉特小姐身材高大，具有荷蘭人的沉穩。說Yes的時候，也不是紐約女人急躁的鼻音，而是仔細地拉開字與字之間，慢慢地發音。這名和母親及房客住在一起的女教師穩重的氣質，總是讓伸子感受到家庭的撫慰。

上星期二，兩人聊到宿舍的事。不管住上多久，伸子在性情上就是無法完全融入宿舍生活。首先，人實在太多了。伸子半開玩笑地笑道：

「那裡簡直就像蜂窩，而且每個人都是女王蜂……」

普拉特小姐歪著有著一頭濃密栗色頭髮的頭想了一下，說：

「星期四下午妳來我家吧，可以轉換一下心情。我們可以聊聊天。」

因為有這樣的約定，伸子拋下她和佃懸而未決的感情問題，出門去了。

伸子敲敲公寓的門，普拉特小姐的母親出來應門。

「妳好。」

「啊，妳好，歡迎光臨。」

老婦人熱情地將伸子領進門廳。但那雙誠實的藍眼睛浮現訝異的神色，以獨特的細語聲問：

「真不巧，她剛好有其他學生來上課，妳有什麼事呢？」

伸子原以為普拉特小姐下午沒事，所以才請她過來，因此有些意外。

「今天是星期四吧？」

「是啊，是星期四。」

「那麼，勞您駕，可以轉告普拉特小姐說我來了嗎？如果不方便，我改天再來。」

老婦人離開後，穿著日式外套的普拉特小姐腳步匆匆地出來了。她不讓伸子有機會開口，寒暄之後，把她帶到自己的房間。

「再三十分鐘就好，不好意思，在這裡等我好嗎？」

普拉特小姐看看書架，抽出一本普及版的奧斯汀作品，塞給伸子。

「妳就讀一下這個，打發時間吧。那麼，我失陪一下。」

從普拉特小姐房間的兩扇大窗，可以看見大學校地的部分空地及校長住宅的側面。長椅和床鋪上有漂亮的花布和小被子，點綴著調和清爽的房間。伸子坐在搖椅上，讀起普拉特小姐給她的書。

不久後，走廊傳來道別聲，還有普拉特小姐走過來的衣物摩擦聲。

兩人好不容易正要談得投機，又有學生來上課了。普拉特小姐似乎從一開始就是這個打算，對伸子留下三言兩語，便離開去客房了。伸子又必須等上整整一個小時。

伸子開始在室內閒晃。前方空地有一棵樹葉落盡的大樹。宛如倒立的掃帚般高聳入天的樹梢上，不知為何僅有一片鮮紅的橢圓形枯葉翻動著。它看起來就像滴落在二月透明的藍天前方的血點，很美。

伸子東看看、西望望，忽然察覺自己處在可笑的古怪狀況中。普拉特小姐就像那樣，自顧自上她的課，然而自己卻在根本不怎麼想待的她的房間裡，摘下帽子、脫下外套，傻傻地等著，就好像被命令非安頓在這裡不可。自己在這裡做什麼？伸子不自覺地咯咯一笑。——不過說真的，自己到底來這裡做什麼？

伸子是普拉特小姐的學生，但把人邀來，卻又把客人獨自丟在這裡，豈不奇怪？既然她知道該好意請伸子到別的房間，為什麼不事先說明她今天下午有事要忙，若伸子願意一個人找事做，可以過來？平時的普拉特小姐是個很細心的人。想到這裡，伸子神經質地感到芒刺在背了。她交抱起手臂，杵在原地，質問似地俯視著自己脫下的外套和帽子……

這麼說來，她心裡也並非完全沒有數。

那是約十天前的事。上完課後，普拉特小姐不知從哪裡聽來的，問道：

「聽說妳這陣子都跟佃先生在一起，是真的嗎？」

伸子說沒錯。

「佃先生以前好像也對高崎小姐很殷勤，常在一起。」

伸子感覺普拉特小姐的語氣帶有某種暗示，單純地回答：

「聽說是的。他告訴過我。」

「聽說他以前在西部的大學，也曾為了女人，發生過某些不太好的事——對紳士來說不太光彩的事——之前我偶然聽到的。」

「喔，那件事嗎？好像是他夜裡在某處和女人交談，而警察誤會了那女人的身分……」

普拉特小姐似乎有些意外。

「佃先生告訴妳了嗎？」

「嗯，他告訴我了。不過，妳為什麼要像那樣說別人的閒話呢？」

伸子稍微表露出不快說。

「我認為流言不能當真。畢竟有些人會滿不在乎、不負責任地加油添醋。」

「說的沒錯。我也並非完全聽信了。」

普拉特小姐若無其事地換了個話題。不過，今天這場奇妙的邀請，是否是讓她說出那番話的心態所促成的？就好像在說：「妳在房間裡一個人好好地想一想，妳應該有什麼話要跟我說才對。」

察覺到這一點，普拉特小姐看透她易受暗示的幼稚心性，做出這番安排的巧妙手法，讓伸子不愉快起來。即使不必這麼做，她原本就不打算向普拉特小姐隱瞞她和佃的事。只要必要的時機到來，她一定會第一個向敬愛的普拉特小姐吐露許多事。但絕對不會是在這種受逼迫的情況下。同時，那也會是彼此對等的人之間的知心話，而不是普拉特小姐似乎暗中期待的、希望伸子向她尋求建議般的談話。

伸子立下決心。「今天我無論如何都不會主動提起佃的事。」縱使明天她就會一早趕來將一切告訴普拉特小姐——但今天，無論如何絕對不！

總之，伸子等待普拉特小姐上完她的課。接著兩人一起去晨邊高地散步。普拉特小姐似乎洞悉了伸子的想法，沒有提到也許存在於她內心的計畫，僅於一、兩次應是偶爾的機會提到佃的名字。

2

這一整天，說起來就像重重陰影偶然重疊在心房上。但若要這麼說，真有哪一天會是全然順心如意的日子嗎？

伸子的身體做為一名學生住在宿舍裡，然而與佃的關係已經深深地影響了心靈，因此伸子的心思無法像女學生那樣單純。學生當中，住宿生裡也有許多人有男友或未婚夫。宿舍對面的春風屋不只是睡到日上三竿的學生愛去，也因為這些人，到了夜裡格外熱鬧。她們與來訪的男友們愉快談天，星期六則盡情跳舞。她們會和彼此的男友又結為朋友，形成一大群，歡快地去參加晚宴等等。

有一次安川說：

「日本人實際上社會訓練還不夠，所以不行。這邊的學生連喜歡的對象，都會詢問朋友的意見再來挑選。——如果交上朋友們瞧不起的男人做情人，就太丟臉了。」

安川非常崇洋媚外，因此伸子有時反而會想要作對，這時她也笑道：

「連這種地方都是共和制。」

她說：

「我的作風不同。因為自己喜歡，所以喜歡，這樣就好了。」

但伸子與佃的戀愛相較於身邊的朋友，感覺卻充滿了無從比較的獨特陰暗與苦悶。被送去醫院的那晚，佃親吻了昏昏沉沉的伸子，伸子認為這是他熱情的告白，回應了他。佃再也無法將感情恢復過往，伸子亦然，彼此再也難分難捨，相思相愛至今，但……戀愛竟是像這樣，動搖、不安與悲傷如影隨形嗎？

得到摯愛，並為對方所愛的確信，第一次給了伸子精神上充實的平靜與希望，然而佃卻不是如此。隨著感情的熱度高漲，他的內心無時無刻充滿了不安。這不免亦感染了伸子。他們遲遲無法藉由彼此的愛，感受到更強大的生活力量，彼此扶持，得到和平且高貴的光輝。

佃是個沒什麼自信的情人。

約二十天前的某個晚上，幾個朋友邀伸子去晚餐。參加的都是佃不認識的公司人員及相關人士。除了伸子以外，也有許多女性出席。隔天佃變得異常神經質。

「我昨晚去參加，讓你不開心了嗎？」

結果佃從眉毛底下瞥了伸子一眼。

「有什麼我非不開心不可的事嗎？」
「看吧！看吧！就是這麼難搞。」
伸子甩動手指，做出嚇唬的動作說：
「這不會是最後一次，所以我希望你能了解……好嗎？我是真心想著你、愛著你的，所以反而跟任何人在一起都能安心，也自信絕不會動搖。——你懂我的心情吧？我已經有你這個守護神了。心中有真正珍惜的人時，人是不可能自甘墮落的。再說，連這種完全算不上什麼的小事都無法平心以對，太丟彼此的臉了。」
佃迴避著伸子的正眼，不肯退讓地喃喃道：
「我絕對不是想要對妳指手畫腳。我知道妳是真心待我的。但——妳太容易相信別人了。世上的人，絕對不是表面上看起來的那樣。妳怎麼能那樣天真地與人交往呢？……這讓我很擔心。」
「如果不能相信人，我又怎麼能這麼相信你？」
如果佃相信伸子的忠實，那麼他究竟是在害怕什麼？就像珠子說的，是嫉妒嗎？伸子痛苦地想，即使是嫉妒，如果佃明白她的心，那也是多餘的。不能去找佃不認識的人，也不能和佃不認識的人往來——這實在太拘束了。佃的小心眼讓伸子氣憤，也考慮過不再凡事顧慮佃的心情，自由率性地行動。佃也是，就讓他痛苦個夠，自己去悟出該如何處理那種感受就是了。伸子激動地幾乎就要如此下定決心，然而想歸想，她的心卻一下子又熊熊燃燒起熱情，想要摟住他的頭，吻遍他的臉，說：
「好，好，我都懂。」
伸子能夠理解佃的痛苦。他已經三十五了，經濟上極為窮困，沒有社會地位，名聲也說不上好，這些都讓他苦惱。他為這些心煩，同時又為了受到伸子年輕的熱情吸引的自己而苦、為缺乏自信而苦，肯定處在一層又一層痛苦的心境之中。伸子想要設法以自己的心燃燒佃，一起跨入光明正大的生活中。她知道對他們來說，只有眼前這條路可以走了。——但是要怎麼樣才能讓佃安心地與她一同健全地澆灌這段感情？

一思及此，伸子的眼眶浮現淚水。他也是，除非結婚，否則無法相信嗎？

3

每個人都會結婚。男人女人都會結婚。結婚就像人有眼鼻，是人生裡天經地義的一部分。伸子對婚姻懷抱著某種模糊的、可說是質疑的心態。人對家庭的強烈渴望，相愛的男女想要一同生活、想要被視為一對的強烈渴望，這些她也了解。對於佃，伸子並非僅擁有中世紀的柏拉圖式愛情。有朝一日，他們應該也會在肉體上合而為一。即使是現在，她也能完全領會如果被視為一對夫妻，不知道會有多方便。但論到結婚，模糊的沉重、狹隘、平庸、不安等等，總是籠罩著伸子。為什麼人只要結婚，就會像那樣彷彿走到人生某個終點似地穩定下來，融入社會？許許多多的男女就像被自己以外的人所牽引似地，糊里糊塗地過完了一生。伸子不希望自己結了婚，像這樣過完這輩子。她既不想結婚生子，也沒有想要良人出人頭地、得到某某夫人頭銜的欲望。佃有佃的志業，自己也有自己的志業。同時在經濟上，伸子也不需要佃賺錢養她。之所以想要與佃共同生活、彼此扶持、一起走下去，純粹只是希望兩人站在能夠全心養育彼此的愛的位置上，成長得更為豐富、寬闊、雄壯。對彼此相愛的男女來說，結婚是他們的唯一嗎？男女的愛，性質原本就是如此狹隘嗎？感覺人生應該可以更不同——到了最後，伸子的內心總是強烈地生出這樣的想法。

佃甚至沒有主動提起過「結婚」兩個字。但他是多麼地痛苦！看到他那痛苦的模樣，伸子無法不感受到他真正企求的是什麼。他不容許自己有主動開口的權利，因此他內心天人交戰的心情，更滿載著痛苦的責任，壓在了伸子的身上。

再四、五天便進入三月的某個夜晚。

伸子一個人在房間。現在是自習時間，是宿舍裡最安靜的時刻。除了偶爾踩過混凝土走廊的細微鞋跟聲響外，悄然無聲。伸子也坐在桌前。綠燈罩的讀書燈寂然照亮筆記本雪白的紙面和書本的皮革書脊。伸子正在抄寫《竹取物語》的一部分，做為普拉特小姐的授課之用。

她原本就喜歡故事。這是她自己挑選的教材，因此興致盎然，有些日子甚至沉浸在閱讀的樂趣中，不理會文法錯誤，或令人搔頭的用詞，埋首其中。但今晚卻是窒礙難行。這不光是因為她貧瘠的詞彙裡缺乏需要的表達材料而已。總覺得心中缺少了足以讓她湧出興趣的熱忱，是這種感覺。伸子感到內在空空洞洞的，就好像自己整個人頓時變得稀薄了似地，甚至無法思考或寫字。她只要一感到寂寞，就會如此。

佃為了基督教青年會的工作，去紐約北部的某個城市了。

聽到這件事時，伸子反倒是開心地贊成。

「這樣很棒，你去吧。偶爾分開也不錯，可以調劑心情——」

伸子認為重新審視自己的心情，或是讓略嫌亢奮的神經歇息一下都是好的。第一個晚上，由於晚飯後不會有人到樓下的大廳拜訪自己，伸子很快就安心地換上居家服放鬆了。她一時興起，整理衣櫃，或看看書，彷彿被久違的獨處之樂所吸引。九點左右沐浴上床時，伸子感覺平日遺忘的無為的喜樂，就像升起的明月般照亮了自身。

隔天，也就是今天，一整天都沒事。但她還是基於習慣，十點多便去了艾弗里館。她一如往例地面對桌子坐下，感覺周邊說不出的匱乏。清爽空氣的某種冰冷、沒有腳步聲的整幢建築物過於廣闊的空曠，這就是所謂的空虛嗎？周圍所有的一切事物，都讓伸子覺得異樣地新穎、強烈。

每當門打開，或是有人靠近，她的神經便極度緊張。佃現在身在數百英里外，還要兩天才會回來。她應該清楚這件事，然而門一開、有人靠近，她便心生期待，悸動不已。上午漫長得就像一整天。到了最後，伸子因為自己的心全然失去自由，感到既窩囊又痛苦。

她離開圖書館，去哈德遜河旁邊的公園散步，或是去百老匯大道購物。然後似乎入夜了⋯⋯

伸子對抗著自己的情緒，總算是抄完了足以做為一小時課程的《竹取物語》，匆匆收拾筆記本和字典。接著她氣勢十足地離開書桌站起來，就好像有什麼好事正在等著她。然而——宿舍的小房間裡只有自己一個人。沒人等她做完功課，也沒有人可以說：「啊，總算完成了！」梳妝台的鏡子明亮地反映出室內的白牆。伸子露出寂寞的小獸崽子般的表情來。她無處排遣地雙手交握在頭上，走到窗前。

透過完全暗下來的寒夜，可以看見同一棟宿舍呈直角突出的側翼。許多窗戶就像點亮的萬盞燈籠，內部被燈火照得明晃晃的。一道沒有拉上窗簾的窗戶裡，隔著冰凍的戶外空氣，年輕女人的頭和白色上衣肩膀若隱若現。每一道窗戶裡面都是和平而溫暖，就像是有不為人知的幸福降臨。伸子突然有股衝動，什麼都好，她想要奮力撥弄樂器之類的東西，來打破快讓自己滅頂的這片寂寞。她坐在床腳，用鞋尖點著節拍，哼起歌來。這是自己的聲音嗎？自己的聲音竟是如此地淒慘、柔弱而顫抖嗎？

她打住歌聲，這回拿起了雜誌。

但是很快地，伸子甚至失去了抵抗的力量。她知道，這樣的寂寞想要排遣也是徒勞。

伸子醒悟到自己不能沒有佃了。彷彿世界整個空掉的寂寥，不管做什麼——不管是上街還是看書——就好像一切都只是在見到他之前用來消磨時間的手段，連空氣都莫名稀薄起來的苦悶。除了佃，有誰能將她救出這種苦？他可知道自己正在這裡如此地渴想他、為他神傷？

伸子的眼前浮現佃的臉。那張臉愈來愈大。佃抬起他熟悉的那頂老舊的硬頂圓禮帽，看著伸子，走近她，露出美好的微笑。伸子閉上眼睛，全身又熱又冷地顫抖著，緊緊地擁住幻影中的佃。他臉頰的觸感……他的嘴唇——撫摸柔軟髮絲時掌心的觸感，伸子呻吟地呼喚他的名。

伸子頭靠在牆上，恍惚出神，這時一道敲門聲拉回了她的思緒。

她急忙用雙手手背抹了抹淚溼的眼睛。

「請進。」

但門沒有打開，櫃台小姐在門外喊道：

「有妳的電話，請下來大廳。」

「好的，謝謝。」

是誰打來的？伸子訝怪著，沒什麼勁地打理了一下儀容下樓去。大廳裡，快樂的男女三三兩兩自成一群。三個穿晚禮服的女孩就像花束般聚在一塊兒，既開心又羞赧地穿過人群出門去了。一身黑衣的老舍監面露一貫的微笑，坐在角落的大理石柱下，望著眼前活潑的嘈雜。

伸子走進電話間。她心想如果是來約她出門的，就要婉拒，便拿起了話筒。

「喂？」

「佐佐小姐嗎？立刻為妳轉接。」

接著是接線生轉接電話的聲響。

「喂？」

「喂？……是……」

聲音極不鮮明，遙遠而且斷斷續續，但才聽到對方的一聲，伸子便忍不住緊握住桌上電話反射著銀光的台子，身子往前傾。

「佃先生？」

「佐佐小姐嗎？妳好嗎？」

湧上心頭的喜悅與思慕，讓伸子說不出話來了。她好不容易用對方也能聽見的聲音喃喃：

「喂……喂……」

同時把慌亂的灼熱額頭用力朝送話筒抵過去。

佃的聲音也帶著溫柔。

「紐約天氣如何？這裡正颳著劇烈的暴風雪——聽得見嗎？」

伸子懷著無法平息的感動，擠出屏息般的低聲：

「聽得見。謝謝你打來。」
「妳一個人嗎？」
「對。」
「我開會到剛才，忙碌極了。因為天氣太糟了，我想到妳不知道怎麼了……」
「謝謝你。」
一團火焰再次湧上伸子的胸膛。若是能夠，她想要一個跳躍投入他的懷裡，要他以同樣激烈燃燒的手，抓住這不顧一切的熱情，緊緊地握住——無法言說的激情，讓伸子額頭抵在話筒上沉默了。
「喂？」
「什麼？」
「妳怎麼了？」
「……」
另一頭也出現深情的沉默。伸子感覺他的溫情沿著夜晚的電線，一清二楚地傳遞過來。這樣的感覺不斷地逼近，徹底消除了分隔兩人的距離，甚至就好像佃已經來到了牆壁的另一頭。不久後，佃先開口了：
「時間可能快到了。差不多該掛了。」
「這樣啊。」
「妳一直在房間嗎？好好休息。我會如同預定，後天回去。」
「大概幾點？」

「應該是搭明天的夜車從這裡出發，傍晚就會到了吧。晚上我會去拜訪。」

伸子向佃道別。然後恍恍惚惚地搭電梯回房了。

4

這天晚上，伸子幾乎整夜無法闔眼。隔天下著陰鬱的綿綿細雨。她從普拉特小姐那裡回來，在玄關甩掉傘上的水滴，這時安川走出電梯，準備出門。她看到伸子便出聲：

「佐佐小姐，妳有空嗎？」

伸子還困在昨晚以來沒有停過的思考當中，一臉茫然地仰望安川問：

「有什麼事嗎？」

「如果妳沒事，可以陪我去趟一二五街嗎？」

「去買東西嗎？」

「對呀。」

伸子覺得走一走也好。因為該決定的事，昨晚她已經定下心了。

「那，等我一下。我把這堆東西拿去寄放。」

伸子將書本和筆記本寄交給櫃台。

因為近，她們都在一二五街一帶購買零碎用品，但那一帶是下等地區，街道上布滿了塵土、香蕉皮、蘋果皮，充斥著貨車劣質汽油的臭氣。窗玻璃破裂泛黃的半地下室裡，修鞋鋪、舊衣鋪、仿品首飾鋪等等，在這裡鼠竄般地做著生意。在這種地方，陳列在寶石店櫥窗裡標價幾百幾千美元的鑽石，沒人會當成真貨。

安川買了一雙鞋。伸子買了一捲緞帶、白色蕾絲桌巾，和一對可愛的小鴨玩具。安川看到伸子買的那孩子氣的東西，笑道：

「妳也真好笑，那種東西居然買了兩個。」

「很可愛呀，看這模樣多討喜，我要送一個給佃先生。」

伸子寶貝地抱著輕盈如羽毛的紙包，撐著傘，走回溼漉漉的道路。

儘管一晚沒睡，伸子的心思卻很清明。長久以來煩惱著她的問題，順其自然地找到了答案，是這樣的平靜。這個答案指示的未來絕不輕鬆。自己將要開始經歷身為女人的辛苦吧。只要佃有協助的熱誠，伸子認為自己絕不會畏怯。只要他說好，自己心意已決。伸子的心中除了希望，還有一絲難以言喻的悲哀和不幸的預感。是關於父母。她愛著父母，也知道他們心目中的伸子伴侶該是什麼樣的青年。公平地說，佃顯然距離他們所想像的青年形象太遙遠了。如果他們知道自己的決心，也許會驚訝、不悅、憤怒。不，他們還是會憤怒吧。但自己絕不會回頭。即使考慮到最糟糕的情況，那將成為她與父母一輩子不和的原因也一樣。昨晚伸子也想到此事，為此嗚咽悲泣。然後她祈求父母能夠諒解她的心情。還有佃，如果命運容許，祈求他能成為他們的好兒子。

隔天下午五點多，佃打電話來了。伸子說她會過去，請佃在七點左右到圖書館來。

伸子就像參加儀式般，滿懷嚴肅、食不知味地用了晚餐。她回到房間，在小鴨脖子繫上精細的玫瑰緞帶裝飾，用薄紙包好。她梳理頭髮，戴上帽子，帶著比平常更蒼白一些的臉色出門了。

昨天的雨停了，這是個無風溫和的夜晚。帶著溼潤的黑色夜空，無數的星子閃爍著。大學校地裡，遠方的路燈照射下，無葉的樹梢和大圖書館的圓頂朦朧浮現，伸子穿過其中，前往阿維雷廳。沒看見佃。伸子走到大圖書館，打開三樓角落的特別室。燦然遍照的燈光下，書架林立，伸子的腳步聲在高聳的天花板回響著。讀書室傳來有人起身的聲音。伸子加快腳步。佃在那裡。一個人。他面對門口，左手搭在椅背上站著，就像要迎接入內的伸子。——伸子看到那張總有些憔悴的面龐，瞬間感到支撐著自己的支柱轟然崩塌了。

一開始的感動略微平靜下來後，伸子在佃的旁邊坐下，簡短地詢問旅行的情況。她遞出白色的薄紙包。

「送你的——打開來看看。」

佃稀罕地邊看邊拆，看見裡頭的小鴨，微笑頓時漾滿了臉。

「真可愛！謝謝。怎麼會有這個？」

「昨天看到買來的。和安川小姐一起上街。」

佃以粗獷平坦的指頭輕撫著小鴨的軟毛，或將它放在皮包上行走，天真地與小鴨嬉戲著。伸子懷著苦澀的心情看著那張無憂無慮的表情。他渾然不覺伸子下一秒要說什麼。儘管他倆的命運，就將在這幾分鐘內決定。

要開口說出重大的決定，令伸子感到艱難。她垂下目光，把手疊在佃的手上。劇烈的感情動搖搶在前頭，讓她的舌頭沉重僵硬。伸子冷不防叫了他的名字：

「佃先生。」

佃驚訝地看著伸子。四目相接的瞬間，伸子一臉痛苦，就好像胸口突然作痛起來似的。她伸出手，將佃的頭摟向自己。接著嘴唇緊貼在他的耳邊，開始呢喃：

「我……我……」

然而就在這時，連伸子都不曾預期的淚水突然泉湧而出。她把臉緊貼在佃的側臉上，啜泣起來。佃不明所以，慌張地想要把伸子的臉推離自己的胸懷。

「妳怎麼了？咦？妳怎麼了？」

伸子更緊地抱住他，斷斷續續地在啜泣之中細語道：

「我……我想過了……如果要結婚……我……」

佃驚愕地挺直了身體，雙手用力捧住伸子的臉，定在自己面前。伸子淚如雨下，激動顫抖，但仍宛如懺悔的孩子般，一鼓作氣地說：

「我非你不嫁。」

5

河濱公園的角落有格蘭特將軍的墓。石階上，有如紀念塔的建築物周圍是一片廣場。眼下是漆黑的哈德遜河及冬季蕭瑟的公園，夜風寒冷，也不見散步的人影。伸子和佃離開圖書館，來到這裡。他們顯然亢奮極了。但心情是嚴肅的，甚至是沉鬱的。聽到伸子的告白那一刻，佃呻吟：

「真有這種事嗎！真有這種事嗎！」

他緊緊擁住伸子，幾乎沒把她的骨頭給箍斷。他的眼中湧出淚水。世上還有比這更真確的承諾嗎？伸子得知自己幸運地沒有看走眼，成功挖掘出亦潛藏在他內心的希望。

她漸漸平靜下來了。

「我還有很多事要告訴你，我們出去走走吧？」

因此兩人才會在這個季節的這個時間，來到人影稀疏的河濱公園。

伸子沒有預料到她會以那種形式坦承自己的心。她原本計畫會更冷靜地，首先說明她做出這個決定的心路歷程，討論許多現實問題後，最後再說出那句話，然而事到臨頭，順序和想法全飛到九霄雲外了。現在她必須回到原點，從頭告訴他才行。

伸子讓佃攙扶著手臂，緩步繞著石板地廣場，邊想邊開口。

「我接下來要說的，全是我的任性，雖然不小心次序顛倒了。——不過這很重要，請你一定要聽。畢竟……每一天的生活，沒辦法全是風花雪月。」

「當然。」

佃熱切地說。

「什麼都儘管說吧。我們好好討論，我會盡我所能。這四、五年來，我早已放棄結婚這個念頭了。——真正是意想不到——我幾乎難以置信。沒想到居然能在這時候……」

「我也一樣。太意外了……但是我——你不在的時候，我深思熟慮，做出這樣的決定，也是為了想要把你我心中的這份情，滋養得更為茁壯。我真的不是想要和你成為普通的夫妻。」

「我明白。」

「我想要讓彼此安心，成為更深、更寬闊的人。倘若我們的感情能夠毫無罣礙地繼續下去，我甚至覺得能否住在同一個家，還有其他種種，都是次要的。但如果你無法安心，我終究也無法安心——」

兩人沉默地走了幾步。伸子問：

「這就是我說的任性——但你能夠容許自己的妻子不會做家事、想要進修深造嗎？我是真心愛著你的，但我也愛著我的志業，就如同你一樣！用說的似乎沒什麼，但如果我們一同生活，我覺得這會是相當艱難的一件事——」

伸子努力維持著勇氣，盡全力將自己的身體貼在佃的臂膀上說。

「我實在無法再回到不認識你的時期了。所以我立下決心，想要盡量讓這段感情走下去……但我也無法拋棄志業。這一點我絕對做不到。也許我這輩子不會有什麼成就，但我就是無法放棄。倘若無論如何都必須拋棄的話……我……只能向你道別了。」

伸子緊咬下唇，勉力克制住淚水。佃就像要以全身掃去伸子的疑慮般，真心誠意地斷定說：

「妳這是白操心。——我明白妳有珍惜的事物。我好歹也是深愛妳的人，怎麼可能要妳拋下那些！——我甚至不惜拋棄自我，也要成就妳的圓滿。我要的絕對不是一個黃臉婆……我原本就一直想要協助擁有自己志業的女子，讓她成為一名出色的女性……但遺憾的是，我心餘力絀。」

伸子歡喜得忍不住停下腳步。

「真的嗎？你真的這樣想？」

「當然是真的！妳看著我。」

佃也停下來，將伸子的雙手捏在自己的兩手掌心，面對著她。
「妳看我——我這像是說謊的樣子嗎？」
「謝謝你！謝謝你！」
伸子淚眼汪汪，用力甩動被握住的雙手。
「真的太謝謝你了！你明白我有多開心嗎？謝謝你！啊，謝天謝地！我太感激了。」
伸子在結霜的石長椅坐了下來。她甚至想要向這片寒冷黑夜中的大自然下跪，感謝道：「是誰賜予我這樣的幸福？我居然配得上如此的恩寵嗎？」啊！我竟能有如此美好的際遇！伸子之所以無法克制淚水，並不全是為了佃的理解而歡喜，還有對他第一次展現男子漢的權威，清楚地表達他的心情的歡喜。啊！他第一次像個男子漢般說話了！
佃擔心地再三撫摸伸子。
「妳還好嗎？……別太激動了。」
「我沒事的。我才不會生病呢……不過我們要彼此注意身體，過得健健康康，因為我們注定要過窮日子。我們要相互扶持地過下去。因為我不打算接受父母任何援助——當然，他們也沒有什麼可以給我的。」
伸子笑著，彷彿就連兩人的窮困都讓她歡喜、珍愛。
兩人步下人行道向前走，毫不在意徹骨的河風颳來的寒意。
然後佃注意到，望向手錶。
「已經過九點半了……沒關係嗎？」

伸子在宿舍的外出登記簿寫了圖書館。圖書館已經快關門了。伸子想了一下說：

「沒關係。如果有什麼問題，明天跟李小姐解釋一下就行了。」

伸子的心由於無論如何都要跟佃在一起的信念而充滿了勇氣。但是再晚也只剩下兩小時左右，她就必須與佃道別，但她還有另一件掛念的事。這件事關係極重，佃也完全沒有提到隻字片語。開口提這件事，又讓伸子感到新的尷尬。她僵硬地開口。

「還有另一件重要的事——」

「什麼事？」

「……」

伸子終究無法啟齒了。

「什麼事？」

「……孩子的事。」

「……我明白。」

「明白什麼？」

這回是佃躊躇了。

「也就是……」

「我認為如果不能讓孩子成長在快樂而恰當的環境中，不管對孩子還是父母，都不算幸福。你也是這麼想嗎？」

「是的——而且還有工作……」

「況且，我們的生活注定會很勉強。我不想當個甚至無法給孩子完整教育的父母。再說……我在心情上，總覺得自己無法順利成為母親……」

伸子沉聲說著。

「男人能夠理解這樣的恐懼嗎？……本能上，就是有什麼讓我害怕得不得了——」

結果佃極平鋪直敘地說了：

「那沒有什麼吧。」

佃那缺乏關懷的語氣，讓伸子感到有些受傷。

「怎麼會沒什麼？儘管我有這樣的恐懼，但同時也強烈地認為自己可以像這裡的女人一樣，滿不在乎地不以純科學角度去看待這事——對於我自己，還有歡快而高貴美好的事物，總有一種忸怩——但這些都是我真實的心情——」

兩人來到彎向宿舍的小巷。佃就像要用自己的心覆蓋伸子似地說：

「放心吧。我絕對不會做出讓妳難過的事。而且妳那樣的感受，或許總有一天也會改變……我並不是——妳懂吧？我自認為對這些多少也是有理解的。」

他們這才發現自己已經凍得全身冰冷。兩人走進就在宿舍前面的咖啡廳。

佃把伸子送到已經熄了燈的宿舍玄關。

6

冬春交會的三月，天候開始陰晴不定。早上下著紛紛細雪，中午卻是豔陽高照，夜晚則有濃濃的霧氣籠罩了市街。隔天颳起強風，空氣乾到喉嚨發痛。——但不論是陰是晴，冬季都無法抵抗一天天融去的事實。行道樹的樹梢不知何時有了柔韌的彈性。上街採買經過大馬路時，不經意地注意到高聳的塔頂上飄揚的紅綠色旗子。也不是有什麼，只是高空處有一面熟悉的星條旗迎風招展。但人們從旗子的色彩，或是從天空，感覺到今天有某種格外閃亮的歡欣，躍入了自己的心房。人們訝異著，眼神隨之變得柔和……這正是春意拘謹的前兆。

這天，前晚降下的輕柔細雪積在大學的草地上和馬路日陰處。

伸子受某實業家夫人之邀，前去參加午餐會。伸子心中牢牢地懷抱著怎麼想都想不盡的思緒，享受著坐在尋常人之間的喜悅，殷勤地應酬、談天歡笑。

兩點開始有普拉特小姐的課。但前晚伸子和佃相處到很晚，今天又受邀作客，她完全沒準備。伸子早到了約五分鐘，但普拉特小姐已經在她們平常坐的房間長椅上等她來。伸子誠實地說：

「今天我太懶了。我沒有準備課程就來了，請原諒我。」

普拉特小姐抬起豐厚的栗色劉海，仰望伸子。

「怎麼了呢？……先過來坐下吧。」

普拉特小姐環住伸子的背，讓她緊貼在自己身旁坐下來。

「為什麼會沒準備？」

「我昨晚應該要準備的，但我和佃先生聊到太晚，結果沒時間了。今早阪部夫人又邀我去作客，所以也抽不出空……今天我就用口頭敘述，請妳訂正，可以嗎？」

「當然是沒關係……不過……」

普拉特小姐沒有放開伸子的背，反而更緊地、滿懷溫情地將她摟過去說。

「妳這陣子會不會太忙碌了些？雜務太多……」

伸子在普拉特小姐的聲音中感受到真誠的憂慮。

「無法靜下心來？」

「也不是這樣……」

伸子自然地說出這陣子一直累積的心事。

「我知道妳從以前就在擔心佃先生和我的事……有一次妳把我找來，也是為了這件事吧？」

普拉特小姐以她獨特的沉穩語調說了Yes。

「沒錯——妳的心思真的很敏銳……」

伸子得到信賴，說：

「謝謝妳，可以向妳完全坦白，我也很開心。那個時候我的心情也還沒有定下來……而且我不願意在那種情況下說出來。」

「……但我一直認為只要時候到了，而且有必要的話，妳一定會找我商量的。因為妳知道雖然我力量微薄，卻是由衷希望妳幸福的。」

伸子沉默了。她們並坐的前方白牆倒映著戶外積雪的反光。雪融的速度很快，在明亮的白光中，也能看見不斷升起的水蒸氣晃動。伸子困窘之餘，直白而平板地說：

「我愛著佃先生。」

「……我想是吧。」

「……我們訂婚了。」

「訂婚了？」

向來穩重的普拉特小姐表現出來的驚愕，讓伸子忍不住幾乎要別開目光。伸子傷心極了。自己和佃訂婚，是值得她那樣不快地表達驚訝的事嗎？普拉特小姐很快地定定神，向伸子道歉。

「抱歉，這消息太突然了……我真的沒想到……妳竟……」

一段漫長的沉默。片刻之後，普拉特小姐彷彿過於感動而淚水盈眶地喃喃道：

「妳真是太年輕了！妳是個可愛的人兒，我真的很想看到妳幸福一輩子。」

普拉特小姐把伸子擁入懷裡，親吻她的額頭。

滲透靈魂的痛楚，讓伸子感受到這些可說是第一個聽到的祝福話語背後所具備的性質。這不是一般訂婚的人會得到的祝福。其中隱含的，是不是傷痛、憐憫和嘆息？伸子悟出她必須覺悟到在某些情況下，她可能會承受到更勝於此的冷笑與輕蔑。

普拉特小姐問了：

「令尊認識佃先生嗎？」

「認識。」

「妳告訴他這件事了嗎？」

「我立刻詳細寫信報告了。——而且更早以前，我就向家父說過我的心情……」

普拉特小姐不斷地擔憂佃對伸子能有什麼幫助，這比什麼都讓伸子難受，也為了佃感到歉疚。如果佃是有錢人家的兒子，如果他的名字登載在名人錄上，還有誰會說這種話？倘若如此，即便那個人的目的其實只是想玩弄伸子的感情，世人也不會說什麼吧。沒想到在這方面，佃竟是連辯白都不會有人相信！

伸子覺得彷彿自己受到貶低般痛苦。她倔強地說：

「普拉特小姐，愛他的人是我，相信他的人也是我。不管他人如何吹捧一個人，我不愛就是不愛，無法相信就是無法相信。但如果我愛一個人、相信一個人，起碼在我這樣想的時候，我的心意是不會改變的。」

伸子在普拉特小姐那裡待到近傍晚。在傾吐心事，感到如釋重負的同時，伸子亦對兩人的結合感到些許憂鬱的感傷，就此踏上歸途。

7

星期日——伸子和普拉特小姐受邀參加位於市區繁華處的丘吉爾夫人家的茶會。

「很有意思，不是都說在紐約，人們總是追求最時髦的生活樣式與流行嗎？但即使在這樣的大都會當中，維多利亞時代的遺骸，仍以丘吉爾夫人之名活在這裡。去見識個一回吧，我會趁妳還沒窒息之前，把妳帶出來的。」

普拉特小姐這樣說，便帶伸子去參加。伸子興致勃勃，最後窮極無聊地在那裡待了兩小時。她聽到穿羊毛襪、燒木柴暖爐的丘吉爾夫人講述珍奇的紋章學，以及對家世的炫耀。

五點過後，兩人前往C大學的聚會所。那裡有基督教青年會主辦的世界主義俱樂部的星期日晚餐會。會員大都是來自世界各國的留學生，有倡議新世界主義的討論、研究及演講。在那之前，人們先在大廳裡擺了好幾排的長桌上享用簡單的餐點。

伸子依照規定，在入口拿到的紙上填寫自己的姓名和國籍，別在胸前。看來今天其他地方沒什麼有趣的活動，場面相當熱鬧。門不斷地打開，各國男女前來加入。伸子和普拉特小姐坐在大廳的暖爐旁。伸子占據了面對門口的位置，不著痕跡地留意進出的人。她從昨天傍晚就沒再見到佃。今晚他應該也會來。伸子沒什麼興趣卻還是來了，甚至可以說都是為了想見他。

伸子都快等累了，卻意外地在與預期完全相反的方向看到了佃。他就在裡面的男士休息室前，對著玄關，和菲律賓青年站著談話。他一邊說話，似乎也頻頻留意外面的狀況。和青年道別後，佃以獨特的步態走向伸子這裡。伸子被一群人擋住，他沒有發現她就坐在附近的椅子上。佃愈來愈近，沒發現人群另一頭的自己，即將經過的剎那，伸子不自覺地用左手碰了碰普拉特小姐的膝蓋。

「普拉特小姐。」

出聲的瞬間，伸子發現自己做錯了。自己怎麼這麼傻！普拉特小姐早就知道佃這個人了。但是一看到佃，伸子卻不知為何有股強烈的衝動，想要明確地告訴普拉特小姐：

「普拉特小姐，那就是佃先生。」

她不假思索就叫了普拉特小姐，但是告訴她那就是佃，又能如何呢？普拉特小姐正在與長年在中國傳教的婦人交談，她慢慢地轉頭應道：

「怎麼了？佐佐小姐。」

她應答得有些慢，讓伸子有時間擺脫這愚蠢的混亂。

「啊，抱歉，我認錯人了。」

波蘭青年演奏熱情的波蘭舞曲做為餘興表演，結束了聚會。

剛過九點的時候，普拉特小姐不停地邀佃和伸子去她家。她和另一個教法文的比利時婦人在一起。

「如果你們不嫌棄，請來舍間坐坐吧。我招待兩位久違的日本綠茶，好嗎？」

普拉特小姐邀約得太熱情，伸子拒絕不了，四人一起去了普拉特小姐的公寓。

師母不在。普拉特小姐一個人準備茶具，伸子也到餐廳去。

「我來幫忙。用這個煮水嗎？」

伸子打開熱水壺的開關。也許是因為剛回來就開始忙，普拉特小姐顯得有些急躁。她將茶點放入缽碗，端去客廳。

回來後，她摸摸熱水壺。

「好了嗎？已經滾了吧？」

打開開關後還不到三分鐘。

「才剛煮而已，還要再一下吧。」

但普拉特小姐仍用手掌摸著鋁製反光的水壺壺身說：
「已經很燙了。」
「只有外面燙吧。」
「已經好了啦！」
伸子笑了。
「怎麼這麼性急呢？水好了我會端過去，請妳去客廳坐吧。我知道怎麼弄。」
總是明理、泰然的普拉特小姐竟為了煮水而急成這樣，讓伸子覺得既可愛又好玩。但普拉特小姐卻毫無道理地主張水已經滾了。
「已經好了，真的滾了。——妳聽，有聲音，可以拿下來了。」
普拉特小姐的聲音與眼神中的固執，令伸子陡生警覺。那不是想快點去客廳和大家一起坐的稚氣急性子，而是反抗著什麼的頑強幹勁。
「那就關了吧。」
伸子切掉開關，拿到客廳去。
水當然沒有滾，泡出來的茶難以入口。普拉特小姐也不禁苦笑。
「佐佐小姐是對的。看我，端出這種只適合夏天喝的茶水待客……」
伸子模糊地感覺氣氛逐漸變得古怪，不太自在。普拉特小姐不斷地提供話題，卻略顯不自然。她也不是對著誰，泛泛地說完話後，便故意將矛頭指向佃，逐一詢問：
「佃先生有什麼看法？」

或是：

「請說說你的意見。」

佃似乎感到困擾，不肯明確地回話。但普拉特小姐緊迫盯人，語氣不改。

她說：

「佃先生，你的主修是什麼？我之前聽說過，但不小心忘了……」

聽到這問題，佃完全不掩飾他的煩躁，冷淡地回答：

「也不是什麼有趣的學問。」

伸子插嘴。

「他主修的是古代語言學，特別是伊朗語……」

然後打圓場地說：

「哪天方便，一起去美術館逛逛吧！請佃先生為我們導覽。一定會很有趣的。」

結果普拉特小姐像要伸子退下似地說：

「我是想要請教佃先生本人。那……你研究的目的是什麼呢？」

不是閒聊，簡直是審問了。伸子不明白今晚普拉特小姐怎麼會如此反常。她忐忑不安地看著，佃雙手抱胸，更消極、彆扭地應道：

「是為了研究而研究。」

「……恕我冒昧，我覺得這是遁詞。當然，我知道真正的研究絕非追求功利，但如果是為了研究而研究，就更應該有學術上明確的目標吧？我就是想請教這一點——就連狗，挖土也是因為嗅到了東西。」

「不好意思，今晚我不想爭論。改天有空再說吧。」

「咦，這完全不是在爭論呀，只是稍微認真地談論嚴肅的問題、很普通的問題而已呀。」

普拉特小姐以令伸子毛骨悚然的笑容看著旁邊的兩人。沒有人能微笑回應。顯而易見，她和佃之間的戰端已經開啟。伸子這才了解到普拉特小姐會把佃一起邀來她家，就是為了說這些。

「那麼，好吧，我很遺憾無法理解你的研究──不過這個問題總可以請教吧？做為一個人，你有什麼樣的人生目標……？」

從剛才便默默看著三人，不知所措地坐著的比利時婦人這時開口了。

「普拉特小姐，適可而止吧，這問題太……」

「沒關係，妳不用擔心──」

普拉特小姐正面注視著佃，座椅上的上身筆直挺立著，斬釘截鐵地說：

「我知道自己在說什麼。佃先生，有些時候，沉默可不一定是金。」

「……」

「佐佐小姐她……」

自己的名字被意外地提起，令伸子睜大了眼睛。

「對自己的志業與人生，已經有了明確的目標。你就沒有什麼話要說嗎？說不出來嗎？」

伸子幾乎再也坐不下去。佃的態度讓她急得牙癢癢的，而普拉特小姐冰冷地策畫，刻意像這樣在別人與自己面前揭露出這一點，也令伸子怒火攻心。伸子很清楚，普拉特小姐是為了她，才想要暴露出佃赤裸裸的面貌。「居然在人前這麼窩囊！」普拉特小姐以為自己會這麼想，而對佃死了心嗎？

佃執拗地沉默著，普拉特小姐就像要甩上一記耳光地說：

「說不出話來，正證明了你這個人有多空疏。——你沒有理想、沒有熱情，也沒有任何思想！你這樣對伸子小姐——」

「普拉特小姐！」

普拉特小姐望向一臉蒼白的伸子。她神經質地動了動身體，噤聲不語了。

8

普拉特小姐的好意，逐漸令伸子感到不勝負荷。普拉特小姐的作法總令伸子無法坦然接受。接下來的上課日，彼此完全沒有提到星期日晚上的事。但普拉特小姐忽然說：

「之前那一晚，在世界主義俱樂部，我注意到一件事。」

伸子雙手擺在筆記本上，為難地看著普拉特小姐。

「在餐桌坐下來時，佃先生替妳和我挪椅子對吧？那個時候他挪椅子的動作，對妳和對我不一樣——妳注意到了嗎？」

伸子搖搖頭。

「沒有。」

「他替我挪開椅子的動作很恭敬，無可挑剔，但對妳卻很隨便，只用一隻手拉。」

只要去普拉特小姐那裡，她動輒便會提起這類例子。過去伸子最期待的課程，現在已是索然無味。比起普拉特小姐對佃沒有好感，她對自己的偏愛更讓伸子痛苦。普拉特小姐以女人周到的殘酷對佃雞蛋裡挑骨頭，這反而讓伸子燃起熊熊的反抗心態。

這天是自紐約市前往法國出征的士兵凱旋日。

宿舍一早便幾乎人去樓空。最近伸子對這些不太感興趣，留在房間裡享受著宿舍前所未有的寂靜晨光。從窗戶俯視的街道也沒有人影，感覺就像星期日早晨。伸子用指頭把玩著編成辮子的髮梢，站在窗邊，眺望著宛如節日的戶外景色。這時背後響起敲門聲。她當下以為是來通知佃已經來了，感到困惑。他們約好十一點要渡過哈德遜河，在另一邊的河畔好好地散步一番。伸子走向門說：

「請進。哪位？」

「原來妳在。」

開門現身的是高崎直子。

高崎主修家政學，寄住在美國人家庭，因此兩人平素往來算不上熱絡。

「咦，真是稀客！請進。」

「怎麼這麼早就出門了？」

「嗯，這對我來說很平常——剛好經過附近，所以順道來看看妳。」

直子順著伸子勸坐，打開外套前襟，在椅子坐下來。

「脫下外套比較舒服吧？」

「嗯，可是——我也不好打擾太久……」

直子身材嬌小，有著一頭豐盈的黑髮，濃眉與意志堅定的寬唇讓人印象深刻，容貌甚至可形容為美麗。她環顧室內，稱讚伸子的健康，閒話家常，但模樣看起來總有些緊繃，彷彿心中有什麼想法，是為了鋪墊這個正題，而聊著其實並不太感興趣的話題。彼此的心都不甚穩定地過了幾分鐘，直子切入正題了。

「其實呢……今天我會來，一方面是因為許久不見了，另一方面是希望妳能聽聽我的苦口婆心。」

「這樣嗎？謝謝。妳要告訴我什麼事呢？」

「也不是什麼大事……」

直子伸手理了一下帽子，就像要排遣感情的動搖。

「聽說——這陣子妳和佃先生非常要好？」

「是呀。」

「那麼——我想妳一定也知道，大約一年前，我受到佃先生極多的關照。當然不是金錢方面，而是協助我的課業，或介紹我工作……」

一旦開口，直子便恢復她天性的穩重，流暢地說下去。

「佃先生是我來到這裡之後才開始親近的朋友，但因為他年紀大了許多，感覺上我就像是把他當成叔叔在倚仗。我們交情很久了，因此即使別人說了佃先生什麼，我也清楚他不是那種品行不端的人。即使在公寓房間兩人獨處到深夜，他依然規規矩矩。這一點不管對任何人，我都敢正大光明地保證。」

聽到這話，伸子感到欣喜。一方面是佃的信用意外地獲得擔保，讓她高興。不過直子保證佃是個正人君子，也等於間接強調了自身的清白，這讓伸子情不自禁地露出微笑。她溫和地同意對方的話。

「佃先生和妳的事，我並沒有放在心上。」

直子以熠熠發亮的眼神看伸子。

「我明白，妳當然不會計較這些。只不過，當時傳出了相當擾人的流言。我本身問心無愧，但這不僅給佃先生造成麻煩，我自己也頗為困擾，因此暫時婉拒了與他的來往——我想告訴妳的是，我到現在依然很欣賞佃先生，但是跟他，只能做朋友就好……妳——一定不會幸福的。」

「是嗎？為什麼？」

「因為……我就是這麼感覺。」

「妳有什麼根據？」

直子自信十足地回答：

「我跟他打交道了那麼久，多少了解他這個人。他絕對不是個壞人，但——我就是這麼覺得。」

伸子說了：

「妳會這麼說，我也覺得難怪。畢竟他的性情如此。對吧？我很清楚的。我也不是被愛沖昏了頭，什麼都看不見。雖然我不知道妳怎麼想，但我有個信念，那就是，愛是可以改變一個人的。」

直子忽然用一種漠然的、無法捉摸的眼神看伸子。

「……這……或許吧。」

「我覺得一定是的。也就是因為時運不濟等等，無法出頭的傑出人才，只要得到適當的光芒照耀，就能成長而嶄露頭角。」

「……佃先生人很好……我當然也希望他能幸福。」

伸子熱切地說：

「而且，我怎麼樣就是無法欣賞那些只是陽光活潑、八面玲瓏、前程似錦的青年。若不是那種飽嘗人情冷暖的人，就太無趣了。他的陰暗和悲傷我知道，但我也了解他明朗、暢快的一面……佃先生現在身邊有太多負面的人了。我全心期待他能脫離這樣的環境，逐漸獲得更確實而崇高的明朗。」

「……」

聽到這裡，直子似乎無法理解伸子的心情了。她嘆了一口氣，茫然地點點頭。

「可是，為什麼每個人都跑來找我說佃先生的不是呢……？他也遇到一樣的狀況嗎？」

伸子喃喃說。

很快地，直子就像說完了想說的話，以她一貫的實際態度，拿起皮包和手套。

「總之，把我一直以來的想法告訴妳，我心頭爽快了。畢竟不說出來，也不知道妳願不願意接納。」

直子戴好一邊手套後，執起伸子的手說：

「打擾了。那麼，後會有期。」

「這樣嗎？」

伸子有些古怪而傻愣地應道。直子踩著扎實的腳步跨進走廊。

「再見。」

「再見。」

直子滿懷信念，就彷彿已達成良心上任務的模樣，右手拎著皮包，左手揮揮手，在走廊遠去了。——伸子目送她的身影彎過轉角，關上門，同時唇角不自覺地浮現無力的扭曲微笑。

不到兩星期，伸子再次遇到意外的人物意外的來訪。

某天午後，有人交給她一張名片，是伸子父親朋友的兒子，名叫田中寅彥。她與這名青年素昧平生。伸子下去大廳。青年在凹壁處等她。有些粗魯地草草結束初次會面的寒暄後，青年突然憤憤不平地問：

「昨天我在某處聽到妳和佃訂婚的消息，是真的嗎？」

一直納悶對方來意的伸子驚訝地看著青年。這個皮膚黝黑、揚起東方人眉毛形狀的青年，與這件事到底有什麼關係？伸子感到不快，冷淡地答道：

「這和你有關嗎？」

「怎麼可能有關？我之所以過來，完全是因為家父與令尊是朋友。——我認為明知道事實，卻不忠告一聲，實在說不過去。——佃是個偽君子。」

伸子從正面定定地注視著田中。

「為什麼你這樣想？」

「不是我這樣想，這是事實！」

比這些訪客更磨耗伸子的神經的，是佃又再次變得疑神疑鬼。在格蘭特將軍的墓旁邊走邊聊的那一晚，滿腔熱情而堅定的他不知道消失到何處了。佃反而變得比以前更為傷感——近乎可怕地傷感。

伸子想要藉由與他見面，忘掉來自外界的不安與不快，並為彼此打氣。

「喏，我們真的要過著美好的生活。只要我們堅忍不拔地過下去，不管遇到任何事，都可以放心。好嗎？我們要彼此扶持，讓彼此變得更好。」

佃死盯著伸子，接著以沉鬱到極點的語氣喃喃：

「真希望可以如此。可是……我不知道……時間會證明一切吧。在那之前，一切都是Great big "IF"。」

「怎麼會？我們不是已經下定決心了嗎？既然立下決心，就只能去實踐，證明這樣的決心是有意義的啊！現在才說這種話，太卑鄙了……」

兩人對彼此的執著更深，彷彿片刻都無法分離，同時不斷地為這些困頓的熱情衝突而流淚。

復活節過去，北方令人望眼欲穿的五月終於到來。樹木同時換上綠衫，在洋溢的陽光下歡欣顫抖。不論早晨、白晝或夜晚，空氣中亦充滿了撩撥鼻腔的嫩葉清香。郊外林間，腐朽的去年的落葉底下綻放出形形色色的野花來。傍晚，睏倦的霧靄覆蓋其上，沼地開始傳出小動物的合奏，就宛如馬毛弓拉奏的胡弓樂聲。蘆葦鶯啁啾啼叫。大自然一整晚聆聽著春季急躁的喧鬧聲。

伸子就彷彿受到初夏的浪潮推擠，對他們的命運性急起來。她經常徹夜失眠。

大學剛放起漫長的暑假，伸子便和佃一同出發前去某座湖畔的避暑勝地度假。她早有受責怪的心理準備，斷絕了與反對這場計畫的普拉特小姐和宿舍舍監的一切往來。

伸子和佃在湖畔待到近十月。回到都市後，兩人將他們的婚訊通知了親友。對她來說值得記上一筆的這天，綿綿秋雨打溼了市街。兩人到百老匯大道的某家餐館用晚飯。他們話並不多，就只看著餐桌上燈飾的光芒。結果就在伸子背後屏風的另一頭，一清二楚地傳來男人不客氣的日語：

「喂，聽說佐佐伸子結婚了。」

另一道沙啞的聲音應道：

「哦？……對象是誰？」

「一個醜八怪。她跟一個叫佃什麼的美國小混混搞在一起了！」

——伸子聽見高聲啜酒的聲音。

第三章

1

這是個雨夜，牆上有方罩燈造形電燈的玄關一片陰森。老舊的天花板彷彿低低地覆蓋上來，隔著薄薄一層絹襪，是榻榻米冰冷堅硬的觸感。不知為何，沒有一個人出來應門。就要走進置有屏風櫃的狹窄木板地房間時，盡頭處的霧面玻璃門內冒出女傭毫無防備的臉。她看見父親領頭而來的四人，似乎大吃一驚。

「咦！」

女傭也不招呼，突然就衝進屋內去了。接著是腳尖沙沙磨地、熟悉的母親的腳步聲。伸子一直以為母親一定還在臥床，因此聽到那輕盈快速而熱切的腳步聲，擔心母親是不是聽到自己回來，過於激動而勉強起身了。伸子急忙要打開厚重的門。門的另一頭也匆促地扳動門把，打了開來。多計代就像和女傭疊在一塊兒似地走了出來。

「啊，小伸，妳回來了！」

那表情實在太百感交集，令伸子一時說不出話來，趕緊執起母親的手。

「媽，妳可以起來了嗎？」

「啊，我已經沒事了。外頭一定很冷……不過太好了，妳平安無事。」

伸子說：

「先回去躺著吧。」

她的手攙扶在母親穿著棉襖的背部。

「有什麼話，都可以慢慢說了。」

母親腳上使勁，就像拒絕伸子的輕推。

「我真的沒事，不用擔心。——而且我本來就沒躺著。」

「可是——」

伸子感到疑惑，望向母親。母親有些憔悴，頭髮在後腦紮成一束。伸子小聲問：

「嬰兒呢？」

母親表情有些尷尬。

「喔，這事……」

聲音雖然低沉，但很明確，母親說到一半又喃喃道：

「總之，晚點再告訴妳。」

接著母親突然歡快地拉開嗓門，叫喚小女兒。

「豔子！豔子！妳在哪？妳心心念念的姊姊回來嘍！」

然後她領頭打開父親和弟弟們也在的房間。

「那孩子也真好笑，今早明明那樣吵著要等姊姊回來。——去暖爐旁邊待著吧。今天下雨，真是不巧。」

這是伸子睽別一年回到老家。她經過房間和客廳，不知為何感到一種彷彿到親戚家作客般的扞格不入。伸子在暖爐旁的長椅坐下來。對面另一張長椅坐著父親和弟弟。彼此的心中充滿了久別重逢的懷念。不過，該從何說起才好？伸子笑著對弟弟說：

「怎麼啦？」

「呵呵呵。」

短短一年，多了幾分青年氣息的弟弟尷尬而靦腆地笑了。

父親離開去更衣。母親在桌旁坐下來，指揮女傭備餐。母親後方的牆上掛著鯰魚的裱框畫。那幅畫，還有堆在房間角落的餅乾罐，似乎都與去年九月某個清爽的早晨匆匆一瞥後出發時一模一樣。然而伸子卻感覺人與人之間橫亙著難以盡訴、多事紛亂的一年歲月。

何況對伸子自身而言，這次回國也是突如其來的。她完全沒想到自己會在這一年當中回國。十月底的時候，她才剛和佃結婚，好不容易在大學附近簡樸的公寓展開新生活。關於婚事，她和父母之間有過頻繁的書信往來。彷彿混進其中的某封家書驚嚇了伸子。父親在信上說，母親將於十二月中旬生產，但由於素來嚴重的糖尿病，連醫生亦說絕不樂觀，而這種時候伸子不在身邊，令他們深感遺憾。伸子不知所措了。她深愛父母。父母希望她能陪伴，她實在無法冷漠拒絕。但同時對於與佃的生活，她也完全放不下。佃現在不可能離開C大學。如果要回國，伸子必須一個人回去。

她再三考慮，終究還是決定回國。這不會是她最後一次與佃分開，但母親的性命安危，有誰能夠保證？

伸子設法訂到了船票。船隻橫越十二月狂暴的太平洋前進，伸子不斷地想著應該在等她的母親，以及留在外國的佃。這是一段寂寞的航程。愈是接近日本，她愈是不安，就好像有什麼不幸在等待。抵達橫濱港的兩天前，伸子打電報通知進港時間，順帶詢問母親是否安好。

這天晚上船上正好有舞會。十點過後，伸子靠在沙龍的扶手，俯視在底下舞蹈的人群。船顛簸得很厲害。音樂之間，隨著拍打在船舷的沉重浪濤聲，整艘船發出嘰嘰嘎嘎的傾軋聲，猛地向右傾斜。舞者們纖細的鞋跟滑過地板。女人們滑動著，忍不住緊抓住男伴。男人們緊踏雙腿支撐對方，以致忘了跳舞，驚呼四起。這些意外的滑動成了餘興，每回皆引發哄堂大笑，女人們開心尖叫，還有拍手聲。船內的大廳溫暖燦爛，一片亢奮。伸子敏銳地感受到那快活的歡樂與外頭漆黑咆哮的冬季大海，是兩個極端。

一名侍者出現在門口，手上拿著一張紙，引起從傍晚就在等待回電的伸子的注意。侍者在舞蹈的人群中穿梭了一陣，很快地從來時的地方離開了，手上依然拿著那張紙。伸子從扶手旁的矮凳之一站起來，走到大樓梯上。侍者垂著雙手，配合步調悠閒地在身前擺動那雙手上樓來，看到站在那裡的伸子，職業性地端正姿勢：

「是佐佐小姐嗎？」

「電報嗎？」

「是剛收到的。」

「謝謝。」

伸子立刻展信，站著讀完。「母安產可寬心」。耳中的舞曲聲頓時變得刺耳而空虛極了。若是在兩星期前收到這封電報就好了！但伸子克服了自己的感情。

直到看見母親前，她一直以為就在那封電報發出的日子，她多了個弟弟或妹妹。

但母親雖然看似憔悴，卻當然不是前天才剛生完小孩的樣子。而且，伸子就是為了這事，幾乎是十萬火急地趕回家來，然而母親卻為何那樣輕巧地、若無其事地帶過？伸子感覺整個家的空氣充滿了未準備好迎接突然返家的人的騷亂。母親明白伸子是為了什麼在這時候回國嗎？

伸子放下抱在膝上的妹妹。她將無法吐露的不滿深深地吸入體內說：

「好了，我該去換個衣服了……」

她站起來，看了看還穿著外套的自己。

「這樣沒辦法放鬆，感覺也很怪。我的衣服在哪裡？」

2

「因為我一直躺著，這整個家亂得真是不像話。」

多計代雙手扶桌站了起來。

「剛才都交代先把房間暖好了，看看這是什麼樣子。」

伸子出發時正在施工的各個房間，現在已經成了家人住慣的空間。母親的起居室是精緻的四張半榻榻米和室。茶室風格的低矮紙門在兩人身後關上後，伸子開口了。
「媽，到底是怎麼回事？」
「似乎出了什麼差錯呢。」
多計代俯著頭調整暖桌的火力說。
「嗯——其實我沒想到妳會這麼急著趕回來。」
「為什麼？」
母親這話讓伸子意外。
「我收到那封信後，立刻拍了電報回家，家裡沒收到嗎？」
「我不久前才知道妳爸寫信跟妳說了那些事。不過這次我真的做好心理準備了。因為陣痛比預定提早了許多，真要生的時候，連產婆都沒來呢。」
「那是什麼時候的事？」
「十一月二十八日——提早了一個月。」
「……」
伸子毫不知情，那天剛抵達了舊金山。
多計代細細端詳著沉默的伸子說：
「不過，幸好妳完全康復了。聽到妳在那裡生病時，我真不知道有多擔心。那個時候在這裡，家裡也好多人生了病。」
多計代停頓了一下。

「而且……雖然也得要妳好好地說說妳的想法，但媽真的為妳擔心極了。」

伸子臉紅了。

「因為太遠了，很多事說不清楚。」

「這也是一件，但說到佃先生這個人，媽也只從妳爸那裡聽到一些而已。而且妳爸又是那種人，說的話算不得準，又淨說些奇怪的事。——但我想總之妳回來就知道了，真是等不及了。」

母親的語氣充滿慈愛，帶著儘管怨懟、仍包容一切的溫暖。伸子這才了解到母親的等待，與她一開始所想像的意義截然不同。先前覺得家中氣氛與自己的心情格格不入的理由終於冰釋了。與此同時，原本有些神經過敏而緊張的伸子，感覺母親的溫情就像熱水般包裹了自己。多計代與其說是對女兒，更像是對年輕女孩好意揶揄似地含笑說：

「妳居然願意一個人回來，我太感動了。」

「因為我想媽正在緊要關頭……」

伸子覺得對母親提起佃的名字怪彆扭的，便省略名字說：

「反正他現在沒辦法離開大學。」

「妳一個人回來反倒好，畢竟有許多事得商量，這對家裡來說也是件大事。妳爸是那樣一個人，在妳面前不會說什麼，但我可是內外交攻，煎熬極了。」

多計代逐一拿起伸子脫下的薄上衣和附有可愛蕾絲裝飾的各種衣物端詳。

「女人的東西，不管在哪裡都一樣美，這叫什麼？」

多計代見行李箱裡有伸子出發時一起幫忙檢點的衣物，懷念地說：

「咦，這衣服妳還留著？」
「是啊……一直沒能做新衣。」
「我給妳的詩籤呢？」
「在這裡。」
伸子即將出國那天早上，多計代做為餞別，送了一首和歌給女兒：「親親吾女，此去一路平安，雖天海一方，為母遙遙守望。」
「太太。」
女傭在紙門外呼喚母親。
「可以開飯了。」
「我們過去吧。」
「好。──不過，我想先看看嬰兒。」
「應該睡了吧。」
母親頷頭，彎過走廊後，打開一間和室的紙門。覆上燈罩、挪到一隅的電燈幽暗的光線中，護士正在摺疊衣物。枕畔低矮的小屏風圍繞中，有一床像針包般圓滾滾的紅色被褥。伸子躡手躡腳靠過去，跪下膝來，望向睡得香甜的嬰兒臉蛋。嬰兒很小，甚至看不出像母親還是父親，感覺不適合稱為妹妹。伸子仰頭對著從背後覆上來似地彎身窺看的母親細語：
「叫什麼名字？」
「叫雪子。」

「渾身奶香呢。」

返回眾人都在的房間後，父親愉快地開玩笑。

「總算大駕光臨啦？看來妳們兩個有很多內心話要說。」

伸子逐漸沉浸在放鬆和愉快之中。

3

嘹亮而連續的鏗鏗聲讓伸子漸漸醒來了。似乎是在用小槌敲打某種金屬物品。人精巧的手部動作製造出來的聲音極為濃密，感覺反而更增添了早晨的閒寂。伸子從那音色得知外頭是晴天。

現在佃正在做什麼？一晚過去的今早，她鮮明地感受到自己已經回家，寂寞了起來。

母親在餐廳桌上寫信。

「早。」

「怎麼樣？睡得好嗎？」

多計代放下筆，將硯台挪到一旁說。

「好久沒像這樣一起吃飯了。白天大夥都出門去，家裡都嫌冷清了。——要吃什麼？」

「媽都吃什麼？」

「這陣子都吃麵包。」

「那我也吃麵包。」

昨晚伸子和母親睡在一起。兩人在黑暗中聊了許多話。今早母親似乎也有說不完的話題。伸子也有滿腔的話想訴說，但那都是母親不曾經驗過的事，遑論「媽，他現在在做什麼呢？」，這種思情她絕不可能說得出口。

由於把最想說的話吞在心裡，伸子悶極了。說話的伴睽違許久再次回到身邊的喜悅，讓多計代對伸子的感受漫不經心，一臉愉快地說：

「真好笑，妳爸今早不停地問妳昨晚跟我說了什麼呢。」

「是嗎？一定是因為我們把爸排擠在外。那妳說了什麼？」

「還有什麼，把妳說的話又告訴他啦。」

「爸滿意了嗎？」

「妳不是特別說要跟我睡一起？所以妳爸懷疑妳是不是有了身孕呢。」

多計代說著笑了起來，就彷彿這是什麼荒唐無稽的笑話。

伸子感到奇妙的苦澀。如果自己真的有了身孕，認定絕不可能有這種事的母親會是什麼表情？她從母親微妙的語氣，明確地理解到她如何看待女兒的婚姻。想到昨天去港口接她的父親心神不寧、似乎有些避人耳目的樣子，伸子覺得灰心極了。

「那些人也真討厭，一聽到妳的事，像津村太太，平常根本不會踏進這裡，卻迫不及待地跑來，說些『我早說吧』的話。但要是不見他們，人家反而會更覺得奇怪，我只好頂著個大肚子，強忍辛苦，一一見客，說有多難受就有多難受。」

「妳就別理他們，說『我那女兒就是任性』就行啦。」

伸子只這樣說，沒有對母親承受的痛苦表示感謝，這似乎讓多計代不滿。她不悅地說：

「妳在那麼遠的地方，愛做什麼就做什麼，樂不可支，當然可以不理會這些，但我們可無法那麼輕鬆。咱們家可不是什麼隨便人家，還有體面要顧的。」

伸子並非不把父母的關心當回事，但聽到這種話，不免一陣錯愕。

「讓爸媽這麼擔心，我真的很過意不去。但我會那樣做，並非沒把媽放在心裡，而是也只能那樣做了——」

「我倒不這麼認為。妳喜歡誰都好，但總有更顧及我們顏面的作法吧？而且我連那個人都沒見過——再說——」

多計代的聲音滲透出深切的懷疑。

「我對那個叫佃的總有疑問。不光是我，每個人都對他有疑問。」

母親直呼佃的口氣，就好像不知不覺間已認定佃不值得她敬稱為「先生」，這讓伸子既難過又好笑。

「為什麼？我不是都仔細告訴妳了嗎？」

母親銳利地看伸子。

「沒錯，妳應該都老實告訴我了。但那是妳看到的——妳以為妳看到的佃先生吧？是佃先生告訴妳、要妳知道的事吧？那確實就是他的全部嗎？」

伸子承受著母親激烈的抨擊，答道：

「他不會對我撒謊。」

「我真這麼祈禱。畢竟婚姻是一輩子的事。如果能夠，我也想要相信妳愛的人，像妳愛他那樣去愛他。但既然我對他還心存質疑，在這些疑點徹底釐清之前，我是不會相信他的。我就是這種個性。過去也是，總是我一個人扮黑臉，才有辦法克服種種危機。」

母親斬釘截鐵的語氣讓伸子感到壓迫。母親似乎相信憑著她的意志力，就連這次的事，只要她想，就可以摧毀，這讓伸子不安起來。伸子反問：

「媽到底對哪一點最感到疑惑？如果是我可以解釋的事，最好說個清楚。因為……」

伸子覺得終於碰到早有預期的難關了。

「這次的事，我絕對不是抱著玩玩的心態。即使媽和我意見相左，我的決心也不會改變。所以我們要盡可能相互理解。」

多計代端起紅茶喝了一口。

「……反正遲早總要告訴妳，好吧——每個人都說妳被騙了。」

「他從來沒有隱瞞過他一無所有的事實啊。」

「不隱瞞，是為了討妳孩子氣的歡心。」

「怎麼可能！」

「那，為什麼他不像個正人君子，不管妳說什麼，都先回國一趟，得到我們的同意後再結婚？——他就是認為妳有個有頭有臉的父親，橫豎怎麼樣都不會吃虧，才抓住妳不放吧？」

伸子抓起母親的手，握進自己的手中。

「這是媽誤會了，絕對是誤會。再說，這種事不是一個人就能夠如何的，我也有一半的責任。而且，要是像媽那樣想，教人情何以堪？我哪有什麼值得他騙的東西？」

「……東西要看程度，跟一無所有相比，即使只有一，也是聊勝於無。」

多計代任由伸子握著手，沒有放下戒心，細細地端詳著伸子的臉和頭髮，然後說：

「但他在大學念書，這總不會是假的吧？」

「咦？」

「哦，因為有人說那個叫佃的是做洗衣店的。」

伸子感到強烈的憤怒，但沒有認真理會這話，玩笑地說：

「誰知道呢？搞不好他正暗中計畫買下所有親戚的衣物呢。」

4

伸子覺得回來後的自己變了個人。她的心和生活多了佃這個人。父母也有某些疙瘩，沒辦法完全像過去那樣對待伸子。這樣的日子持續著。

隨著日子過去，伸子也漸漸換了想法，認為對照前後經緯，多計代對佃的事會如此激動、混亂，也是無可厚非之事。伸子在家書上寫的內容，還有佐佐告訴她的內容，這些與她透過報紙等其他管道聽見的傳聞，性質截然相反。不曾親眼看過佃的多計代，不知道該依據何者來評斷佃，她只知道良人是個老好人、伸子是個不知世事的小女孩，依她的直腸子性情，會忍不住傾向於以懷疑和惡意去做出最容易想像的佃的形象，也屬情非得已。

但從伸子的角度來看，母親對女兒身邊的每個男人都抱持著不可理喻的戒心，認為他們肯定都是壞人，讓伸子感到可怕。想到佃因為貧窮，又沒有社會地位，導致多計代的懷疑更深，伸子不禁義憤填膺。

伸子再次回到身邊，對多計代而言當然是件喜事。只要一碰面，多計代似乎就忍不住要傾訴伸子離家期間的寂寞和辛苦。同時一開口，怎麼樣就是無法避免提到佃。而一提到佃，多計代就會失去冷靜。

父親去上班後的漫漫白晝，成了伸子的重擔。

「小伸。」

多計代從起居間叫喚伸子。伸子大多數時候都待在自己的房間。母親肆無忌憚的叫聲，隱隱讓她感到厭煩。但伸子立刻起身過去，打開母親的起居間紙門。

「什麼事？」

多計代膝上攤著染布的樣本冊子。她把冊子拿近明亮的紙門，頻頻比對色彩說：

「喜久屋來過了。」

「要染什麼？」

「家裡有一匹天蠶布，想做件外套——最近跟以前不一樣了，不知道是不是染草品質變差了，沒什麼看得上眼的顏色。」

然後多計代想起來似地問伸子：

「對了，妳帶去的紫友禪[8]的和服怎麼了？」

「還在啊。」
「那件也不能穿了呢，可惜了那麼好的花樣——」
母親有一半心神仍放在樣本冊子上說。
「妳覺得呢？應該也得再添幾件和服吧。」
「不用了啦。」
「什麼不用，也不能這樣……就這顏色好了。」
多計代將白色布匹與樣本冊交給女傭，一邊關櫃子，以漸漸想到的語氣喃喃著：
「佃先生的家鄉，到底是怎樣的地方？」
「不清楚……為什麼這麼問？我還沒去過，所以不知道。」
「因為他們家作風也未免太奇怪了。妳都像這樣回來了，起碼也該來打聲招呼吧？還是怎樣？佃先生沒告訴他父母嗎？」
「他當然說過了。」
多計代以自尊心受傷般的諷刺說：
「難道是打算默不作聲，直到媳婦的父母登門致意嗎？」
「應該是不知道該說什麼好，所以才沒表示吧。只要他人回來了，該有的禮數一定不會少的。」
伸子出於無奈，假裝好整以暇地說。這令多計代不快。多計代說：

8　譯注：友禪為日本代表性的染布法，可染出色彩繁麗的花樣。

「你們兩個或許這樣就好了吧，反正什麼都要跟普通人不一樣——」
她「啪」地敲響環把，關上櫃子。
「不過，我這陣子一直在想，異於普通，可不一定就是對的。標新立異只會給人添麻煩。」
「我並沒有標新立異。只是媽和我個性不同，想法也不同罷了。」
「那，妳相信自己做的事，每一件都是對的嗎？」
兩人經常因為意想不到的瑣事，發展成這類情緒性的爭論。起初伸子也努力保持分寸，但多計代那種不留情面的激烈個性，最後總會逼得伸子也不得不意氣用事起來。而一旦動氣，伸子也會展現出和母親相同的不肯退讓的激昂天性。
一月下旬的某一天。
由於一些細故，兩人最後又吵起來了。伸子幾乎是困惑地說：
「自從我回來以後，感覺老是在上演一樣的爭吵。別再這樣了好嗎？……媽的意思我很清楚了。可是，別再這樣子說了。」
結果多計代脹紅了臉，針鋒相對地說：
「妳真是變了！妳以前絕對不是這樣的。以前的妳真誠又純粹，願意徹底跟對方溝通。這是妳的特質。雖然我不知道是受到誰的感化，不過這態度還真新潮呢……」
伸子彷彿被戳中了胸口，一陣火熱。多計代以女人才有的——或是只有母親對女兒才有的本能，總是像這樣不偏不倚地將毒針戳入伸子的要害，讓對方怒不可遏。但這天伸子也在最後關頭克制住自己。

「不是我狡猾在躲避，我只是希望不要為了爭論而爭論。」

「妳這就叫作任性——妳倒好了，為所欲為，讓父母在外頭沒面子，卻叫我要冷靜，憑什麼我要接受？媽吃了這麼多苦，把妳送到外國去，到底是為了什麼？妳也站在媽的立場為我想想。」

看到多計代潸然淚下、不甘地拭淚的蒼老手指，母女倆為這種事而爭吵，直教伸子心痛嘆息。原本坐在對面的她站起來，坐到母親膝下的地毯上，為了讓母親理解自己的心而安撫說：

「媽，就先撇開佃這個人來看看吧。媽認識的人裡面，有哪一個是妳容許我可以去愛的嗎？過去我身邊的人，有哪一個是妳覺得我可以自由交往的嗎？沒有吧？不管是什麼樣的人，只要與我有了深厚的感情，對媽來說，就會變成毫無價值的庸人了。」

「……妳媽心眼這麼小，真抱歉啊。」

母親就要扭開頭去，伸子抓住她的手說：

「我不是這個意思！公平地說，只要一扯上我，媽就會變得太理想主義了，對吧？妳把多少希望寄託在我的志業或成功上——只要想想這一點，妳就明白了吧？在某方面，媽想要讓我完成妳自己的人生無法實現的事，對吧？是不是這樣？」

「也是有這樣的一面吧。」

對於這話，多計代似乎也生不起氣來。

「媽完全就是這樣啊。對媽來說，欣賞著超越戀愛那些俗事、孤高潔淨的我，就像是一種興趣。」

「媽又不是叫妳一輩子獨身。只要有好的對象、只要是能啟發妳的對象，我隨時都會欣然接受。」

「……我決定結婚的心情，應該和媽不同。」

「不用妳說我也知道。」

多計代恢復辛辣的口吻插口道。

「妳是那套布爾什維克觀點。」

「一般來說，女兒出嫁，最大的目的是有個歸宿，與良人同化，在社會獲得穩定的生活，對吧？所以會要求對方的階級和傳統與自己相同，在允許的範圍內，能夠攀得愈高是愈好的——我不一樣的地方就在這裡……一直以來，我看到的男人都是家庭環境、成長經驗與我一模一樣的人。對於父母也和我的父母一模一樣的男人，我一點興趣都沒有。不僅沒興趣，我甚至感到不安。所以吸引我的對象，一定都是在這部分有某些不同之處。妳懂嗎？……所以姑且不論佃這個人是好是壞，我想在這部分無論如何都是不可能符合媽的心意的。我是個野蠻人，不論是生活還是什麼，除非親手得到自己想要的，否則是不會滿足的……」

伸子沉默了。多計代也不說話了。兩人就這樣，久久不語地處在暖爐微弱的火焰偶爾燃起、朦朧地將四下照得鮮紅的暮色之中。

5

天空萬里無雲，風吹動著山茶花鮮豔的綠葉。

生長著茂密的棣棠花，斷枝落葉雜亂堆積、未曾整理的庭院角落，燕子花同時冒出芽來。彷彿只有青翠的嫩芽萌發的那一處特別受到陽光眷顧，顯得明亮美麗。好暖和……伸子瞇起眼睛，望著那片濃烈綠意中的明暗時，一股神祕的激越感覺竄流過她的全身。伸子感覺著喉嚨勒緊般的悸動，盡全力伸了個懶腰。她用力握著拳，大力揮舞手臂。手臂反射著白光顫動著。

又一陣風吹來，桂竹林嘩嘩作響。別院簷廊上，保正專心地忙著什麼。伸子走過去問：

「你在做什麼？」

「姊。」

保以布滿童稚汗毛的側臉對著伸子，甚至沒有從盯著的盒子移開目光。

「那是什麼？」

伸子從弟弟的肩膀後面伸頭看。那是大約長三尺、寬二尺[9]的育苗盆。綿密的黑土被篩得平整，上頭並排著冒出約四分[10]長的瘦弱新芽。

「那是什麼苗？……好像有點弱不禁風呢。這樣好嗎？」

「一點都不好。」

保這才滿臉困惑地回望伸子說。

「這是仙客來的實生苗。就連專家都不容易孵出芽來，所以我種得不好是理所當然的……但這實在教人氣餒。」

伸子笑了出來。

9 譯注：長約九〇・九公分，寬約六〇・六公分。尺為日本傳統長度單位，一尺為三〇・三公分。

10 譯注：約一・二公分。分為日本傳統長度單位，一分為三・〇三公釐。

「不過很棒啊，不是發芽了嗎？會愈長愈大吧？」

「不知道，因為很容易爛掉。為了促進發芽，保持溫暖，泥土一下子就會發霉了。教人頭痛的是，喏，妳看這邊，特別虛弱對吧？」

保指著盆角凋萎的一根芽說。

「不知道怎麼會這樣。明明泥土什麼的，我都照著書上寫的做了。」

保現在十四歲。他一整個冬天都把這盆泥土拿進簷廊裡，放在炭火缽旁，或罩上玻璃蓋，期待發芽的那天。

由於意外地有了個傾吐的對象，保開始熱切地訴說仙客來有多難種。即使發芽，也必須好幾年才會開花，溫度和溼度調節的困難度不遜於蘭花栽培。保滔滔不絕地，但不時像個孩子般含糊不清地，說著他從一有空就帶在身上走來走去的園藝書籍學來的知識。

「喏，所以沒有溫室，種不好是應該的。而且之前我不注意的時候，還有狗一腳踩進來，把苗都連根拔起了呢。」

伸子出於親情，簡短地應答。但老實說，保說的話，她連一半都沒有聽進去。她的心情從一早就失去均衡，注意力散漫，整個人難受，因此她才會走出房間，然而處在三月下旬的庭院生機盎然的氛圍中，似乎反而讓橫亙在她內心那沉重、劇烈，同時又慵倦的情緒愈來愈強烈。

伸子繞過別院，前往浴室後方。地上的煤渣被踩出響亮的咔啦聲響。

「誰在外面？」

「是我。」

窗戶打開，豔子露出一雙眼睛。

「姊姊！」

旁邊露出多計代的條紋和服外套。

「保呢？」

「在他的苗盆那兒沮喪個沒完呢，說他的仙客來要爛掉了——」

豔子的聲音傳來。

「媽媽，好嘛！我已經好了，沒事了，好嘛，媽媽！」

豔子在哥哥包圍下成長，都學哥哥用男性的第一人稱自稱。

「不可以，要不然又得叫細谷醫生來看妳嘍？」

「她在吵什麼？」

「吵著要出去。才好了兩天而已，要是跑出去，馬上又會咳起來了，這孩子的氣喘真是沒辦法。」

伸子閒閒地從那裡再踱到女傭房。紙門舒暢地打開，女傭就坐在窗邊，面對面正在縫製衣物。兩人都低著頭，在縫焦褐底黑色碎紋的男性銘仙[11]和服及外套。伸子見狀一陣心慌，就好像一直抑壓的感情朝著那些衣物迸發開來。那是佃的衣物。為了替他回來做準備，正像這樣忙碌地縫製新衣。伸子沒有驚動女傭們，悄悄走去客房院子了。

去年十二月回國以來，直到三月，有時伸子會因為太想念佃而流淚。但她清楚不管吵得再凶，佃

11 譯注：銘仙為一種平織絹織物，多做為日常衣物之用。

在學業告一段落前是不會回來的，這樣的認命成了一種精神支柱。然而，佃終於決定四月就要回國來了。尤其是三月十九日，載著他的船從西雅圖出發後，伸子覺得都快被那不斷擠壓的焦急盼望給壓垮了。他抵達橫濱前的每一天，伸子都處在可怕的百無聊賴、過度期待所造成的精神委靡當中。如果伸子有足夠的零用錢，能夠熱熱鬧鬧地準備迎接他，肯定能夠分心不少。但她根本沒錢。佃的旅費，除了伸子自力攢下的錢以外，還要父母出了不小的一筆金額。

「我有很多東西要買，給我錢。」

伸子說不出這種話。況且在佐佐家，沒有一個人為了佃這幾天就會歸國而歡喜。像是夜裡，父母正自竊竊私語，伸子不經意地走進去，他們就會突然打住，問：

「有什麼事嗎？」

這種時候的他們比起父母，更像夫妻，讓伸子感到悲傷的疏離。自然浮現、無處發洩的焦急盼望，讓伸子一個人想著佃時，心神總是受盡病態的灼熱所折磨。

總算等到十一日了。這天是星期日。

伸子一醒來，立刻想：啊，就是今天了！今天……就是今天……看這天把自己累成什麼樣子了！……伸子不想見人，也不想開口。要是就這樣繼續躺著，然後佃突然開門走進來，真不知道會有多令人開心！

伸子懷著近乎憂鬱的心情前往飯廳。桌上擺著一人份的餐具，多計代在旁邊切蜂蜜蛋糕。

「有客人嗎？」

「一個接著一個。——連假日都這樣，妳爸就算在家，也無法休息呢……對了。」

多計代突然將前面的糕點包裝紙和飾繩挪到一旁。

「有電報來。」

「電報？」

「應該是船上拍來的吧。剛剛明明還在這兒……」

伸子的心跳一下子加速，一起四下尋找。萬一這時才通知有什麼變故，她可承受不了。

「有名字嗎？」

「我沒留意……」

多計代的從容讓伸子覺得不自然且不舒服。電報在時事漫畫底下找到了。看到「發信人佃」這幾個字，伸子安心了幾分。

電報寫著「十一日午後入港」。

「十一日——十一日就是今天呢。」

「是啊。」

「真奇怪……上面說十一日午後入港，可是……」

伸子看看鐘，頓時感到一陣焦急的困惑。只說午後，是午後一點還是六點都不清不楚。

「我去問問看。」

伸子連撥電話的期間都忐忑不安，詢問郵船公司。年輕職員簡慢地說：

「今天入港。」

「幾點左右？傍晚嗎？」

「不，很早就會到了，應該已經在港外了。要接人的話得快去喔。」

伸子一臉訝怪地從電話機折返。

「說果然是今天……」

「妳那是什麼表情？」

多計代仰望杵在原地的伸子苦笑。

「別發呆了，要去的話，就快跟妳爸說一聲吧。」

伸子在房間換著衣服，感到猝不及防。但即使是猝不及防，那樣盼望的他，即使是提早一分鐘也好，能夠快點抵達，她應該要開心得跳起來才對──。然而事到臨頭，她卻沒有想像中的歡喜，而是意外。他終究是回來了，但還沒有真正見到他的人之前，心中的他、那個他真的要回來這件事，卻莫名地令人無法置信。伸子回想起十五年前某個夏季清晨的情景。闊別五年，父親即將從英國回來了，因此六歲的伸子興奮得一整晚沒睡。記得那天早上，母親將梳妝台搬到吊燈底下，梳著頭髮，伸子在後頭用團扇趕著蚊子，覺得一語不發的母親不同於平常，有些可怕。如今伸子理解了那天早上母親身為妻子那複雜的心境。

前往櫻木町的電車很空曠。伸子和父親對面，只有貌似任職於外國商會的中年浪蕩男子、年約三十二、三的婦人，以及幾名男乘客而已。東京與橫濱交界處的雜亂景色被暖洋洋的陽光照得一片燦爛，電車喀噠、喀噠地搖晃著，從中疾馳而過。

佐佐從口袋裡掏出一冊小筆記本看著。一會兒後他問伸子：

「幾點了？」

「不清楚，才兩點左右吧。」

佐佐取出錶來。

「哦，兩點十分了……意外花了點時間呢。」

佐佐食指夾在紙頁間，用筆記本在外套覆蓋的膝上輕敲著，望著窗外，忽然上身轉向伸子，充滿慈愛地低聲呢喃：

「等一下到了那裡，可別太激動。畢竟是公共場所……」

他將身體拉回原位，以略高的聲音補充說：

「妳要同情我一下，要是妳在那兒興奮地沖昏了頭，我可不知道該怎麼辦。」

「不會的……爸。」

兩人在櫻木町改坐人力車。港口粗魯的車夫胸脯前倒，像中國的苦力般吶喊著往前奔。

柯瑞亞號才剛靠岸。

這時正要裝上跳板，從柯瑞亞號探出身體的水手大聲叫喊著。幾名男子一邊應和，將滾輪扶梯推過石板地。各處湧出迫不及待、感動的、急切的，全不理會旁人感受尋找彼此的混亂。伸子抓著父親的手，不斷地分開人潮前進。她的眼睛不停地設法在上甲板欄杆處密密麻麻一字排開的人臉中找出佃。

臉實在太多了。這些臉層層疊疊，混雜在帽子和外套的顏色裡，近視的伸子實在不可能逐一分辨。很快地，迎接的和被迎接的，似乎找到了彼此，男子開心地喂喂叫喊著揮舞帽子，穿著染有家紋和服外套的婦人在地面行禮。船很大，並排的船客的臉顯得極小，就好像被吞噬進去似的。伸子傷心地不停問父親：

「找到了嗎？找到了嗎？」

「跟這堆人擠在一起，對方也看不見我們，過去人少一點的地方吧。」

兩人避開不斷往前推擠的人潮，站在海關倉庫附近。看著看著，一名男子步下上甲板的短梯，來到船首的中甲板處。黑外套、硬頂圓禮帽。伸子不由得全身奮力舉起右手，在頭頂熱切地揮舞，並告訴父親：

「找到了，爸！在那裡，黑色的！」

對方也脫下帽子，朝著兩人大大地、慢慢地揮舞。伸子更用力、更熱切地揮著手，幾乎是喜極而泣了。

6

汽車來到石牆邊，拐過坡道轉角。伸子夾在父親和佃中間搖晃著，隨著接近家門，感到憂慮漸深。

初次見面的佃和母親，會給彼此什麼樣的印象？雖然不是什麼大事，但佃糟糕的臉色讓她有些擔心。佃不善言詞，無法自在地談天應酬，也令她憂慮。

玄關處，在母親指示下，書生[12]和女傭一臉肅穆地列隊迎接。佐佐將帽子交給女傭，像要掃去僵硬的空氣，輕鬆地對佃說：

「你幾年沒有像這樣脫鞋進門了？在那裡待上那麼久，你已經變成會從腳底受寒感冒的人了。在日本，還是免不了脫鞋的麻煩。」

佃繃得緊緊地，一笑也不笑地說：

「不，沒關係。」

先走上式台[13]的伸子就像撳下信號開關那樣，使勁對著佃的心祈禱：「放輕鬆！自然一點！」換過正式衣服的多計代站在客廳入口附近的椅子前，迎接他們。伸子率先打招呼。

「我們回來了。」

然後她向母親介紹佃。佐佐在一旁幫腔。

「這是內人。這是佃，就像之前告訴過妳的，我們在那裡受他多方關照。」

「聽說是呢。」

多計代高大的身軀維持著沉重的威嚴答道。

「這回由於意想不到的緣分，有幸結為親家。」

對於多計代鄭重其事的寒暄，佃無法適切地反應，牛頭不對馬嘴、詞窮拘束地說：

「爸也關照過我許多……請多指教。」

「噯，坐吧……你一定累壞了。」

12 譯注：書生指明治、大正時代，寄住於他人家中，幫忙家事的工讀學生。

13 譯注：式台指玄關脫鞋處，比房間木板地面略低一層的台階。

佐佐對妻子說：

「佃說他嚴重暈船，有一半以上的航程都躺在床上。」

「啊，這太糟糕了。」

多計代看向佃，像在期待本人有什麼表示。佃把手擱在椅子左右靠肘上，雙手交握在胸前，對多計代點點頭說：

「我已經沒事了。」

伸子靠在父親的椅背上，望著這幕各懷鬼胎的會面。伸子從進來時母親的站姿，看出她也還拿不定主意要用什麼態度面對佃。是要敬重佃、對他保持一定距離說話？還是可以把他當成伸子的配偶，熟不拘禮地對待？感覺她在兩次簡短的應答中探出了答案。多計代是不是從佃身上感到了某種不合拍的成分，就像不對味的味道？——否則她為什麼要那樣不時煩躁地扭動潔白的布襪腳尖？伸子避免去看那宛如生物耳朵般惹得自己不安的白色腳尖，對父親說：

「爸，去換下衣服怎麼樣？今天啊，真的謝謝你了。」

伸子就像要炒熱沉悶的氣氛似地對佃說明。

「我嚴重賴床，結果接到了電報，所以說有多慌就有多慌呢。爸也是，突然被我徵召了，對吧？」

「是啊。不過幸好今天是星期日，要是其他日子，可就忙得沒辦法了。你也是，暫時得多留意些，否則會神經衰弱的。在外國，一般都是照著規則來，但是在日本，生活完全沒有系統或準則可言，是糊里糊塗、一團混亂。你就當作回到自己家，暫時好好休息吧。」

「謝謝。麻煩兩位照顧了……」

伸子把佃帶去浴室，回來的時候，多計代站在客房門口，一臉激動地低聲與丈夫說什麼。見伸子來了，佐佐便離開去了書房。這時多計代抓住伸子，警告地說：

「佃先生那人臉色總是那麼糟嗎？——那臉色實在太不尋常了。」

母親的話實在太不出所料，伸子忍不住天真地笑了出來。

「因為他一路上都在暈船啊，真可憐——當然，他平常也不是『蘋果的紅臉蛋』啦。」

「長住外國的人，都像他那副德性嗎？……真是奇怪，怎麼好像連好好寒暄都不會？」

「那是因為媽太鄭重其事，把人家嚇到了啦。」

佃洗過手臉回來，水果和紅茶端上桌時，伸子招呼弟妹們。

「大家都過來！喝茶了！」

三人同時跑來，伸子依序向佃介紹：

「這是和一郎、保，還有豔子。」

佃對娃娃頭羞赧的豔子溫柔地微笑，伸出雙手。

「來。」

「喏，去給姊夫抱抱。」

眾人都笑著看，豔子更彆扭了，不肯去佃那裡，緊緊地抱住伸子喊：

「姊姊！」

伸子感覺到眾人都懷著玩笑般的嚴肅關心在看著年幼的豔子會不會去佃那裡，希望豔子和佃能打成一片。

「怎麼啦？豔子，去給姊夫抱抱。——來，姊姊帶妳去……」

伸子膝上載著小猴子般緊攀不放的豔子，雙腿朝佃那裡挪動。結果豔子突然用雙手緊緊地箍住了伸子的脖子，然後屏住呼吸，全身緊繃，雙腳撐在榻榻米上抵抗著。她的臉埋在伸子的肩口，所以看不見，但肯定脹紅汗溼，只差一步就要放聲大哭了。伸子停下動作。

「那先不要好了，改天再抱吧。」

「這孩子真的很怪，去年還會怕豆腐、怕棉花，甚至討厭起我這個老爸來，教人拿她沒辦法。」

結果豔子背對著眾人，讓伸子抱著，裝模作樣地小聲補充說：

「還有仙主。」

伸子頭一次開懷大笑起來。豔子總是把「神主[14]」說成「仙主」。

十點左右，女傭來問：

「要在哪裡就寢呢？」

「嗯……」

多計代看伸子。

「就睡妳房間吧。」

「好。」

「那就像平常那樣——」

「鋪蓋要哪件好呢？」

多計代沒有動靜，就像這理當是伸子的責任似地說：

「嗯——有什麼呢？……小伸，要妳去看才知道。」

伸子默默領著女傭去儲藏室。她要女傭開櫃子搬寢具。

「那件……條紋的還有八丈絹[15]的。」

然後她去了洗手間。打開電燈，看著鏡中自己的臉，用手攏了攏頭髮，感到一陣寂寞，又像是沮喪。這就是迎接那樣翹首盼望的他的心情嗎？周圍人太多，沒有一刻可以放鬆，比起歡天喜地，伸子更感到憂鬱。她熄了燈，走出洗手間。這時傳來另一頭房間開門的聲音。從伸子這裡，可以看到佃有一半身體出到走廊，垂著頭正要穿拖鞋。

「和一郎，你陪他去。」

「不用，我一個人可以，剛才也去過了……咦？沒問題的……」

佃就好像知道伸子站在那裡、透視了她內心的渴望般，目不斜視地從陰暗的走廊朝這裡走來。伸子忘了前一刻還在喪氣的自己，像個喜上雲霄的頑童般憋著笑，感覺連四周的黑暗都跟著她的心臟劇烈鼓動般，悄悄躲到角落的書架旁。

14　譯注：日本神道教神社的神官。

15　譯注：八丈島生產的平織絹織物。

7

約一星期後，伸子和佃一同返鄉，住了十天左右。對伸子而言，這是一次快樂與拘謹攙半的旅行。佃老邁的父親和兄嫂、弟弟雖是他的親人，但因為闊別太久，可以看出他們對於過著全然未知的生活的佃還有伸子，都特別客套。當時正值油菜花盛開的季節，高聳的金色花朵遍地綻放，與遠方的白山山脈相互輝映。古老的村落裡，狹窄的街道兩旁，黑色木板圍牆的人家櫛比鱗次。這裡淨土真宗[16]非常興盛，村裡的寺院就是俱樂部或聚會所。家家戶戶都設有豪華的佛壇，據說佛壇大小代表了該戶人家的地位。

「在這一帶，每個人都很重視佛壇。」

伸子覺得稀奇，看著鑲金的對開門和內部以紅色及水藍色浮雕有親鸞上人一代記的鏤空天窗。在爐旁烤火的老人就寢前，必定都會到佛壇前點燈，披上肩衣，誦讀類似《歎異抄》[17]的書籍，然後口中微弱地念誦著「南無南無南無」回來。被爐火燻黑的天花板大椽上掛著稻穀袋。人們默默地看著火焰舞動的爐火，他們重疊的巨大影子爬過木板地，在門板上搖晃著，一伸一縮。這裡的生活，整體上就像這裡的佛壇，充滿了古老的傳統。

兩人回家時，東京已是櫻花和木蓮都凋謝，楓樹開始展開嫩葉的時節。

某天伸子一手提著和服裙襬，在房間前用花灑灑水。

她的房間四周由於在建增時翻掘過地面，連日的豔陽天使泥土乾燥得很嚴重。雨水不會打進來的屋簷下等地方，土都變得像黃豆粉似地乾乾鬆鬆。不管灑上再多水，都一下子便吸光了。伸子左右移動花灑，水滴灑落到泥土上時，激出柔軟潔淨的水珠齊落的聲響，升起清爽的泥土香。伸子慢慢地後退，一心一意地灑水。

紙門打開，佃探頭出來。他默默看著伸子在做什麼，半晌後說：

「妳快好了嗎？」

「快好了。不過要現在停手也行。」

「我想喝茶。」

「那等一下，我馬上就去。」

「我想在這裡喝。」

伸子收住花灑的水，仰望站在門框處的佃。

「一起過去那邊喝吧，好嗎？」

「……」

佃以沉默表達不滿。

「你只有午飯時露面過一次，去坐個一下，聊個幾句也好吧？他們那邊一定也正想用茶。」

「要去也是可以，可是總是拖很久。」

16　譯注：鎌倉時代，親鸞所創始的佛教淨土宗分派。

17　譯注：據傳為親鸞的弟子唯圓所寫的佛教書籍，記述親鸞的法語。

「你這人怎麼這樣！老是藉口一堆，就會磨人。」

伸子以玩笑掩飾認真地斥道。

「又沒在做什麼，可無法推託說你在忙。」

佃還沒有找到正職。旅行回來後，伸子在兩間相通的六張榻榻米和室裡擺上兩張書桌。佃侷促地曲膝坐在桌前，寫履歷，或漫無目的地整理從美國帶回來的筆記。起初做為伸子專用的書房而建的這兩個房間，雖然簷廊與主屋相連，但就像座獨立的別院，倉庫前的寬外廊與二樓的內梯將那裡和其他房間隔絕開來。只要將有如袋口的唯一出入口關上，就只能看到前院，能夠一整天不必見到任何人。因此這結構對於伸子和佃要 tête-à-tête[18]，非常方便。但實際在這裡和佃一起生活後，這樣的便利讓伸子感到左右為難。因為佃原本就不愛見人。如果伸子替他跑腿處理生活瑣事，佃更是只有非不得已的時候才會走出房間——像是一日三餐、上廁所、接電話、父親回來的時候。

出發去佃的故鄉前，發生過這樣的事。一樣是佃在房間說想喝茶。伸子沒有多想地說：

「我去端給你。」

然後去了餐廳。母親正在和女傭討論晚飯，她看到伸子，問：

「怎麼了？」

「要喝茶。」

「有熱水嗎？」

多計代伸手摸摸鐵瓶說：

「啊，剛好有熱水。」

伸子拿茶杯時，多計代準備好茶壺。

「有好吃的蒸羊羹，要不要切來吃？」

母親悠閒倒茶的態度，顯然是在期待和伸子一起喝茶。伸子擺好三只茶杯，去房間接佃。

「過來吧，媽以為我們要一起喝茶，我也很為難。」

伸子再三邀約，佃卻不肯聽從。伸子沒辦法，向母親撒謊。

「他說現在分不開身，我先端茶過去……馬上回來，媽等我。」

母親也沒有惡意，挖苦地說：

「這樣啊？簡直就像寄住客棧，真不方便呢。」

伸子背對母親，將茶杯放到小托盤上，覺得兩人就彷彿見不得人似地，縮在偌大房子的一隅生活，彆扭極了。抵達房間前的走廊這段距離，伸子的感情複雜地起伏。

——因為有過這樣的事，伸子將花灑放回原位，提起水桶對佃說：

「我腳髒了，去浴室沖過再過去，你先去吧。」

伸子從屋後進入浴室。她在夯土地面洗著腳，不時豎起耳朵，留意他們的房間紙門有沒有打開。半點動靜也沒有。伸子抹著腳，走到倉庫前出聲：

「你在嗎？」

「在啊。」

---

18 譯注：法文，兩人私下親密交談之意。

聽到回應，佃子主動打開紙門。

「我好了，走吧。」

佃還站在面對庭院的門檻處，只把頭轉向伸子。他的額頭泛著陰鬱的橫紋。伸子可以讀出其中的困擾、「妳明知道」的傾訴。伸子走近他，低沉而嚴肅地說：

「住在同一個屋簷下，卻只有吃飯的時候才露面，實在不太好。既然住在一起，就必須融入這個家。所以跟我一起來吧！你在O村的家，也不會這樣吧？」

佃應道：

「去就是了。」

那口氣就像在說這是對伸子的義務。

8

極微妙的、神經質的不調和，逐漸蔓延了整個家。伸子的神經也感知到了。

晚飯時，她會像以前那樣幫忙煮飯。這段期間，佃都待在房間裡。飯菜準備好後，伸子呼叫：

「開飯囉！」

她年輕的嗓音傳得很遠，後院的保、和一郎和豔子當然都喊著：「吃飯嘍！吃飯嘍！」乒乒乓乓地跑過來。伸子洗好手在餐桌坐下。父母和母親也只等動筷了，然而卻只有佃一個人還沒有來。豔子問：

「媽媽，可以開動了嗎？」

伸子內心七上八下。這時正面的門打開，佃向眾人微微頷首走了進來。換算成時間，頂多就只等了一、兩分鐘，然而就像最想成為全場焦點的貴婦人會等待眾人都到齊後，最後出現在舞會會場那樣，攪動了一池春水。就好像只有他格外不同——就像個醒目的客人，伸子感覺儘管模模糊糊，但就在這一刻，每個人都重新認識到這個事實：啊，還有他。她說：

「怎麼了？來得這麼慢。」

她希望佃可以說「讓大家久等了」。

「大家都在等你。」

佃併攏雙膝，在座墊坐下，略瞥了桌上一眼，含糊地說：

「這樣啊……有點事。」

然後只向父母道歉。

「失禮了。」

「不會。怎麼樣？你問過山崎先生什麼時候方便了嗎？今天我剛好在俱樂部遇到他，重新跟他提過了。」

……餐桌上漸漸熱鬧起來。到了最後，除了伸子以外，所有的人都忘了一開始的一點疙瘩，但這種情形並不是一次而已。隔天、再隔天、再隔一天，不知怎地，同樣的事情三番兩次。原本很快就會消失的微妙感覺，隨著次數增加，益形明顯，成了某種讓伸子苦惱的預感。每到用餐時間，多計代便以壓抑的不耐煩說：

「妳要早點叫佃先生過來，別老像客人似地要大家等。」

「我會的。」

「外國的大學，學生的風氣到底有多隨便？他也是，怎麼也不過來這裡幫幫妳——你們兩個獨處的時候也是這樣嗎？」

伸子解下圍裙，嘴唇因酸澀的笑而扭曲。

「也不會啊。」

「那就好……」

多計代沒有再說什麼，開始整理餐桌上的花。她摘掉半枯的矢車菊葉子，稍稍仰身觀看整體枝葉。伸子直覺母親只有手在弄花，心中塞滿了想說的話。但多計代沒有再開口。

再幾天四月即將告終的某天，伸子和堂妹們受邀去朋友家。雖是陰天，但光澤的灰色天空襯得地上深濃的綠葉分外美麗。四點多，伸子去洗手間梳妝，佃一起走出房間，開始整理固定在寬外廊角落的書櫃。那個書櫃是全家共用的，裡頭沒有半本像樣的書，只是用來放舊雜誌的地方。好幾年份的婦女雜誌類亂糟糟地塞在裡頭，倒成一團，堵得一邊的玻璃門都打不開了。多計代曾經不經意地提起這事。伸子看到佃正要做什麼，驚訝極了。

「媽說那話，絕對不是要叫你整理的意思。」

她制止說。

「放著別管吧。如果真的要整理，叫人來弄就是了。」

「我來弄也沒關係吧？要是能有點貢獻，那也不錯。」

「如果能讓你轉換心情，是沒關係啦……」

伸子一手握著梳到一半的頭髮，隔著那頭髮看向佃。佃緊貼著書櫃，盤坐在木板地上，已經打開櫃門，拉出布滿灰塵的舊雜誌開始分類。他的背影有什麼緊緊地吸引住習於對他察言觀色的伸子的眼睛，她差點要問：

「你在生氣嗎？」

但她沒有問出口。如果佃不高興，她會打消去友塚的計畫嗎？不會。伸子回到鏡前，省度自己的情感何時竟變得如此，自憐地笑了。伸子把臉貼近鏡面，撲上白粉，靜謐而沉重的思考持續在腦中進行著。然後她感覺到，就是這類乍看之下像芝麻小事、不值一提的煩悶，不光是自己，讓許多已婚女人陷入沉鬱、委靡。

梳妝完畢，伸子鼓舞自己，輕鬆地向佃道別。

「我出門了。」

身上的腰帶與和服發出沙沙聲響，她彎身觸摸盤腿而坐的佃的臉頰。

「今晚爸也不在，你可以跟媽好好聊一聊。」

入夜以後，下起了綿綿細雨。九點左右，伸子顧念起家裡，坐立難安，請對方叫了人力車。晚春細雨中，車中一片溼悶，籠罩著溫熱的呼吸與車篷的氣味。而且有許多上坡，花了點時間。回家一看，玄關還沒有皮鞋。

「爸呢？」

「還沒回來。」女傭答。

伸子朝屋內走去，心想：真希望能看到母親和佃和樂交談的景象。如果開門的瞬間，兩人滿臉愉快地轉向她說：「啊，妳回來了！我們正在說妳的壞話呢。」那真不知道會有多令人開心！一定會是無法想像的喜悅！伸子在昏暗的走廊上，差點兀自微笑起來。然而這溫暖的想像很快就凍結了。人對於自己居住的家中氣氛有一種直覺，就像動物能本能地嗅出巢穴的安全，或逼近的危險。每一個房間寂靜的空氣，以及不知從何處流出、連身在走廊都能感受到的冰冷，讓伸子警覺起來。她靜靜地打開門。

「我回來了。」

佃不在裡面。弟妹們也不在。夜晚的空氣裡，只有母親一個人。伸子不自覺地環顧室內，就像在搜尋什麼。

「外頭下雨了，有沒有淋到雨？」

多計代蓋上雜誌，看了看鐘。

「沒事，我請對方幫忙叫了車……爸還沒有回來？」

「今晚一定會很晚。他去跟那些搞陶瓷的聚會……」

多計代以沉著觀察的視線，看著解開大衣衣帶坐下來的伸子。

「去換衣服吧。」

伸子順從地起身。她快步回到自己房間，打開紙門。佃坐在桌前。

「我回來了。」

「妳回來了。」

佃背對入內的伸子而坐，頭也不回地應道。這也很不自然。一定出了什麼事。伸子察覺母親和佃之間有某些不愉快。她覺得自己好似被堅硬、冷酷，憑自己的力量推不動半點的高崖給左右包夾，困惑不已。

伸子換了衣服，又去了母親那裡。多計代似乎正等不及她來，劈頭便以克制不住的坦白發難。

「佃先生這個人太離譜了。」

一直積壓在母親內心的不滿終於爆發出來。

「這樣嗎？出了什麼事嗎？」

多計代盯著伸子看。

「他跟你說了吧？」

「沒有。」

「……是這樣的……」

多計代依舊滿臉的厭惡，娓娓道來。

「再三再四提這種事，也實在幼稚，教人不舒服，可是……噯，畢竟不說清楚也不會明白。——妳出門沒多久，我想他一個人應該也很無聊，就叫他過來喝茶。剛好保和豔子不在，我覺得是個好機會，因為我一直很想和他兩個人促膝長談。妳也知道，我跟他還不算推心置腹，也一直沒有機會好好談談——就我的心情，是想毫無隔閡地好好交流一下對妳的看法，畢竟只有嘴上叫我媽，卻莫名客氣疏遠，兩邊都不好過。」

「是啊。」

「我這人是個直性子，所以期待佃先生一定也是同樣的想法，願意對我開誠布公，結果我錯了。」

新的憤怒浮現多計代的面龐。她一下子連耳朵都脹紅了。

「那個人太糟糕了！」

「怎麼會？」

「還怎麼會……他那人根本是鐵石心腸……絲毫不知感激。就算是目不識丁的人，看到對方拿出真心誠意，也會認真當一回事，可是那個人怎麼說，就只會閃躲。他就只會滿口說什麼他願意為妳奉獻一切、有犧牲的覺悟。我又不是突然要他犧牲什麼，又不是神經病。我只是想和他談談，要怎麼樣才能讓妳過得好，他也能過上好日子——這教人怎麼談得下去嘛！」

對於清楚母親的性情與佃的個性的伸子來說，她完全理解雙方的不滿。母親認為自己掏心掏肺，一片赤忱卻撲了個空，恨得牙癢癢的，這讓伸子同情。但她也絕不認為全是佃一個人不對。

「他向來口拙……」

她中立地說。

「而且說要談我的事——這豈不是教人為難嗎？又不是遇上什麼非解決不可的具體問題……」

伸子想像佃應是被母親窮追猛打的熱切言詞所迫，面對虛無飄渺的抽象追究，只得以他向來的激昂不斷地搬出犧牲、努力等說詞，總覺得窩囊起來。

「……或許他真是口拙吧，不過，那應該是晚飯時間吧，有電話找他，他講了好久，而我也真是不該，忍不住隨口問了句：是哪裡打來的？結果他說是淺草的親戚。我從來沒聽過他在淺草有親戚，而且淺草又是那樣的老街，所以我不禁回了句：咦，你在那種奇怪的地方有親戚呀？結果那人居然勃然大怒，甚至變了臉色說：『媽以為我在做什麼不正經的勾當嗎？』我整個人莫名其妙。但他那臉色實在太不尋常，仔細一想，教人怎麼能不猜疑……？」

伸子感覺眉頭擰了起來，邊聽邊撇開臉去，托起腮幫子。

「……我跟他說，你居然這樣想，未免太不知羞恥……」

伸子再次回到房間時，佃仍在桌子左右攤開書本，坐在中間。

他那座倔強的窪地，就像在向伸子宣示：

「我知道妳聽到了什麼。妳會理解我的對吧？……但妳要怎麼想就怎麼想吧。我不會辯解。」

伸子無法忍受再提起母親告訴她的事，也不願以這樣的心情待在房間裡，走到倉庫前的走廊，交抱起雙臂，左右搖晃著身體，來回盤桓。高高的天花板上，十燭光的燈泡照著底下的木板地。正面是倉庫的紗門。布襪底下擦得一乾二淨的走廊光滑而堅硬。夜晚的木板地滑溜得令人驚奇。伸子覺得寂寞，繼續搖晃著身體，不斷地走動著。

9

浴室裡蒸氣迷濛。伸子將衣襬塞進腰帶裡，在大浴盆裡幫豔子洗身體。融化的肥皂香和水蒸氣的溼熱滲進衣服裡，不舒服極了。豔子用大海綿吸了水，雙手扭絞，把水淋在自己的肚子上嬉鬧著。

「姊姊妳看！妳看！水跑進肚臍裡面了！妳看！」

多計代泡在浴槽裡，不時制止鬧過頭的豔子，叫她「別鬧了」，有一搭沒一搭地對伸子說話。是對佃的批評。前些晚上伸子不在時，有過那段不愉快後，多計代看似對佃失去了客氣與最後的敬意。她對佃說話時，以及對別人談起他時，變成了總是攙雜著輕侮與施恩的特別語氣。她現在也用鬢梳梳起垂落的溼髮說：

「不管怎麼樣，人無完人，總該彼此體諒……但我看著那個人，就是愈來愈感到疑惑——他——三十幾了？三十五、六吧？總之都這把年紀了，還那樣幼稚，總覺得啊……」

伸子將豔子的背部轉向自己，苦澀地說：

「轉過去，轉過去。」

「現在別說那些吧。」

多計代另外接了乾淨的水，一邊洗臉，手巾之間透出凌亂的聲音。

「仔細想想，妳也實在太小女人了，一旦喜歡上，就整個人瞎了眼，看你們兩個在一起，也是妳愛他更多，教人心痛……雖然只要妳覺得好，我也沒什麼好說的——」

一會兒後，多計代又自言自語地喃喃：

「我也不能永遠陪在妳身邊，但要是就這樣一起糟下去，我也只能死了心，接受妳就是這樣了。」

佐佐家的生活與佃的性情之間，有許多無法相容之處。佐佐家在伸子的父親這一代，無論裡外，在物質上都更為興旺了一些。進入鼎盛時期的家中氣氛精力十足、排他而且支配，充滿了難說知性的原始生命力。每個人都喋喋不休，吃得多，睡得多。佃一個人屢屢腸胃不適，食欲不如其他人那般旺盛，就連這一點都格外凸顯出他在這個家中是異類的事實。

對於就像佐佐家風氣的代表般生活、行動的多計代來說，佃並非值得懼怕的敵人，但也未與這個家同化，永遠是個異類，這似乎強烈觸怒了她的神經。她漸漸煩躁起來，露骨地對伸子酸言酸語。傍晚時分，如果伸子還在自己房間，就會傳來母親的聲音。

「忙成這樣，到底是在做什麼？豔子，去叫姊姊！」

「姊姊，媽媽叫妳！」

「好、好。」

伸子走出房間等候差遣。

「我不知道妳在忙什麼，可是怎麼也不來幫忙一下？」

多計代說。

「多一張吃飯的嘴，廚房要忙的事也跟著多了，別老把自己當客人。」

伸子沒辦法像以前單身時那樣，單純地反駁。

「討厭啦，媽，明明一點都不忙。」

母親是在發洩伸子被佃搶走的憤恨，以及伸子任由自己被佃搶走的寂寞。

「佃先生到底每天都在做什麼？」

多計代看著收拾桌面的伸子說。

「他真的能去大學嗎？」

「說是下星期開始……」

「那就好，畢竟別人問起，只能說都在家裡，實在丟臉，都那把年紀了……妳要好好道謝啊！妳爸那麼忙，之前還特地為了這事抽空去津村先生家呢……」

佃要進大學工作了。在津村博士的研究室當類似客座講師。往後可能會成為博士底下的專任講師，但光是這樣無法維持生計。佃拜託在美國認識的人介紹工作。他無法安心待在伸子的房間裡，每天白天都為了謀職出門訪客。傍晚時分，他會和佐佐差不多時間回來。一整天處理繁忙業務年老的佐佐沒說什麼，佃卻直呼累極了。這讓伸子感到失落。

晚餐後，佃會暫時和大夥在一起。但一陣子後，便一定會告罪說：

「我失陪了，我有點事必須處理……」

然後一個人回到倉庫前的房間。在佐佐家，要規律地鑽研學問當然不是件易事。因為男主人並不熱愛閱讀，晚飯後到就寢前的時間，整個家中充斥著歡快的熱鬧，伸子能理解佃沒辦法加入其中一同娛樂的心情。但明明默默離開就好了，佃卻不知何故，非要每晚都笨拙地聲明「我失陪了」，就彷彿在宣告只有他一個人有什麼至關重要的正事要處理一樣。在他一個人背對眾人，打開拉門走出去，再把門關上的這段期間，原本悠哉聊天的眾人都感到一股彷彿受責備般的窒悶，安靜個片刻。——這幾秒鐘微妙的空白，讓伸子難受極了。

因此她總是率先打破這尷尬的沉默。

「欸，聽我說，你們聽過這笑話嗎？」

有一次，一個警察逮到鬼鬼祟祟的小偷，把他抓去派出所，惡狠狠地教訓了一頓之後問：

「混帳東西，居然做出這麼不知羞恥的事！你的良心哪裡去了！」

「大爺？您說什麼東西？」

「我說你的『良心』哪裡去了？每個人都有良心，所以知道不可以做壞事啊，混帳！」

「呃——可是我的『父母』[19]十年前就在地震中被壓死了。」

「什麼！哈哈哈哈！」

哈哈哈哈！伸子一起笑著，心想這冷笑話實在太無聊了，但真正無聊的是自己，對神經兮兮苦心積慮的自己感到氣憤。佃沒辦法安心和眾人閒聊，但伸子知道，他在房間對著書桌埋頭苦幹的，絕不是什麼了不起的大事業。八成不是在修改伊朗文詩詞的陳腐翻譯，就是墊上墊板，拿筆在墨水罐裡上下蘸著，再多寫一份履歷。

10

圍繞著他們的感情漩渦複雜萬端，而且劇烈，讓伸子一天比一天更為痛苦。她的天性單純且熱烈，因此對於來自母親以及佃的刺激，不由得全心全意去反應。這邊衝撞、那邊反彈，伸子漸漸地想要靜下心來，投入寫作了。自從佃回國以來，她的心中便充斥著雜亂無章的感動和經驗。有一天她對佃說：

「我想要靜下心來讀書了。」

「很好啊。」

「可是，那得搬家才行。」

---

19 譯注：日文中，「良心」與「兩親」（父親）同音。

「……」

佃一臉懷疑而不安地看著伸子。

「啊，不是，我是說書桌要搬家。在這裡，我們進進出出會打擾彼此，所以我想去我以前的房間。」

結果佃沉默了半晌，但他抓起伸子的手，反問：

「真的只是為了讀書嗎？」

「當然了。」

但是這一瞬間，伸子的心底掠過某種細微的疑問。——真的只是這樣而已嗎？……伸子更加快活地斷定。

「當然了，所以你可以幫我嗎？」

「當然沒問題。」

兩人隨即換上嗶嘰布衣物。他們分頭抬著祖父傳下來的橡木桌兩邊，沿著庭院，搬到客房旁邊。

「不會太暗嗎？」

「不過這裡很不錯吧？」

只有客房和玄關保留了以前茶人興建房屋時的建築原貌。面對其中一部分的古雅小庭院的這個房間，積塵累累，連柱子都缺損了。伸子對著放在重新掃除過的舊榻榻米上的書桌，佃則坐在門口的橫框處。

「這棵松樹底下，春天會長出蜂斗菜喔。」

「咦？」

「什麼？」

「有蜥蜴。」

初夏陽光灑落庭院苔蘚，照亮起毛的白壁板，兩人望著這一幕閒聊著。

坐在這個房間，孩提時代的回憶逐漸在伸子的心中甦醒過來。

夏季一個人遊玩時，她不經意地掀開做為飛石的四方形瓦片，發現底下乾燥的泥土隆成一座小山，令人驚訝的是，那裡有許多像飯粒的東西。螞蟻倉皇四竄，叼著那小米粒四處奔逃，幾乎可以聽見牠們移動小腳的沙沙聲響。

那意外的景象把伸子嚇了一跳，但愈看愈覺得有趣，她用竹棒再挑起一塊瓦片，是空的。再一塊。有了！有了！她享受著發現小米粒物體瞬間的感官刺激，在酷暑中一塊接著一塊挑開瓦片。

伸子懷念地想起那些螞蟻蛋。那雀躍的少女情懷透明而強烈，感覺不可能再次經驗。

即使打開稿紙，這樣的精神狀態，也讓伸子實在想不到該如何整理現在混亂複雜的情感。這是超乎伸子能力的題材，就像現在在現實生活中，也令她無力那樣。

三人避開動輒演變成爭吵而掀起的險惡漩渦，佃在倉庫前的房間、伸子在小房間、多計代在中間的飯廳，各過各地過了幾天。

「在嗎？」

某個午後，多計代彎著束髮[20]的頭穿過低矮的紙門內，進入伸子的房間。
「這裡意外地通風呢……」
「因為有地窗的關係呢。」
多計代東張西望，就好像來到別人家一樣。
「佃是傍晚回來嗎？」
「應該吧，他沒說什麼……」
「那就不急……」
多計代換了副口吻說：
「我這陣子一直在想。」
「……」
「咦，那是什麼事不關己的表情？」
伸子不禁有些衝地反問：
「是什麼事？」
「幹麼，如果妳嫌麻煩，我不說就是了。」
「到底是什麼事？」
「還不都是你們的事。妳說過，他不是長男吧？」
伸子覺得奇怪，看向母親。
「對啊，怎麼了嗎？」

「那他可以進別人家呢。」

「嗯……」

「難道不是嗎？只要有繼承人，次男以下要怎麼做都是自由的。其實我也跟妳爸商量了很久，反正妳也離不開這個家，所以想乾脆讓佃入贅進來好了。」

「為什麼？……」

伸子瞠目結舌。

「這不是很奇怪嗎？家裡就有和一郎了，還有保啊。」

「是啊，但這不是為了家裡，當然是為了你們著想啊。」

伸子無法明確地理解母親的意思。雖然無法理解，但她本能地感到強烈的戒心，說：

「為了我們？我們可以自力更生啊。」

「所以才說妳不知世事。」

多計代急躁地一口咬定說。

「首先，妳想想，就連學校的差事，也都是有妳爸介紹說項，津村先生才肯那樣一口答應。否則誰會對那個來路不明、也沒背景的佃那樣照應？」

母親那種如果是十，就非大聲反覆強調「看清楚了，這是十，你拿到的可是十」，否則便不肯釋出十分好意的個性，讓伸子感到可鄙。母親叫囂得實在太大聲，讓她忍不住要想：「那又怎樣！」現

---

20 譯注：束髮是日本自明治初期開始流行的婦女髮型，模仿西式髮型，較傳統日本髮髻簡便自由。

在她也滿懷苦澀，以沉默回應母親。

「在外頭也是，搬出佐佐這個姓，比起不知道哪來的佃，不曉得要有分量多少。這樣一來，也可以替他鍍點金吧。」

「他才不需要鍍那種金。」

伸子怒上心頭，厲聲說道。

「佃又有什麼不好？一個人的價值，才不會受那種事所左右。」

「妳現在是為愛瞎了眼，看到的佃一定迷人極了吧。」

多計代刺人地、慢慢地說。

「要不是那樣，那位先生簡直上不了檯面。」

「上不了檯面就上不了檯面——什麼入贅……」

伸子覺得這是對佃與自己的侮辱，幾乎要脹紅了臉。她稍微定了定神，對母親解釋說：

「媽完全不了解我的心情。我不是那樣再三說過了嗎？我們要過的生活，根本上的目的與爸媽完全不同，而且以更大的格局去看，佐佐家也一樣是無名小卒，只是媽生活在佐佐這個名號吃得開的環境裡……」

「反正我的生活就是這麼狹隘。可是呢，這次一定也會證明我說的是對的。」

「要是那樣，我更不願意了。」

「總之，妳好好跟他說一下吧。」

多計代挖苦地笑。

「就算妳不願意，佃也一定會說好。」
關於這事，伸子沒有向佃提起隻字片語。
幾天後的晚上，佃也一起坐在簷廊的時候，多計代突然再次提起這個話題。
「怎麼樣？上次那件事，妳跟佃先生說過了吧？」
「沒有。」
伸子不悅地應道。
「……」
佃在一旁問：
「是什麼事？」
「……」
結果多計代開口。
「是關於將來的事，因為我們也不能永遠陪在小伸身邊，所以我跟她爸商量了一下，妳怎麼這樣呢？小伸。」
母親沒有直接說出口，這讓伸子感覺到善意。她說：
「所以那件事已經算了。」
「怎麼能算了呢？」
月光照亮庭院，八角金盤和梧桐寬闊的葉面散發著潮溼的光澤。對邊的樹蔭處，枝葉深處異樣地漆黑，讓庭院顯現出異於平時的迫力。伸子抱著膝蓋望著景色，專注地聆聽母親和佃的問答。佃當然會拒絕。他肯定會拒絕——

「這就是我們的想法——」

多計代終於說到一個段落，要求佃回答。

「不過伸子的個性你也知道，她把這當成了侮辱似地，氣得要命呢。」

伸子專注到耳朵幾乎要往那裡翻去，期待著佃的回答。

「……」

「怎麼樣？我們這也都是出於一片好心，為你們著想。」

「我會再考慮一下。」

「還有什麼好考慮的？」

伸子轉身喊叫似地說。

「你該不會有那種念頭吧？」

見佃沉默，多計代說：

「妳別插嘴！人家佃先生有佃先生自己的想法。」

母親那嘲諷的從容語氣，讓伸子感到絕望的不安。多計代打算把她有意無意欺壓的佃，連同伸子一起，更加牢固地綁在自己身邊。伸子覺得萬一真的演變成如此就完了。母親千方百計不讓自己離開，這讓伸子比起慈愛，更感受到生存根基受到威脅般的恐懼。佃沒有當場回絕，像伸子預期的那樣對這件事一笑置之，讓她深切地不安。

佃站了起來。伸子緊跟上去。

「欸，這真的還需要考慮嗎？」

她仰望比自己更高的佃的臉。

「我——絕對不要。」

「……」

「萬一真的那樣做，我們絕對會失去自己的生活。」

「所以我才說我會再考慮啊。」

「那，只是門面話而已嘍？」

「……」

「拜託，快點只告訴我一個人吧。到底是哪邊？當然是不願意吧？」

「嗯……不過，如果這樣能讓妳幸福的話……反正我已經奉獻給妳了。」

11

佃那不表明真心，卻又莫名強迫對方感謝般的回答，讓伸子的心一片黑暗。

他曖昧的回答，不由得讓伸子想起母親對佃辛辣的批評，陷入痛苦的不安。伸子並沒有幼稚到能毫不覺得刺耳地將佃那句「反正我已經奉獻給妳了」照單全收。同時她也覺得害怕，無法把那句話解讀為是他的偽善。而且她的理性告訴她，這句話的性質極其複雜，也可以解讀為言外之意，他對入贅佐佐家並不感到多大的排斥。不僅如此，他其實頗為樂意，只是憚於伸子的想法，只得含糊搪塞。

佃做出母親所期望的回答，這首先令伸子遺憾。母親內心一定喜不自勝：我就說吧。這也等同於證實了母親的推測：佃就像她所預言的，是個老於世故的狡獪男人，出於算計，設法讓伸子與他結了婚。兩人的愛情讓伸子無法承受這種想法。為了佃的名譽、為了自己的名譽、為了母親、為了深藏在人心中真正純潔的愛，伸子決心無論如何都不能讓這件事成真。

多計代原本就不相信他人，目睹自己的猜疑屢屢實現，甚至感到某種驕傲，這次的事，一定更鞏固了她背後的人生觀。萬一（伸子使勁全身的力量強調這個「萬一」）佃在他們的婚姻當中真有什麼不純潔的算計，那麼她必須讓他認清，這世上絕不容許這種事輕易橫行。伸子無論如何不能相信，她甚至像這樣和父母衝突、反抗周圍、努力去維護的愛，竟單純地是佃利用了她的愚蠢，設計讓她去愛、去努力的結果。

這天晚上，伸子懷著病態的悲痛心情怨懟，如果佃能夠毅然以對，一切都能皆大歡喜，流下淚來。生活之中，自己只有孤獨一人的感覺，讓她情不自禁地哭泣。

後來多計代動不動就問：

「怎麼樣了？」

「不行——當作沒這回事吧。」

然後伸子催促佃。

「快點給媽一個明確的回答吧。你明明知道拒絕比較好。」

伸子不在的時候，甚至連她在的時候，多計代都會伺機抓住佃，要求他回答。

「你不是那樣再三說你願意為了伸子做任何事嗎？你總不會想要食言而肥吧？我手上還有你從外國寄來的信呢……」

「媽很快就會了解我的真心了。」

佃怒形於色，幾乎要顫抖地說。

「不管任何事，我都能忍耐。」

然而到底要不要入贅佐佐家，佃卻不肯給出明確的答案。不知為何，只要談到這件事，佃就變得極為謹慎頑固，不肯表明自己的心意。多計代漸漸忍無可忍，一看到伸子就追問此事。某天伸子終於受不了這種苦，宣言道：

「不管媽說什麼都不行！就算佃願意，我也不答應。不管佃是什麼動機，他敢答應看看，我絕對跟他沒完沒了。我絕對不會做出那種攪亂大家清靜的事！」

倘若佃真的答應入贅，伸子一定會像她所說的那樣反應，多計代卻彷彿挨了一拳，激動萬分。她流著淚說：

「妳真是兒女不知父母心！妳這樣折磨父母，到底有什麼好處？嫁出去就是別人家的了，反正等我死了，什麼都管不著了。妳最好就不要餓死街頭，繼續丟父母的臉！」

伸子也哭著說：

「媽，就連杉苗長大了，也要分開養育，人的生活也一樣。幾年後，媽一定也會理解為什麼我要這麼倔強地堅持。我這樣頑固，也不是毫無道理的。」

一旁的弟妹一個接著一個起身離開房間了。

這段期間，母親依然準備在法律上讓佃入贅佐佐家。伸子完全不知情，但有一天她坐在書桌前，女傭來叫：

「太太叫小姐過去。」

「什麼事？」

坐著的多計代憤憤不平、氣得什麼事都沒法做的樣子，說：

「佃這個人太可怕了。」

「怎麼了？」

「還怎麼了，他根本就知道自己沒辦法入贅！」

伸子一頭霧水，沒有說話。

「前陣子妳爸在會上遇到井田先生，為了讓佃入贅的事，跟他商量了許多事，結果昨天井田先生回覆說，法律上戶主不能入贅別人家。」

佃是岡本家的次男，但繼承了遠親佃家的家名。

「真的，不小心都忘了。」

「這下妳可放心了，但我們這個臉可丟大了。佃先生心裡頭一定痛快極了吧。」

「怎麼會？他一定也沒想到這些事。」

「是嗎？這可難說。不過，真不愧是在美國混了十五年的人，實在高桿，他很清楚只要他明確地說聲『不』，就沒辦法再擺出一張女婿嘴臉，賴在這個家了。」

「啊！啊！」

伸子故意大聲嘆息。

「真可憐！他真是生來給人酸言酸語的！」

伸子總算笑了，說：

「真是『千萬勿做伸子夫』呢。」

因為戶籍這件事，多計代的心態驟變了。她說如果佃問心無愧，毫無算計，就該盡快搬出佐佐家，以為自清。

「妳待在家裡難受，我也一直忍耐到今天，所以愈快愈好，你們最好明天就搬出去吧。」

多計代看似除了藉由哭泣和痛罵，無法排遣女兒終於要被奪走的絕望。她高傲的心性，讓她無法忍受別人看出及同情她軟弱的悲傷。她就像要以凶暴的熱情燒盡自我似地咒罵。

「妳看妳媽肯定很礙眼，可是豔子還小，就讓我再多活幾年吧。看到妳媽像這樣折壽，妳心裡肯定愉快極了吧？」

啊！啊！伸子不知該如何表達內心的親情，哭了出來。自少女時代開始，她就以異於一般母女的熱情和母親聯繫在一起。兩人對彼此一直都是強烈的愛恨交織。做為女性，母親對伸子有時是全然的母親，有時是朋友，有時是競爭對手。總之，母親總是生猛地衝撞著伸子存在的每一個面向。對伸子來說，母親是需要竭盡全力面對的生存的對照，她自覺到自己與母親個性的差異，批判對方的生活態度，一言以蔽之，為了塑造出異於母親身為女性的自己，伸子付出了非同小可的努力。而結果存在於兩人之間的，是與一般女兒對母親懷抱那種與親密安心截然不同的、燃燒生活般的異樣閃光。在即將跨過這階段，進入下一段生活歷程的現在，充滿了伸子靈魂的這種痛苦而光輝的回想的積聚，該如何向母親訴說才好？伸子在哭泣之餘亦想到這些。她們母女的愛，是多麼地異於常人。若要分離，就必須像這樣傾全力彼此傷害、彼此推擠，也就是說，她們就是如此地相愛，以至於非如此暴烈地分開，否則便無法離開彼此。

並不如此熱情、平和的佐佐，面對妻女這樣的心理鬥爭，全然束手無策。他一方面安慰妻子，一方面打從心底嘆息：

「在這個家，惹出問題的總是妳，為什麼妳就不能再 tender heart 一點？接受他人的愛吧。和平地過日子吧，好嗎？那種折磨自己也折磨他人的主義，快點丟了吧。」

「這不是什麼主義，爸。」

伸子懷著無以言喻的悲傷，勉強這樣回答。佐佐終於出於心痛，以他單純講求實際的生氣方式大喊：

「妳搬出去吧！既然妳不要妳的父母，我也不要妳這個孩子了。去吧，永遠不要回來了！」

第四章

1

他們搬家了。屋子位在吉祥寺前的診所紅磚牆與茶葉行木板牆之間狹窄的巷弄深處。從父母家穿過吉祥寺，只要十五分鐘的路程。

他們是在八月的盛夏搬家的。伸子每天四處找房子，走得太累，發燒病倒了。搬家這天，她也躺在病床上，看著車夫沿著庭院將書櫃搬出去。

人都離開後，伸子站了起來，有些頭暈目眩地理好衣物。母親一個人坐在二樓簷廊的長椅上，團扇靜靜地抵在胸前，沉鬱地躺在屋簷下繁茂的梧桐綠葉的反光下。伸子從內梯走上樓，默默地站到旁邊。母親也沉默不語。久久之後，多計代看也不看女兒地問：

「都好了嗎？」

「好像差不多了。」

就這樣，兩人又不說話了。伸子覺得這樣下去會沒完沒了，便說道：

「再見……」

多計代的臉上現出扭曲的痛苦神情。伸子見狀，也感到撕心裂肺的痛楚。

「……我走了。」

她實在說不出其他的道別。顯然就快克制不住淚水的母親，讓伸子無法再看上第二眼。她甩下母親聽不出是咳嗽還是想說什麼的哽咽聲，高聲走下樓梯。重重地一步步走下樓時，她的淚水亦奪眶而出。來到樓梯下時，難耐的心痛讓她趴在扶手柱上哭了好一陣子。分開住是天經地義的事，而且大家都如此期望，這實在太匪夷所思了。真正要離開自己成長的家，如此悲傷痛苦而真實的離情竟貫穿了靈魂。她甚至感覺家中古老的柱子等等突然都醒了過來，驚愕地看著將要離去的她。伸子覺得以這一刻為界，她把在這裡度過的兒時、少女時代的一切回憶都和這個家一起拋下了。自己將一個人離去。但她的回憶，將帶著當時的新鮮、多彩，永遠地棲息在這個家裡吧。再見了！我不可思議的、明亮又陰暗的孩提生活，一切都再見了。

他們的房子坐東朝西，位在懸崖邊。每到下午，夕陽便會從小盒子開口般只開了一邊的簷廊照射進來。夕陽盡全力直照到房間牆腳，但看上去就像通風良好，伸子也不怎麼覺得熱。在這樣狹小的屋子、在這樣的夕照裡，伸子懷著珍奇的心情，沐浴在不熱的閃亮亮的夏季斜光中坐著。這一年租賃屋奇缺，他們從拮据的口袋裡掏出一切積蓄，才總算租到了這處不健康的住居。

搬家的忙亂告一段落，佃每天不是去大學，就是去這陣子就職的私立大學。八點左右，接下來直到傍晚四點半到五點，伸子就一個人過。漫長明亮的夏日，時間過去得多麼遲緩啊。

某個午後，伸子靠在大小和室境界處打開的紙門上，彈著烏克麗麗。

一如往常，夕陽已炫目地躍至榻榻米三分之一處了。伸子膝前攤著簡陋的樂譜，盤著腿，盯著譜，練習有許多降半音的民謠。

Hao, hae, haae……Hao, hae, haae……這裡是三重音的副歌，但伸子的手指實在無法像樂譜插畫上脖子戴著大花圈彈奏烏克麗麗的夏威夷青年那樣彈奏。總是至少會按錯一處位置，或力道不均勻，彈不出想要的音。伸子在腦中打著節拍，一二三、一二三，重複了許多遍。每天沒有說話對象地過著日子，伸子便想要像這樣，起碼配合樂器發出些聲音來。

Hao, hae, haae……

彈得多糟啊。會彈三線琴的人，一定很快就能上手了。伸子專注地練習，心裡想著這些。不僅如此，她不知不覺間聽見了鄰家的每一個動靜。他們住的是相連的兩戶，伸子的家與鄰家之間，只隔了一片板壁。雖然還未碰過面，但那裡有一家中國人，和日本人的家人住在一起。這時似乎正在幫（中國人的）男孩洗澡，傳來嘩嘩水聲。

「少爺！來，乖孩子，聽話。」

處理家務的日本女人的聲音表面上溫柔，但聽得出心底不耐煩的冷漠。還有母親用有些客氣的中國話叫兒子聽話的聲音。伸子意識到自己彈奏的樂器聲有多單調。那中國話也溫和過頭了。隨著照射進來的夕陽益顯燦爛，伸子陷入迷失了目的的憂愁。——也不是陷入，夕陽太熾烈了，憂愁就好像從伸子的內心蒸發了一般。

佃謀得差事，並在外租了屋子，兩人的生活算是如同預定般的開始了，然而伸子卻總覺得無法融入這樣的生活。打個比方，某人參加一場晚餐會，料理如同鑲了金邊的菜單，由燕尾服的侍者逐一端上桌。沒有不速之客，主賓也到場了。從乾杯到餐桌演講，都如同預定般進行，然而他望著這一幕，卻發現自己對這整場餐會感覺不到絲毫興趣與意義，突然陷入莫名的不安，四下張望。當他發現沒有人像自己這樣感到無趣時，要如何安慰自己？反而會更強烈地感到自己格格不入吧。

伸子亦是如此。妻子這個角色完全不適合她。為何不適合，理由一言難盡，也不可能說明。因為理由應該在極深之處，是一種微妙而纖細的感覺。但伸子只明白一點，也就是生活運轉的幅度太小、太重、缺乏年輕的柔軟度。接下來才是他們的生活。來吧，我心愛的人，滿懷希望地踏入我們的生活，然而不知不覺間，生活就像牧場的柵欄般圍繞了他們，很快地，伸子感覺自己就像在與丈夫這種巨大而不動如山的物體大眼瞪小眼。

佃似乎完全沒有這種感覺。他帶著前晚在床上蜷著背，預習「大軍潰敗，吾等贏得勝利，俘虜五名敵將云云」的初級拉丁文讀本上班去，然後回來。明天一早他應該也會毫不遲疑地上班去。伸子找不到機會向他傾訴自己的感受。而且她偶爾會回顧他們一路走來的感情生活。從彼此認識直到今天，他們實在經歷過太多波折了。伸子全副心神都放在與周圍對抗，堅守對彼此的愛，努力保護他也保護自己，不知不覺間，她的心持續為此緊繃，不斷地處在刺激之中。而今，這些全都消失了，所以自己頓失幹勁嗎？自己變成忘記和平相處之道的亞馬遜女野人了嗎？有時伸子也會這樣想。但這些想法，都無助於拂去與眼前生活扞格不入的感覺……

伸子將烏克麗麗收進袋子，站了起來。

2

伸子鎖上廚房後門出門去。正面大馬路上，電車發出刺耳的摩擦聲，行駛在漫天塵埃中。吉祥寺山門前的石板地上，三名少女齊唱童謠，拍著小球，把球穿過腳下玩。伸子經過鐘樓旁，進入巷子。再斜穿過一條雜亂的大馬路，便來到安靜的住宅區。她出門散步，打算順便去找母親和豔子。

家裡有泥水匠來修門，小學徒無聊地攪拌著木槽裡的灰泥。豔子被這吸引了，抓著書生的手直盯著看。伸子遠遠地看見那模樣，忍不住笑了。書生發現她，對豔子說了什麼。豔子抬頭，認出慢慢地從馬路走來的伸子，撲上來抱住喊：

「啊！是姊姊！」

「媽在家嗎？」

「在。姊姊，妳怎麼不快點回來嘛？上次妳明明說很快就會回來的。」

「嗯……」

伸子扶著豔子，跨過粗草蓆和木板之間。豔子扯著伸子的衣袖走著，直瞅著姊姊手上的東西笑。

「啊，被妳發現了，這個小古靈精怪。」

「嗯，我知道那是什麼，因為姊姊上次說要買給我。」

「可是這個不是。」

伸子裝傻說。

「裡面只是舊報紙。」

「騙人！我都看到了，明明就是《小朋友之國》！」

玄關有一雙女用木屐，因此伸子從木門繞到庭院去。西式房間窗邊的蘆筍盆栽另一頭，可以看見客人小巧束髮的背影。七月為了佃要不要入贅的事和父母起衝突時，伸子就站在那道窗旁流汗又流淚。伸子一清二楚地回想起自己當時激烈的話語。那些都過去了，現在生活以不同的面貌流動著，伸子強烈地如此感覺。

伸子和豔子一起玩藏垃圾遊戲[21]，送客離開的母親從窗戶伸出頭來叫伸子。

「上來二樓。」

伸子上樓一看，兩個房間中間的紙門全部打開，大的一間鋪著緋紅的毛氈布，大盆子裡放著畫筆、筆洗和顏料盤等。多計代將宣紙攤開在毛氈布上。伸子看著，詫異地說：

「咦？在練習畫畫嗎？泉女士終於願意來指點了嗎？」

「嗯，雖然一如往例，雜事太多，遲遲沒有進展，不過總算是開始了。今天是第二次。這把年紀才開始學畫，反正也畫不出什麼名堂，最起碼不會面對畫紙，不知從何下筆，就算得上好了。」

母親想要開始學畫，讓伸子感到欣慰。

「這樣就很棒了！光是有可以全心投入學習的目標就萬萬歲了。我看看，這前面的是……最早的……」

「畢竟好多年沒有拿起畫筆了，完全不行。要是從小蘋老師那個年紀就一路學下來，我現在也是個小什麼老師了。」

多計代就像被自己誇的海口給激勵似地，爽朗地大笑起來。那是無憂無慮的笑。學畫對心境竟有如此大的影響，讓伸子受到了一些刺激。伸子從以前就覺得母親應該認真學和歌，也這樣勸過她。但母親與和歌反而沒什麼緣，倒學起了畫來。母親還在念書的年輕時候，曾經受到野口小蘋[22]好意指導，成了機緣。多計代在大張宣紙上畫了竹子給伸子看。

「如何？」

她自己也從旁邊探頭看。

「即使腦袋清楚要怎麼畫，真正落筆，筆卻不聽使喚呢。」

「哈哈哈，說得好像媽已經畫了十幾二十年似的，哈哈哈，妄想筆會聽妳的話，也想得太美了吧。」

「又取笑人！反正就妳最厲害。——這是玩笑話啦。」

多計代拿出泉女士的畫，評論了幾句。

「妳覺得呢？有點欠缺氣魄呢。我覺得過於行家手筆，硬邦邦的，不喜歡。」

伸子在壁龕旁的多寶格下看到一個陌生的螺鈿中國小櫥櫃，是大膽的石榴圖樣，但鑲嵌的貝殼色澤兼具深度與厚度，精美絕倫。

「這好美，什麼時候買的？」

---

21 譯注：一種兒童遊戲，將特定的垃圾，如火柴棒或落葉等，藏在特定的範圍內，讓其他孩子去找。

22 譯注：野口小蘋（一八四七—一九一七），日本知名女流南畫家及日本畫家。

多計代一手抵在毛氈布上，用毛筆蘸著墨水，似乎要謄畫竹子，漫不經心地應聲。

「咦？妳說哪個？哦，那個啊，很美吧？又是妳爸亂買的，說要給我放畫具。」

伸子彷彿可以看見父親一臉若無其事，將包裝起來的小櫥櫃搬進房間裡來的樣子。

「爸還是一樣，faithful husband……媽不對爸好一點，可是會遭天譴的。」

「……最近我也這麼想。」

多計代歪著頭，看著自己畫的細竹枝，慢條斯理地說：

「最近他真的是個好父親，連我都同情起來了……雖然脾氣還是一樣糟……」

「爸本來就是個好丈夫吧？」

「他年輕的時候不知道有多難伺候！只是妳不曉得而已……不過雖然如此，妳爸仍是個非常純真的人，所以這段婚姻才能撐過來。否則的話……看過這麼多男人之後，我真是忍不住這麼想……妳爸確實有著佃完全沒得比的純粹。」

伸子看著逐漸成形的畫聽著，對於母親像個女人般炫耀丈夫的明朗語調感到愉快。不過她也感覺到那麼一絲——真的只有一絲絲的寂寥。伸子覺得自己好像成了姊姊，正關懷地聆聽妹妹天真無邪地炫耀丈夫。

「……怎麼說，爸就是這麼愛媽，所以媽才能在各方面這樣強勢吧。因為基礎穩固，所以可以放心地盡情在上面跳躍……不是這樣嗎？」

「是這樣嗎……？」

兩人到樓下喝茶，正聊著糕點鋪空也的點心，伸子喉嚨不知怎地生了痰，皺起眉頭咳了幾下清喉嚨。結果正要把茶杯拿到口邊的多計代停下了手，目不轉睛地看伸子。
「咦，一模一樣！」
伸子毫無心眼地反問：
「什麼東西一樣？」
「清喉嚨的樣子。佃也會像那樣，裝模作樣地清喉嚨。」
伸子的嘴唇扭曲，露出苦澀而勉強的冷笑。
「……討厭啦，只是碰巧而已。」
「才不是，明明就一模一樣……」
伸子厭煩但平靜地說：
「別那樣神經兮兮地逐一檢查好嗎？真的只是無意的動作。」
和一郎最近迷上攝影，伸子要了一張靜物照回去了。

晚飯時，伸子對佃說：
「今天我從中午就去了動坂的娘家，然後有了個新發現。」
佃沒什麼興趣地應道：
「哦？什麼發現？」
「是關於媽，我有了稍微不同的看法。我覺得以前的我可能都因為自小的習慣，把媽說的話、做的事都看得太重了。」

伸子說明今天讓她印象深刻的母親那單純而正直的心性。

「所以她會把各種感情——不管是關懷還是刁難，都會在當下毫無脈絡、直白不造作地表現出來，一定是這樣的。不是那種『我要把對方怎麼樣』的計畫性心理。你可以這樣去想嗎？」

伸子從動坂回來的路上想著這些，覺得似乎發現了和平相處之道。與母親的往來，一直是伸子無法擺脫的重擔，但她似乎發現了單純地去理解的觀點，甚至感到清爽。伸子認為只要佃也了解這一點，對母親的觀感應該也會不同，因此滿懷愉悅的期待說出這件事。但佃卻依然無動於衷。他用牙籤剔著牙，額頭擠出皺紋，斜斜地仰望著伸子應道：

「我不會批評。」

「不是批評，是觀點。橫豎我們不可能一輩子不相往來，我覺得盡量去聰明地理解會比較好。為了彼此……用這種善意而超脫的心態……」

「嗯，會了解的時候，自然就會了解吧。」

佃說著，臉上現出一種特別的、不太高貴的表情，將指節一根根扳得咯咯作響。伸子別開目光，表情難受。一般來說，佃並不喜歡富人情味的、活潑的話題，這讓伸子不滿，但比起這些，他那種沒興致、嫌麻煩時，將指頭平坦、指節突出的手指扳得咯咯作響的動作，更讓伸子厭惡極了。最近他開始養成了這種習慣。一聽到那骨頭作響的聲音，伸子就黯然沮喪。

（太可怕了。他也會這樣扳指頭。《安娜．卡列尼娜》裡的卡列寧也是一臉冷漠、可怕地坐在桌前扳指頭。那麼，他也有卡列寧那種性情嗎？）

伸子衝動地就要伸出一手說「別這樣」，卻又莫名其妙地自制並沉默了。他會再做一次嗎？——

伸子懷著疏離、黑暗、等待痛苦般的心情盯著他的手。但佃沒有注意到，站了起來。然後在書桌前解開從職場帶回來的包袱。

伸子想起在母親那裡看到的中國小櫥櫃，說：

「珠母貝有些顏色也相當美呢，我今天看到好像嵌上大蛋白石般的珠母貝小櫥櫃，說要拿來做畫具箱。」

「這樣，一定很貴吧。」

「是啊……喏，水藍色或淡粉紅色的不是很常見嗎？但我看到的跟那些完全不一樣，光澤非常複雜……就好像火焰一樣。」

但佃全不理會這個話題，將桌上的鉛筆和鋼筆挪到一旁，有些唐突地說：

「妳看了嗎？」

「看了。」

「怎麼樣？」

「嗯。」

伸子應著。

「我去拿來吧。」

佃寫了一部專業領域的小著作，完成了底稿。是一本通俗的波斯文學概論。伸子被選為目標讀者群的一般讀者代表。她從自己的書桌抽屜拿來厚約二寸[23]的稿紙。佃以親暱的動作，隨意翻著自己的成果。

「有什麼不滿的地方嗎？」

伸子不想挫了他的幹勁。佃好不容易才動筆完成了這些成果，她也為此感到欣喜。

「說不滿是太誇張了，但有些地方我覺得可以修改一下。」

「哪裡？」

「我不是夾了紙在裡頭嗎？有些地方說明不夠充分，毫無預備知識的人讀了，會覺得空泛。而且怎麼說，有些地方似乎沒有徹底挖掘到材料深處……」

佃辯解地說：

「這又不是小說，不可能有趣到哪裡去。畢竟是餘暇時間寫的東西……光是整理材料，就不是件易事。」

「是啊，所以更應該讓它變成一部好作品。」

伸子一邊鼓勵，自覺深處有什麼閃過，說：

「說到志業，比起在學校教書，這才是你的本業，得交出問心無愧的成果來才行。」

兩人針對底稿討論了一陣。伸子在昨天下午和今早讀了這份稿子，了解到即使作者是丈夫，自己也絲毫無法因此而成為寬大的評論家。也許是因為多了期許，反而變得更加敏感、挑剔。看到就像凡庸的小冊子作者常見的那樣，滿不在乎地大量使用陳腔濫調，或拐彎抹角、沒有明快思想和感情的文章，難過和氣憤便同時湧上伸子的心頭。

「不行、不行，這什麼東西！」

伸子必須無時無刻提醒自己這只是底稿、是丈夫初試啼聲之作，才能勉強維持禮儀等等，不至於發火。同時她也對自己萌生懷疑。一個心地善良的人，就不會為這種事大動肝火嗎？是因為自己太愛慕虛榮而褊狹，才會對這種缺乏特殊文學感性的文字糾結煩惱嗎？

佃也自有一番說法，因此兩人多次陷入苦悶的沉默裡。告一段落時，伸子鬆了一口氣說：

「啊，總算弄完了！這是一場奮鬥，所以特別辛苦。」

她伸手擰緊紅墨水瓶蓋。

「好了，要不要聊聊天，喘口氣？」

「也是可以，不過妳在動坂已經聊得夠愉快了吧？」

「也沒特別愉快啊。跟你聊天，和跟其他人聊天不一樣。今天有沒有什麼特別的事？」

「嗯……那，這樣好了。」

佃就像想到什麼好主意地說。

「反正都要聊天，就邊聊邊記吧……也不用費什麼腦力，可以吧？」

佃從桌上拉出一本壓在底下的褐色封面小冊子。

「啊——」

伸子見狀，玩笑地做出退避三舍的樣子。

23 譯注：約六公分。寸為日本傳統長度單位，一寸為三．〇三公分。

「閻羅王的善惡簿？」

伸子將真心話藏在玩笑底下說。

「好期待聊天。好，那來記帳，真是一點都不好玩。」

佃從從容容地在家計簿填上日期，教誨不情不願的伸子說：

「幾年後再回頭來看，就可以看出這時候的生活，很有意思的。今天——麵包十五錢……多賀的送別會費三圓。妳呢？」

伸子掃興地應道：

「我給豔子買了《小朋友之國》帶去。」

伸子的房間朝北，只有三張榻榻米大，有兩片毛玻璃的拉門。上面的一片是透明玻璃，總是可以在相同的光線中，看見外頭茶葉行的倉庫、骯髒的鐵皮圍牆頂部、自家老舊的屋簷等等。從這裡看不到天空。毛玻璃被以前住在這裡的小孩子以粗鉛筆胡亂塗鴉，字跡愈後面愈粗——5×82÷1.1+000。

3

他們的家沒有所謂的訪客。

也因為未在日本接受高等教育的關係，佃幾乎沒有稱得上朋友的人。

佃經常在晚上去附近散步。伸子也會一起去。兩人一點一點地買來扁柏和羅漢松等樹苗，種在西曬的崖邊或沒有遮掩的格子門左右。這一帶除了遠方小石川台地的高處外，各戶人家擠成一團，連像樣的樹木生長的空間都沒有。羅漢松在巷弄裡顯得青翠，似乎引起了孩子們的好奇。午後小學校放學時，一群男孩不知不覺間聚集在那兩株不及四尺高的羅漢松周圍。

「喂，這什麼樹呀？」

「是松樹。」

「才不是，怎麼可能是松樹。松樹的葉子摸了會刺刺的。」

以為安靜下來了，一個人突然大喊：

「啊！啊！好壞！」

然後另一道膽小的聲音窸窣說：

「會挨罵的。」

佃在家裡的時候，伸子總是感到苦惱。他一聽到這些聲音，便會露出面對大人的凶狠表情來。他悄悄拎著木屐繞到庭院，躡手躡腳走到木板圍牆上的便門，無聲無息地解開掛鎖，冷不防現身，一語不發地朝孩子們走去。鬼鬼祟祟的一群孩子頓時落荒而逃。狹窄的巷弄一片凌亂的腳步聲，反映出孩子們真心的恐懼。這樣的事三番兩次，滑稽過了頭，讓伸子感到莫名的空虛可嘆。

「沒辦法，難得一見嘛。種到院子裡比較好吧？」

佃激動萬分，神經質地煩躁說：

「別人辛苦種下的樹，居然亂拔，豈有此理！我絕對不會把它們挪進來。」

伸子感覺到他頑固的占有欲。

出門散步時，比起樹苗，伸子更想要買書。路上很多舊書店。伸子看到感興趣的書，便會抽出來給丈夫看。

「我想買這個。」

佃接過去，翻來覆去，反問：

「非買不可嗎？」

這種反應讓伸子氣餒。她死了心，把書放回原位。

「下次再說吧。」

伸子知道，不管買不買都一樣，心裡已經有了疙瘩。實際成為夫妻一同生活，她發現佃儘管原本就過著稱不上富裕的生活，卻無法習慣那樣的生活，大度而快活地去支配它，對此感到意外。

伸子幾乎都待在家，不是看書，就是聽著崖下水井處住在連棟長屋的女人們三姑六婆的聲音。漫長的一天過去，終於等到佃回來了。她決堤似地渴望說話，也希望他說些什麼。但佃似乎對伸子覺得有趣的事不怎麼感興趣，總是聽得心不在焉。他會起勁地談論的，多是職場發生的事，或同事的流言蜚語。佃用低沉的、表示「這事只對妳說」的聲音說：

「今天我有事去找了幹事兩、三次，結果堤小聲問我：你找幹事有什麼事嗎？」

「哦？所以呢？」

「我只說『對，有點事』。那裡的每一個人，簡直神經質得可憐。像我，不管對方是幹事還是誰，有事就會直接去說，這一定讓他們覺得很意外吧。」

佃不無得意的樣子。

「你就像果戈里[24]呢。」

伸子笑道，但心中亦感到哀愁：丈夫分明也是其中的小職員之一，而他對此竟沒有任何不平。秋意漸濃，月亮射入庭院。月光照亮崖下櫛比鱗次的人家屋頂，秋蟲終夜在地板下啼叫著。降霜之後，天色未明的清晨六點多，去工廠上班的人們的厚朴齒木屐走過凍寒道路的聲音，傳到伸子入睡的枕邊來。

伸子感到自己的心逐漸累積了太多難受的渣滓。她每天無時無刻不感到饑渴。即便這些並非值得驕傲的高貴饑渴，但對於內在正旺盛成長的年輕伸子來說，缺乏與食物同樣不可或缺的藝術環境，讓她深感痛苦。佃由於長年熟悉美國女人的生活方式，任由伸子睡到她想起床的時候。他也願意自己去進行日常採買。就連廚房活，伸子也不用獨自一個人操持。但即便海綿般的頭腦得到充足的睡眠，貪讀書本、感受並思考，又有誰能夠一同討論？最近生活穩定下來，佃看似漸漸地將過去各種精神上的重擔都不知道卸到哪裡去了。他的文學食糧停留在幾年前貯藏的莎士比亞和培根，就連雜誌，恐怕也只讀了不超過一本。但佃仍在本能上像個教師，具備巧妙閃躲伸子的突擊手腕。——這是多麼異樣的孤獨！伸子曾經受不了駭人的絕望寂寞，痛哭失聲。

「啊，為什麼我會這麼寂寞？怎麼會這麼寂寞？……就不能想想法子嗎？」

佃困惑地蹙眉，抱住伸子撫摸她的背，安撫地把臉貼上去，不斷地呢喃：

「別哭得這麼難過，好嗎？很快就會好轉了，很快就會習慣了。」

---

24 譯注：果戈里（Nikolai Vasilievich Gogol，一八〇九—一八五二），俄羅斯小說家和劇作家。代表作有諷刺喜劇《欽差大臣》、《死魂靈》等。果戈里曾於公家機關任職，經歷過小職員的貧苦生活。

然而伸子比什麼都要害怕佃所說的習慣。人就像被豢養的動物一樣，終有一日會習慣任何境遇，這個事實讓她悲傷恐懼。自己也一樣很快就會習慣這樣的生活嗎？然後幾年過去，她會失去所有的興趣與熱情，淪為與最初想要成為的人似是而非的另一個人，甚至對此毫無所覺地結束這一生嗎？伸子惋惜著在無形中流逝的生活，陷入不安。

三月以後，某天伸子去了動坂。剛好遇上親戚小孩來玩，熱鬧滾滾。和一郎召集大夥，拍了照片。拍完照後，和一郎又特別來找伸子。

「今天光線很棒，姊姊另外再單獨拍一張吧。」

「好啊。」

伸子原本就不喜歡特地打扮，請攝影師拍照。聽到弟弟的建議，她不免好奇最近的自己看起來是什麼樣子？

「那就請你幫我拍一張……不過，可別把我拍成模模糊糊的鬼魂喔。」

「放心！天氣這麼好，絕對不可能拍壞的。」

伸子和弟弟一起繞過客房庭院，在桂花樹前站定。

幾天後再去，照片已經洗好了。

「照片正在晾乾，應該已經好了。」

伸子一起前往和一郎的工作室。洗衣場深處隔出一區，並排著許多藥品的小窗處正晾著照片。

「咦，這麼多張，都是那時候拍的嗎？」

「不是，還有和豔子去大學御殿時拍的照片。因為光是上次的，拍不滿一卷。」

「我看看……」

「這是在大學拍的。」

看來是豔子在和哥哥玩鬧，笑著往這裡走來時突然拍下的，手腳的動作充滿律動感，非常美麗。

「這是之前拍的。小元動了一下，所以糊掉了。姊姊的獨照拍得比較好。」

「是嗎？」

和一郎將一張深褐色的照片遞給伸子。照片洗得很棒。但是才看上一眼，儘管上頭的人就是自己，卻有種令人無法立時接受的奇怪感覺。面對鏡頭、雙手交握的影中人，臉上充滿了與心目中的自己有些不同的神色。自己的眉上，原本就有這樣兩條粗大的縱紋陰影嗎？那是一張蒼老、複雜、嚴肅的表情。然而卻只有嘴巴竭力要表現平靜，泛著粉飾的微笑，醜陋極了。

「這真的是我的臉？」

她甚至想這麼問。

伸子細細端詳自己的臉。

她一直默不作聲，和一郎似乎以為姊姊對照片不滿意，辯解地說：

「顏色應該再濃一點呢，下次我再重洗一張給妳。」

「這張就很好了，謝謝。」

伸子再看了一次照片，說：

「拍得——很清楚。」

4

高台的濃綠，以及穿透綠意的陽光美麗的季節到來了。他們崖邊的家裡，生活依舊單調。生活狹隘而面無表情地運轉著。伸子不可抗力地被捲入它的步調，卻堅持不肯接受，持續抗拒著。伸子的心境能夠感到平和，只要兩人沒有特別說笑，漫不經心地坐在簷廊看著樹木等景色的時候。就好像兩隻狗在陽光下伸展前腳，下巴擱在上頭，昏昏沉沉地打著盹那樣。但這安眠般的平靜總是不長久。經常都是伸子先對兩人的樣貌感到說不出來的不滿足。這是兩年前，懷著那樣的熱情開始生活的男女該有的樣貌嗎？

當時信奉的「美好的婚姻生活」標語，當然並未完全失去。只要伸子傾訴她所感到的不安，佃便會立刻再次搬出這個標語，試圖讓她安心。但是到了最近，這也變得可疑起來了。丈夫認為只要用形諸口舌的愛情誓言反覆說著我愛你，就能解決一切，教人索然。即使愛，就像人需要食物，伸子需要活潑的生活。每日的細瑣之中，彼此的感受被拋在一旁不受理會，這讓伸子難受得流下淚來，這時佃便會突然熱烈地傾訴他是如何地愛著伸子，伸子卻無法感受到他的心意嗎？——伸子只能束手無策地說：

「這些是來自於無法用言語表達的每一天的感受啊……你這樣的作法，就好像一旦相信自己是愛著對方的，就頑固地如此認定，並把這樣的認定之深，錯認為愛有多深一樣。」

「啊，又那樣挖苦！隨妳愛怎麼想吧。」

因此，只是像兩隻狗一般默默地並坐在一起，讓伸子感到寂寞，即使出聲呼喚佃，大部分也都沒有下文，就此打住了。而佃甚至不感到奇怪。——這就是所謂和平的家庭生活嗎？

伸子漸漸受不了宛如浸泡在沼澤般的生活氣氛了。

外面的世界是五月。明亮活潑的五月。自己的心，在過去不也是像這樣的嗎？

隨著初夏的空氣逐漸充溢，想要去旅行的渴望也愈來愈強。說要去旅行，伸子能想到的目的地也只有一個。那就是祖母獨居的東北鄉間。去那裡的話，佃一定也會答應。她以想要去那裡寫作為由，得到佃的同意。

因為正值農忙時期，東北本線的特快車沒什麼乘客。

伸子占到了陽光不會直曬的一側的舒適座位。剛坐上火車時，心境仍一片紛亂，但火車穿出雜亂不潔的大都會外圍，鄉間景色逐漸在車窗外展開，無以名狀的歡快與平靜便滲透到伸子的心裡。農田上的電線杆、人影和森林飛快地冒出又被甩掉。就連這些，也讓伸子感受到孩子氣的愉悅。適度的搖晃與車輪規則的聲響鎮定了她的神經，但她的心有著超乎這些的喜悅。喜悅、快樂。不全是望著不同的景色旅行的快樂而已，而是總算擺脫壓迫著自己身體的事物，頭一次可以「啊！」地舒暢環顧四周那一剎那的爽快。伸子貪婪地品味著這樣的心情。這種開放！這豐碩的自由！這充滿力量的開闊心境！

沿途的風景對伸子來說，是從兒時就認識的知己。列車即將進入那須野平原。火車穿過一片剛萌發嫩葉的矮樹林。它們就像綠浪般，在火車左右如細沫般顫動著。大氣清澈的地平線盡頭處，聳立的日光群山山頭上的白雪燦然閃耀著。若非周圍有人，伸子感動得真想全心全意將雙手伸向這些山脈。

她感覺生活再次回歸自我，就像立騎在奮勇馳騁的馬上一般，牢牢踏緊雙腳，對著車窗眺望遙遠的山巔，結果車體的晃動與自然的交感就像音波般交錯在一起，伸子的全身湧出音樂性的節奏來。

咻咻、喀喀。

（可是，他的山——），副歌突然從記憶深處浮現，撲了上來。

咻咻、喀喀——可是他的山——

咻咻、喀喀——可是他的山——

——他的山——

自己亢奮的程度讓伸子驚訝。她竟對原野和山脈有著如此深的鄉愁嗎？還有，她是如何貪婪地享受著屬於自己的自由啊！伸子完全不想帶丈夫同行，與他分享這樣的歡悅與明媚的自然印象。毋寧相反。因為是一個人望著這些山、這些矮樹林，所以才覺得快樂。沒有人在一旁妨礙，全心全意去觀看、體會、感受，這樣的快樂，讓她感到失去已久的自由又復生了。

5

整個家中只有一面鏡子。水銀出現裂痕的老鏡子就掛在流理台旁的柱子上。來到鄉間後，伸子每天早上洗臉時，都會留神對鏡自照。有些日子，或因光線使然，剛起床的額頭上顯得一片明亮，伸子便覺得這是能夠心性端正地度過一天的瑞相，開心不已。若因為某些因素而顯現深濃的陰影，她便會沮喪個好一陣子。她一次又一次搓揉那裡，擔心這皺紋是否一輩子都不會消失。

祖母和女傭還有一個叫阿豐的婦人三個人住在一起。阿豐和祖母沒有血緣關係，但現在就像遠親一樣。伸子每天出去屋外，和祖母一起修剪庭院樹木。柊樹和籬笆的扁柏冒出雜亂的春芽，兩人便修剪它們，就像為一隻冬季過去、毛髮變得蓬亂的野馬理毛一樣。伸子一邊用樹剪剪著枝葉，和祖母天南地北地聊著。

「接下來就要忙碌了。也得採茶才行……不知怎地，製茶的男人一年比一年少，就算出錢雇傭，也沒人要來，或許明年就不做茶了。」

「如果不是那麼喜歡，那就別做了吧。反正那樣大費周章，卻賺不了多少錢吧？」

席地坐在簷廊上，正在剝胡桃的阿豐插口。

「隱居奶奶為這事操煩極了呢，連旁人看了都忍不住同情。」

「就放下那些，悠閒過日子吧。到了奶奶這年紀，享福就是工作啊。」

祖母用剪刀夾住略粗的枝椏，虛弱的臂膀使著勁，終於剪斷了說：

「總不能讓這兒變得就像空屋。」

「到東京來吧，什麼都不必操心了……爸給奶奶準備了很棒的隱居處喔，小巧又舒適。這次就跟我一道回去吧。」

「……嗯。」

祖母一面尋思，要阿豐拿出薄木片編成的寬簷帽。

「陽光太烈，曬得頭頂都疼了。那兒給你們兩個住就好了。」

伸子退開幾步，打量自己修剪的楓樹枝葉。

「哪兒？隱居處嗎？」

「是啊，這樣一來，就不用傻傻付人家房租了，比起我去住，更要有用多了。」

「不行的，那就是蓋給奶奶住的啊……」

「是我叫你們住的，有什麼不行？」

伸子開朗地笑道：

「謝謝奶奶，不過還是別了吧。我可不想挨罵。」

「……我這種鄉下人去到都市，也只會惹人恥笑。說真的，我因為這兒的風氣，這輩子就只知道賺錢，連大字都不識得一個，到了這把年紀，才實在不甘心。」

祖母回起居室去見客了。阿豐對坐在簷廊的伸子說：

「隱居奶奶過去一起住真的比較好呢……但她就是提不起這個勁。妳就好好勸勸她吧。因為只要是妳說的事，隱居奶奶就肯聽。」

「……這次我來，也被交代一定要把奶奶帶回去……」

「請務必這麼做。」

阿豐加重了語氣說。

「我在這兒打擾的期間，當然會盡可能照顧隱居奶奶……但……」

阿豐稍微斂容正色，看著竹簍裡。

「我也不知道能在這兒待到幾時。」

阿豐直到中年都在小學校當教員，後來結了婚，兩年前丈夫過世了。

「有人來說親嗎？」

「嗯……有點……我也會考慮到往後——」

一會兒後，阿豐問伸子：

「妳準備再待上多久？」

「嗯……」

伸子搖晃雙腳，露出無精打采的笑。

「沒個準，待到想回去吧。」

阿豐以女人味的動作偷掃了伸子一眼。

「……佃先生這樣善體人意，伸子小姐真的很幸福。」

「……」

「……一個男人家，真虧他能一個人獨處。有信來嗎？」

約五天前，佃寫信過來，要伸子在那裡住到滿意為止，並說他期待伸子能理解他的愛，多久都願意等。收到這封信時，比起開心，伸子更覺得生氣、寂寞。佃當然明白伸子無心寫作，在遠方一顆心都懸在他身上，卻完全不提這一點，體面地表現自己的堅忍。自從收到這封信後，伸子連交代生活細節的信也不寫了。

後來又過了兩、三天的某個晚上，低矮的籬笆外頭傳來呼聲。

「伸子、伸子！」

是女人高喊的聲音。

「是妳嗎？在那裡的是伸子嗎？」

這時伸子正在朗讀請人從東京送來的報紙給大家聽。外頭陰暗，而且電燈就懸在頭頂，因此伸子看不到任何人。

「誰？」

「這麼晚了，誰呀？」

祖母看著外頭喃喃。

「是我，飛田。我過去那邊。」

「請。」

飛田名叫三保，是這個村子的人，嫁給了東京的上班族。伸子與三保並不熟，甚至並不喜歡這個人。她是什麼時候來的？怎麼會找上門來？本以為三保只有一個人，沒想到傳來她在便門脫著木屐，和誰說話的聲音。

「來，妳們也進來吧。怎麼會？沒關係的！」

伸子起身去看。三保就要走上式台，身後的暗處站著兩個樸素的女子。兩人極惶恐地說已經很晚了，要就此道別。但最後三人還是都進了門。兩個女人是三保的妹妹和妹妹的朋友，年近三十。三保穿著華麗鋪張的大島綢和服，吵吵鬧鬧地寒暄說：

「我呢，是昨晚很晚才回來的，今天跟這兩個聊了一整天，剛才去大神宮那邊散步，小玉愣頭愣腦地說伸子來了。真是鈍呢，早跟我說，我就丟開一切來找妳了。所以我想事不宜遲，馬上過來了。」

鄉下人就是這麼鈍，說有多笨就有多笨。那，妳什麼時候來的？」

「嗯，來了有十天左右了吧。」

三保的滔滔不絕讓伸子退避三舍。

「妳總有一天要寫出什麼大作來對吧？」

「哪裡！整天都在遊手好閒。」

「我平常也都忙得要命，不過幸好孩子的爸要我想做什麼就做什麼，之前跑去學了書法，練習插花，做家事，中間還得生寶寶，哈哈哈，真是忙翻了，哈哈哈！」

梳著丸髻、內向沉默的三保的妹妹面露苦笑，勸了一聲：「姊。」

「難道我說的不對嗎？喏，飛田就是成天膩著人家嘛。」

三保的歇斯底里讓每個人都有些看不下去。她就好似著了魔一樣，抹了一層厚粉的臉上，眼睛灼灼發亮，兀自說個不停。伸子看出兩名同行者不願進屋的理由，還有她們僵窘地坐著，不時看看伸子又看看三保的理由了。伸子有些不安：三保是不是快要精神失常了？

「這陣子身體都好嗎？」

「啊，說到這個，之前我害了場大病呢。」

三保說她因為婦人病而動了手術，一出院就回這裡來了。

「只要跟孩子的爸在一起啊，喏，妳也知道，怎麼樣就是不肯放過我——」

三保不知怎地，動輒就要把話題扯到性事上頭去，伸子沉默了。

「差不多該告辭了。」

兩名同伴似乎也注意到這一點，不停地勸。

「等白天再過來慢慢聊吧，這麼晚了，隱居奶奶也要休息了。」

「好吧……伸子要在這裡待到什麼時候？」

伸子說出之前告訴阿豐的答案。

「咦！居然說這種話！」

三保失聲驚呼。

「怎麼會有太太丟下老公，說這種話呢？……把丈夫一個人丟在家，那不是太危險了嗎？真虧他受得住，這要是我老公……」

「我們走了吧，姊。」

即使去到大門，仍傳來三保說個不停的聲音。一會兒後，祖母吃不消地說：

「那女人搞什麼東西！」

祖母滑稽的語氣惹得伸子笑了出來。但一般的夫妻，真的就像三保說的那樣嗎？伸子心中生出這樣的疑念。他們夫妻分開，自己獨自出門旅行，而她甚至不知道要去考慮到三保說的危險。

伸子躺在床上，依然在想這件事。佃那種完全不會讓她感到不安或嫉妒的個性，反而讓人感到缺憾。因為她覺得佃的潔身自愛，是來自於他缺少人性的風趣、可愛等魅力。

6

阿豐常去近一里[25]外的鎮上買東西。每次她都會問伸子有沒有事要辦。伸子請她買了件男用單衣，要人修改後寄給佃。

「應該不光是去買東西吧，一定又要跑去新町了。」

阿豐出門後，祖母壓低聲音，對過來聊天順道一起縫補衣物的鄰近婆子說。

「這樣嗎？……可是阿豐看上去真的很年輕，說她才三十出頭也不誇張……很快又會找到新老公了。」

祖母以年老顫抖的指頭拿著針，將線穿過針孔，以老女人的壞心眼說：

「如果我是阿豐，都四十好幾了，才沒臉再嫁什麼人。現在的女人啊，就算上了年紀，也無法一個人過嗎……？」

「就是說啊……呵呵呵。」

阿豐對未來感到不安，就像做為養老保險似地急於再婚，這讓伸子感到氣惱而悲哀。同時也對阿豐必須處在背後嘲笑指點的無知老女人當中生活的境遇感到同情。她對祖母說：

「反正不管怎麼樣，奶奶也沒辦法讓阿豐幸福地過上一輩子，那就別在旁邊說三道四了吧，每個人都想得到幸福啊。」

25　譯注：里為日本傳統距離單位，一里約三・九公里。

結果祖母莫名乖僻地吐露不滿。

「哪像我，出生說有多不幸就有多不幸，年輕時候又因為妳爺爺事業失敗，窮得日子都快過不下去，老來甚至被兒子討厭……我唯一的樂趣，就只有見到妳這個孫女了。」

祖母說完，落下淚來。

阿豐與伸子笨拙地下著五子棋，傾訴對將來的不安。她沒多久就不再去新町，因此也沒去鎮上購物了。後來她說提親的對象是一個牙科醫生，但她回絕了。伸子覺得好似看到了女人形形色色的生活標本，但它們全都一樣，沒一個是順遂的。祖母也好，阿豐也罷，每個人都無法過著想要的日子。但她們還是活著，沉鬱蠕動著過日子。自己沒有向生活的不滿投降，這讓伸子覺得自己是有出息的。看著這些女人，伸子打從心底不願過著這樣的生活，為此感到一股熱情湧上心頭，想要排除萬難、不屈不撓地衝撞人生，開拓出理想中的生活。連綿幾代的家族之中，至少出個能滿足地回想一生的女人，也不為過吧？

六月中旬，和一郎到了徵兵年齡，下鄉來接受體檢。世上感情要好的姊弟為數不多，他們便是其中的一對。時隔許久，又能與和一郎一起在鄉間待上幾日，這讓伸子高興極了。和一郎近幾年患上肺病，或許會被列為乙等或丙等，因此這場小住更是無憂無慮了。祖母的櫃子抽屜裡有個老舊的糕餅盒，裡面存放著老照片，像是伸子出生滿百日的照片，還有長大一些，像個姊姊似地裝模作樣，站在戴天鵝絨水手帽、由奶媽扶著的和一郎旁邊的照片。祖母呵呵笑著拿這些照片給長大後的他們看。

「咦，有這種照片嗎……？不是這個時期的，喏，那時候都在說有抓小孩的人出沒，我怕得要命。有一次送阿吉回家，回來的路上，我從坡道的轉角背著你，頭也不回地直衝回家，你還記得嗎？」

「那真的很好笑呢。可是那時候是真的很害怕，姊幾乎是不要命地跑呢。」
「現在得要和一郎背姊姊才行了。」
「要背這麼大一個人？饒了我吧。」
「哈哈哈。」
祖母不在的時候，兩人聊起更私密的話。和一郎正處於摸索戀愛的時期。憧憬、不安和熱情，似乎有時會激烈地震盪他的精神。他以充滿信賴的平靜與年輕的直率，將自己詳細的心理狀態，還有預備校學生之間特殊的、與他的喜好全然不合的戀愛瘋狂的氛圍告訴伸子。對伸子來說，這些內容就像是另一個世界的事，讓她感到強烈的興趣。但更讓她感動的是，和一郎現在依舊沒有失去兩人自孩提時代建立起來的情感，只對自己毫不保留、甚至帶有幾分依賴地無話不說。和一郎的信任甚至令伸子覺得擔當不起。
和一郎吐出櫻桃籽，朝海面扔小石子似地遠遠拋向庭院說：
「……姊一定就不會像我們這樣。」
「你是說對於感情那些事嗎？你覺得我都懂，可以平心面對嗎？」
「嗯。」
「因為我結婚了嗎？」
「也不光是這樣。」
「如果因為我結了婚，所以你這麼認為，那你就錯了……結婚不是結論，而是拿到的考題，而且是非常棘手的考題……」

伸子不自覺地浮現暗示性的微笑。和一郎露出複雜的表情，就像看到某種刺眼的東西。

「真的很怪呢。班上那些同學在想什麼，只要他們說句話，我大抵都猜得出來——但對女生就完全沒轍了，她們莫名地沒反應，又軟綿綿的，眼睛動不動就流出水來……」

和一郎的形容讓伸子感覺到愛情。

「就像五顏六色、花俏的空氣？」

「嗯，是啊！而且聽到她們朋友之間在聊天，實在教人受不了……太沒內容了，聽了都教人擔心。」

停頓片刻，伸子問：

「那位小姐——你常幫她拍照的小姐。她怎麼樣？你們會一起玩嗎？」

「啊，那個人不太好。」

和一郎以淡泊的語氣明確地說。

「之前她不是來家裡玩鞦韆嗎？我總覺得她有種不太好的性情。姊，妳覺得呢？那種從底下看人臉色的動作，總覺得陰陰的，我不喜歡。」

伸子覺得向來多愁善感的和一郎不知不覺間開始具備了適者生存的踏實。

「……你很實際呢，比我了不起多了。」

「才沒有呢。」

「我是說真的！這是天生的個性，所以也是沒法子的事，但像我這樣動不動就愛幻想，也是有好有壞。」

伸子斷斷續續，自言自語地又說：

「我也不是看不見缺點，但因為某些機遇喜歡上一個人，就會覺得那些缺點『又怎麼樣』，認定討厭的地方總有一天一定會消失……然而實際相處後一看，根本不可能消失。與其事後再來失望，像你這樣從一開始就不會去幻想那些海市蜃樓的個性，或許更要好得多。」

就寢的時候，和一郎詢問伸子對她也認識的女孩的意見。毫無來由地，伸子悟出和一郎現在對那名少女正感興趣。她有些窮於回答。在她的印象裡，那個女孩雖然不是和一郎剛才說的那種宛如一團色彩繽紛的空氣的少女，卻也沒有特別亮眼討喜之處，換句話說，過於平凡了。鄰室亮著燈，淡淡的燈光從交界處的鏤空天窗投射在天花板上。

「意見嗎……很普通啊……不過我自己曾為了別人的意見而吃足了苦頭，所以不想對別人批評什麼。」

這一點也讓伸子反思了。她和佃開始交往後，聽到了不知道多少批評佃的話。說這些話的人，目的應該是希望她放棄佃，然而事實上卻未如此發展，反而是適得其反。如果和一郎遇上戀愛煩惱，伸子決定至少只有她一個人要堅守寶貴的沉默，直到和一郎真心希望她提供建言。弟弟會經歷什麼樣的戀愛、經營什麼樣的婚姻？成人後的他會對姊姊的戀愛與婚姻生活有什麼樣的觀感？伸子忽然好奇起來，半帶笑意地試著問：

「如果你結婚，想要跟什麼樣的對象在一起？」

「唔……不知道耶。我們的感情還沒走到那麼實際的程度。」

「嗳，不用急。」

「嗯。」

和一郎嚴肅地回話。

「我也這麼打算。」

然後，他有些難以啟齒，卻又深感好奇地說：

「像佃先生，他是以什麼樣的心態結婚的呢？」

「就是說啊。」

伸子出於某種纖細的情感，沒有再說下去，但這正是她心中疑問的一部分。佃是以什麼樣的心態結婚、又打算把這段婚姻帶向何方？伸子無法明確地掌握。比方說，他同意自己到鄉間短住，是出於伸子不管怎麼做他都能接受的溺愛，所以任由她去嗎？還是出於只要讓伸子做她想做的事，她總會厭倦並回到他身邊的老神在在？伸子認為應該是兩者都有，但這樣對待伸子，佃到底想要一起建立什麼樣的生活？想到最後，伸子總是會糊塗起來。雖然無法清楚說明，但她意欲追求的生活核心，一直存在於她的心中某處。如果佃也有這樣的追求，伸子一定能立刻感覺到才對。一定會在某處靈犀相同，將伸子拯救出失望之中。

證據就是（伸子思考著，不斷地思考著），當時佃連一句愛她的話都沒有說出口，自己就感受到他的愛了，不是嗎？

就像要嘲笑自己和佃似地，伸子這陣子也會這樣想。這些全是自己在胡思亂想，是自己在折磨自己。佃並沒有任何複雜之處。他一點都不複雜，就像他自己說的，**他一無所有**。

就像要讓自己更加認清幻滅的痛，伸子想到更多侮蔑自己和佃的事。但她也非常清楚，自己並未當真，萬一有人在她的耳邊喃喃甚至只有她想像中一半的侮蔑他的內容，她肯定會跟那個人絕交。不管再怎麼掙扎，但都已經是她的一部分了。哪怕只是輕戳他一下，伸子都無法不為此一同感受到痛苦。

過了一會兒，伸子忽然好像聽到和一郎的聲音。她以為他早就睡著了。伸子輕問：

「你還沒睡嗎？」

和一郎沒有回話，口中囁嚅著莫名其妙的話。是在說夢話。伸子在黑暗中自笑起來。和一郎以前都會在睡夢中發出吸奶般的聲音。伸子溫馨地聽著，和一郎忽然發出了明確的拉長的嘆息聲：

「啊——」

伸子反射性地以一肘撐起身體，探頭看他的臉。以做夢而言，這嘆息太真實了。但和一郎確實還在睡。他再一次短促地「啊」了一聲，這次以低沉而迫切的語氣說：

「啊，我好苦——我好苦——」

他說著，胸上的雙手手指急促地搧動著。伸子覺得不期然地看見了他年輕靈魂的裂痕，滿心的愛憐與心痛。她輕輕地、不吵醒和一郎地，將他的手逐一從胸上拿下來。和一郎的手又大又暖又重。他毫無所覺地繼續沉睡著。

和一郎回去後，又恢復了寂靜的生活。伸子開始想家了。傍晚時分，焦臭的霧靄低沉地籠罩了全村。山腳城鎮的電燈零星亮了起來，伸子隔著廣大的耕地，站在簷廊看著這一幕。想到應該包圍著東京街道的雜沓、推搡，以及喧囂的交通工具左右穿梭的景象，伸子感覺到人們溫暖的呼吸與生活的騷亂擁擠，真想現在就立刻叫車回去。她在關上遮雨窗板、徹底入夜之前，心神一直擾攘不安，痛苦難受。十燭光的電燈將起居室烏黑的木板地照得油亮時，鄉間睏倦的長夜鎮定了伸子。祖母、阿豐、女傭也不回看各自身後的影子，靜靜地捲著線、除針鏽。迴盪在她們上方的，是不斷滴答的鐘聲……

生命流動寂靜而充實的感覺，每每驅動了伸子。這樣的夜晚，丈夫一個人對著書桌在做什麼嗎？感覺在他那裡，也有著相同的寂靜。

經歷過大大小小許多的反挫後，伸子漸漸覺得佃有他自己的生活。世上有無數平凡的男人，而佃是其中之一，這又有什麼不好呢？即使伸子無法從他身上得到期待的事物，責任也在自己身上吧？伸子在自我渺小的燈光下思考。如果他滿足於現在的生活，自己有權利去破壞嗎？他不為自己的缺乏創新而苦，做一個將波斯研究書籍引介到日本的中間人，或許也不是毫無意義的事。若非受到伸子挑唆，他便是處在立身的希望、日常的習慣與堅忍的美德之中，應該是幸福的——

回想起在動坂的娘家，被多計代的火爆以及伸子激烈撼動他的愛情兩面夾攻的佃，伸子覺得太異常了。當時的他肯定窮途末路。就好像突然被丟進不同的群體，前後遭到狂吠的膽小的狗一樣。

但往後伸子要如何整理自己的思緒，繼續過下去才好？佃的幸福，不是伸子需要的種類。她應該不吃不喝，微笑地看著丈夫滿足地享用那種幸福嗎？但伸子是個食欲旺盛的人。是強烈饑渴的人。是非吃不可的人。伸子醒悟到自己必須在他身邊，自己設法去找到、得到想要的事物。如果開口要求，丈夫一定會把他的幸福分給她。但伸子吃不下去。她需要更潔淨的幸福。

伸子回想起過去心中的種種誤會、幼稚的夢想、難以想像才短短兩年前的年輕稚氣、狂熱的信賴，流下淚來。但她儘管哭泣，卻也朦朧地感受到人生結局的真實不虛，得到了新的勇氣。會消失的，就盡量消失吧。會留下的，自然必會留下。No sentimentalism.——但這也同時是與過去她勉強試圖去描繪的丈夫的道別。

她想要打造一座寬闊、清爽的心靈宮殿，即使讓丈夫像客人一樣待在裡頭，也不至於感覺侷促。如果自己擁有真正的生活力量，誰能說她沒辦法成功？這樣的矛盾讓伸子自憐地嘲笑自己，卻也重新湧出希望，心想佃也不是拔不動的樹，誰知道哪一天他不會逐漸改變呢？伸子無法否認，終究是最後那細沙般的希望，賦予了她想要變得強壯的決心，以及這些絕不會白費的信念生命。

伸子寫信給佃，說她準備回家了，要他那天即使不在，也要讓伸子能夠進門。佃回信說，伸子預定回家的那天，他晚上要出門，要她隔兩天再回去。伸子在廚房門口一接到明信片，讀完內容，出於自然湧出體內的衝動，撕掉了明信片。她不想將已經決定的日子再延後任何一天。

7

這個夏季，伸子久違地完成了一篇短篇小說。她自春天便計畫要寫的長篇作品，由於內在有所不足，終究未能完成。婚後一直無法寫作一事，總是讓她抑鬱不已。但是去了一趟鄉間，心境有了一些改變，她總算是專注完成了四、五十頁的作品。比起好壞，能夠寫出東西，對伸子而言便是一種吉兆。可以寫作，是否證明了對於自己和周圍的生活，好歹有了精神上的根基？只要有這樣的根基，自己在鄉間於悲嘆和勇氣糾結的感動中立定決心的往後的生活方式——在心情上自立而不依靠丈夫，感覺也並非無望實現之事。伸子就是寫下了過程中的種種混沌與動搖的心境。這部作品刊登在不甚偏重文學性的某部政治雜誌附錄上。

作品刊登的該期雜誌寄來那天，伸子重讀自己化為鉛字的作品，在桌前沉思。這時正面格子門打開了。在只有自己一個人的白晝聽到格子門「喀啦啦」打開的聲音，伸子生出一股周圍的空氣受到震動的不安。會那樣進門的，就只有說話像叫化子、卻強勢霸道的推銷員。伸子將紙門開了一半，但看到站在玄關夯土地上的人，立刻現實得連嗓音都變了。

「是你！」

伸子開心地站了起來。

「你這人怎麼這麼討厭！還以為是誰呢。」

來客是和一郎。

「午安。想學一下真的客人嘛。」

「進來吧。」

「……謝謝……」

和一郎顯得躊躇，伸子訝異地問：

「怎麼了？急著走嗎？擔心你的機車？」

「進去也可以，不過我是來接姊的。」

「……不過，進來坐坐也好吧？」

和一郎進了屋，卻坐立難安。他問：

「姊在忙嗎？不能來嗎？」

「也不是不能去……有什麼事嗎？」

伸子不喜歡隨傳隨到。即使這天原本就打算出門，但如果突然有人來接，叫她立刻過去，她便會滿心不願意。

「媽說有話跟妳說。」

這種藉口是多計代的慣用伎倆了，說的和一郎和聽的伸子都不禁感到一種滑稽。

「當然是**有話**嘍。」

「不過今天她有點在生氣。」

「怎麼了？」

和一郎難以啟齒，笨拙地說：

「媽讀了姊這次寫的東西，說要抗議。」

「這樣啊。」

伸子在心裡反思了一遍，應該只有一處是原因。只有一小段，是女主角的母親對女婿懷有近似反感或敵意的描述。如果母親有什麼意見，除此之外，應該沒有別處了。

「那我過去吧。」

伸子起身整裝。她認為趁著事情還沒鬧僵前，化解彼此的心結是最重要的。而且她也同情在情緒上不可能不受到波及的父親與和一郎。伸子將簡短的便條和鑰匙寄交給鄰居後出門了。

多計代看到態度輕鬆、一如平常的伸子，以帶著隔閡的語氣迎接。

「妳過來。」

「午安。」

母親不親自備茶，而是叫女傭端茶過來。

「家裡應該有長崎蛋糕……要的話就吃吧。」

伸子感覺母親不是經過深思熟慮，才有了某種不快，而是情緒性地惱怒，同時將這樣的惱怒看得極重，不願主動拋開。

「聽說媽有話跟我說？」

「……妳應該心裡有數。」

「……和一郎只跟我提了一下，我不知道細節……我什麼都還沒聽說啊。」

「東西是妳寫的，妳當然知道是怎麼回事，這次那東西，妳到底是懷著什麼心思寫出來的？」

伸子強忍難堪，仔細地說明創作主題。但多計代沒有細心聆聽全部，只說：

「是啦，話都是妳在說。」

「這不是在找理由，而是我真正的心情。」

「其實昨晚澤谷先生來家裡吃晚飯，問我看過妳這次寫的東西了沒？我說我完全不知道這事，他便告訴我說裡面寫到我。我心想八成不是什麼好話，立刻叫人去買來讀了。到底憑什麼我要被妳這樣羞辱，甚至印成白紙黑字？」

伸子一陣不快，失去了同情。她原先甚至認為，母親因為沒有客觀審視自我心境的習慣，即使只是短短兩個字的形容詞，只要認為自己被描寫了不太值得嘉許的心態，而倘若那是事實，就會更感到跳腳，這也是無可厚非之事。因此只要母親了解到即使是那樣的負面描寫，也是伸子寫作上必要的部分，應該就能在某種程度上諒解，所以才費盡口舌解釋。然而聽到母親這話，伸子感到一陣頹喪。同時也痛恨澤谷那一點都不像知識青年的態度，也恨母親居然聽信那種挑撥。伸子沉默不語，啜飲涼掉的茶。

「……我是妳母親，如果拿我當墊腳石，能讓妳更上一層樓，怎樣的苦我都吞得下去，也甘願任妳踐踏。但事實上八成不是這樣的。世人就已經瞪大眼睛在關注我們家的一舉一動了，妳又何必刻意寫些自揚家醜的事任人指點？」

多計代以女人的惡毒補了句：

「還是怎樣？這能給妳帶來什麼好處嗎？」

伸子用一種如果對方不是母親，不知道會說出什麼話的難聽口氣打斷。

「別說了。就算說那些，又能怎麼樣？」

多計代看伸子，有些軟弱地堅持。

「……難道我說錯了嗎？」

接下來漫長的一段時間，多計代在亢奮的情緒起伏驅策下，責怪伸子應當了解母親為了與佃的關係而飽嘗辛苦，並攻擊伸子的藝術已經顯而易見地開始墮落。這些爭論的話語完全無法說進伸子的心坎，她鬧彆扭地回去了。

六天後，動坂娘家又派人來接了。這天是星期六。多計代要求今晚伸子和佃兩個人一起過去。前些日子伸子被找回家時，多計代便說總有一天也得把佃找過去好好談談，就是為了這事。伸子打從心底不願意把佃捲入自己寫的東西所引發的風波。她同情佃，同時以為只屬於自己的世界被許多人這樣侵門踏戶地蹂躪，令她痛苦。佃當然一定也讀了，但完全沒有向她提起半個字。

一到動坂，兩人立刻被叫到二樓。習畫的紅毛氈等收拾得一乾二淨，只有角落的螺鈿小櫥櫃在遠方的燈火中閃耀著。母親上樓來，坐在壁龕前單獨拉開一段距離擺放的座墊上。這有如四面八方施壓般的陣仗，令伸子不由得生出反感。

「特地連你都找來，不是為了別的事。」

寒暄了兩三句後，多計代開口道。

「前陣子也沒談出個結果，就讓伸子回去了，但後來我一直在想這事，甚至連晚上都睡不好。你應該也從伸子那裡聽到了，我想聽聽你的意見。」

「媽派人來接，所以佃也一起來了，但這應該是媽和我之間的問題，和佃沒有關係。」

「我倒不這麼想……佃先生，你也讀過了吧？……你怎麼想？」

伸子無法正視丈夫回答的表情，望著陰暗走廊的葦簾門。

「……就像媽也知道的，不管她要寫什麼，我都給予她絕對的自由……」

這是對伸子有利的辯白，然而她卻不知為何，覺得這貌似寬大的回答很不誠懇，隱含著丈夫的狡猾。這滑溜的、似懂非懂的回答方式，讓她覺得是丈夫在往後也可以拿來應付她的遁詞，彷彿底下開了個大洞，沉陷進去。不管要寫什麼，都是她的自由——我給予她這樣的自由。因此她**寫的東西**完全只是**寫的東西**。不管其中有多少苦和淚，都是與他或兩人的生活全然無關的她**寫的東西**。啊，多麼痛徹心腑的、冰冷的寬容！伸子沉浸在這樣的思緒時，多計代繼續說下去。

「或許是吧……但我這陣子一直在想，伸子這次會寫那些，似乎有什麼內情，就算不到那麼嚴重，似乎也像是受到什麼感化。公平地說，難道不是這樣嗎？」

佃意外地反問：

「這是什麼意思？」

多計代沒有回答佃，轉向伸子說：

「我說，是不是這樣？伸子，妳摸著妳的良心反省看看，妳好歹也是寫文章的人，應該明白吧？」

這些沒有結果的問答已經讓伸子厭惡得難以形容。不斷地撈出這些不快的、無法觸碰心底的幾乎不必要的話，到底是想要怎樣？

「媽到底想要說什麼？」

多計代惡狠狠地看向伸子。

「既然妳叫我說，我就說吧。雖然可能會讓佃先生覺得不中聽。」

「到底是什麼？」

「簡單地說，就是這麼回事。我認為即使不到全部，關於我的部分，就算只是拐彎抹角地暗示，也是佃先生挑唆妳寫的。」

「……」

「怎麼樣？」

「……」

多計代正襟危坐。

「不過，這也不是我一個人的想法，其他人也都這麼說……」

「……」

夜晚寬闊的榻榻米上，皓皓地充塞著燈明，以及眾人噤聲的沉默。伸子的心中亦是如此。她不悲傷，也不氣憤。早已超越了那種程度，只有被傷至骨髓的情感冷然照亮她的心。

多計代說：

「不吭聲，誰知道妳在想什麼？」

但伸子化成了石像似地，無法開口。

「……如果是我誤會了，我可以道歉。」

片刻之後，伸子以沙啞的聲音清了一下喉嚨，對丈夫說：

「……請你迴避一下。」

伸子知道，母親不可能向佃道歉，佃也不可能只因為是自己的丈夫，就甘於承受這樣的屈辱。

「請你迴避吧。」

佃交抱著手臂，低吟了一聲。

就在他猶豫不決的時候，多計代說：

「事情還沒談完，我不許妳這樣任意決定。」

「可是媽不可能退讓吧？」

「就是因為不能退讓，所以我才不讓。世上哪有妳這種不知認錯的人！」

多計代以激情的執拗強迫伸子道歉，逼她發誓往後不會再寫任何關於家庭的事。這對伸子是不可能的。即使當下為了息事寧人而發誓，總有一天也會毀約。而且，伸子也不認為自己在母親強調的意義上有任何過錯。她同情母親，但這並不表示自己就是錯的。況且伸子沒有那麼大的度量，能夠只因為是母親說的話，就屈服於多計代粗暴的種種言詞。

「那，無論如何妳都要堅持己見就是了。」

「虛與委蛇也沒有意義……」

「那好吧，看來妳跟我在根本上就是無法相容。既然如此，」

多計代鄭重其事地做出決定性的宣告。

「從此以後，妳不准再踏進這個家。這樣對彼此都好，佃先生應該也覺得這樣才好……」

多計代勉強說出最後一個字，下巴和嘴唇顫抖著，扭開了臉。看著那張徹底挫敗的側臉，伸子可憐起母親來了。她甚至認為，母親說出這種話，絕對不是持續思考的結果，本人也許認為是深思熟慮之後的結果，但其實只是受到偏好強烈的感情刺激、易於激動的性情所驅使。多計代只是在緊咬不放、窮追猛打之下，或一時差錯，不小心說出了如此決絕的話。母親真的明白自己在說什麼嗎？比起自己等於是被斷絕了母女關係（不知為何，這一點都不真實），看到母親那激憤得不能自已的模樣，更讓伸子難以忍受。她甚至覺得母親很不幸。伸子溫柔地說：

「不必這麼跳躍吧。」

多計代似乎把這當成了侮辱，淚如雨下。

「妳根本不當回事，覺得我做不到是吧？我可是有了覺悟的，可別太瞧不起妳媽了。既然我話都說出口了……就算我想妳想得快死了，也絕對不會去求妳回來！」

空虛的寂靜籠罩四下。結果佃突然鄭重其事地雙手扶在榻榻米上，向母親行禮。

「這也是情非得已……請媽保重身體……」

這一切都讓伸子難以置信，覺得假惺惺而古怪。就好像在情勢逼迫下，小題大做、故作悲壯地去做其實根本沒什麼的事情一樣，教人如坐針氈。同時又有一股無以名狀、彷彿燈火熄滅般的空洞之感。伸子無力地坐著，在如此奇妙的感受中，心如死灰。而母親雙手緊緊地抱在胸前，直盯著前方一動也不動。

佃站了起來，催促伸子。

「那……我們走吧……夜也深了。」

佃刻意壓低的聲音、把伸子當成自己的東西似地看她的眼神，都讓伸子覺得厭煩。一股倒錯的感情油然而生，就好像儘管形式上被母親拒絕了，卻反而與母親靈犀相通了一般。

伸子要走下二樓時，在樓梯口一個踉蹌。佃抓住她的手臂支撐，幾乎把她抓痛了。

8

醒來一看，佃已經醒了，人在簷廊。這是個典型的秋季早晨，乾燥的梧桐葉在天空高處嘩嘩作響。伸子全身倦怠無比。她失去了將身體從床上抬起來的力氣，只能躺著，眺望高台方向的秋季天空。一片清朗。她可曾看過如此清朗的天空?從那片碧藍的天空，九月的秋風帶著清爽的力量吹過她躺著的房間。由於無礙，因而分外沁入靈魂的哀愁，讓伸子不禁閉上了眼。

從昨晚一點多回來直到今早，伸子幾乎一語不發。臨睡的時候，佃一邊更衣一邊說：

「啊……唉，沒法子的事，人無法同時侍奉兩個神。」

「……你也不是我的神。」

上床以後，伸子仍睡不著，有股異樣的寂寞。如果母親明白伸子對丈夫佃、對他們兩人的生活是什麼樣的感受，應該就不會那樣說了。儘管伸子出於私心，未能向母親坦白這些，但母親完全沒必要嫉妒憤怒……即使心神清醒，像這樣左思右想著，仍在不知不覺間睡著了。然而醒來之後，前晚的寂寥仍未消失。那寂寥就好似隨著射入眼皮的日光，更深地沁入心底。

「妳醒了？」

佃過來，撫摸躺著的伸子的額頭。

「不舒服嗎？」

「我沒事。」

「要叫醫生嗎？」

「真的沒事。……只是有點累了。」

伸子躺了一整天。

兩、三天後，伸子恢復了。心境上帶著一種新的感悟恢復了。除了前所未見的清爽與輕盈之外，又加上了不間斷的寂寞，這與自鄉間回來後，一直存在於她的內心、想要自立的欲望相關聯。伸子著手接下來的短篇寫作。在鞭策自己的精神這一點上，她甚至可以感謝這外在看起來彷彿不幸的境遇，有了一種哀愁的精力。兩人自從那一晚後，絕口不提動坂。

剛進入下個月的某天，伸子意外地聽見和一郎的聲音在玄關響起。伸子看到神采奕奕的他，忍不住也像個男孩似地發出開心的聲音。

「嗨！你好嗎？」
「姊也好嗎？」
「就像你看到的，很好。」
和一郎看了看伸子的臉，以及為了寫作而散亂的周圍。
「那就好。」
他第一次坐下來了。兩人天南地北，愉快地閒聊了約三個小時。和一郎說他終於打算在明年春季進入某間專門學校就讀。
「我認為不管任何人，都不該在中學剛畢業的時候，就歡天喜地跑去報考更上面的學校。因為根本還不清楚自己喜歡什麼科目，心態上也不適合。」
臨去的時候，和一郎對著另一頭穿鞋，若無其事地說：
「昨晚媽對我說：你這陣子好像都沒去你姊那裡。」
月中的時候，阿豐意外地來拜訪伸子。祖母終於願意搬來隱居處，所以阿豐陪著她上東京來。
「隱居奶奶也很想來拜訪，但今天她還很累。」
阿豐說著，細細地端詳伸子。
「看到小姐這麼有精神，我反而心痛極了。」
她那張和善而有許多細紋的臉倏地脹紅，忽然以袖掩面，哭了出來。
「明明每個人都這麼通達事理，怎麼會鬧到這種地步？聽到這事，我真是什麼話都說不出來了。」
阿豐由衷的悲嘆，讓伸子感到抱歉而忸怩。她甚至露出笑容安慰阿豐。

「沒事的，連妳都這樣掉淚，實在教我為難。很快就會沒事的，放心吧。」
「千萬得是這樣，因為親生母女，怎麼能這樣反目成仇呢？」
阿豐真心誠意地說。
「看在太太眼裡，佃先生或許是有許多不周到的地方，但為此連小姐都……不過太太性情剛烈，這或許也難怪……」
看來母親對阿豐說得彷彿真有什麼起衝突的原因。
「佃是局外人，是無端被牽扯進來的。」
伸子說明。
「我媽是不中意我寫的東西。」
第三天，豔子讓書生帶著過來玩。保也帶來花圃的花。弟妹們比以往更頻繁地前來拜訪，伸子感受到背後母親的用心。他們回去以後，母親一定會這麼問：
「怎麼樣？姊姊在家嗎？好玩嗎？」
保會用保的口氣、豔子會用豔子那女孩子的口氣，回答母親的問題吧。然後母親一定會追問：
「姊姊在做什麼？」
最後她是不是會忽然想到似地，或帶著特別的關心問：
「佃先生在嗎？」
或問：
「他在做什麼？」

問的對象是天真無邪的孩子，所以她也無法探究細節，是否覺得再怎麼問都不滿足？弟妹回去以後，伸子常幻想這些情景。

豔子和保來玩，似乎讓佃覺得吵鬧。豔子抱住他的頸脖撒嬌說：

「喏，一起來玩嘛。只有我跟姊姊兩個人好無聊，來玩嘛。」

佃便全身緊繃，拒絕說：

「我現在在忙，不行。」

下班回家一看，家裡被這些小鬼頭占據了。佃一整天跟人打交道已經累了，厭煩也是難怪，但看見孩子們害怕地遠離他的樣子，伸子於心不忍，勸丈夫說：

「你不高興是天經地義，但孩子們什麼都不知情，以為我們就跟以前一樣。與其這時候遷怒孩子，怎麼不一開始就堂而皇之地拒絕？」

結果佃彷彿受了莫大的冤枉，驚訝地反問：

「我什麼時候遷怒了？」

「就算你要求不讓我娘家的人進家裡，我也覺得是情有可原。可是既然你都允許了。」

佃連以他而言是正當的感情都不會公然主張，比方說，如果說「你在生氣吧？」，他便會否認說「沒有」。因此伸子不得不為了他剖析當時的狀態，讓丈夫正面承認自身的心情。佃不同意也不否定，讓伸子說完全部，然後怨懟地說：

「這全都是妳一廂情願的認定，我得聲明，我的真心並非如此。」

「那你到底是什麼想法？你說啊，怎麼不一樣？」

「妳明知道我不會表達。總有一天妳會懂的。只要是真心愛我，應該就一定會懂。」

這種時候，伸子總是忍不住用力搓揉自己的額頭。「啊，可憐的東西！皺紋又要變多了。」她真想吹吹口哨，卻吹不出聲音來。

9

進入十一月後，由於種種原因，伸子有時會失去心靈的平靜。

與動坂娘家的爭執自從那以後，除了弟妹以及祖母難得會來，沒有任何變化。九月之後才過了兩個月而已，這反倒是當然，但讓伸子難受的是十二月日益逼近這個事實。日本家庭的習慣，每一處皆是如此，十二月的除夕在伸子的娘家，也是一整年最熱鬧的一天。想不起來是從何時開始，伸子就扮演著這個節慶的女主人角色。趁著每個人都在忙碌的時候，伸子用鮮花和蠟燭、禮物等裝飾桌子。「好了！可以進來了！」當打開保密的房門這麼宣布的那一刻，真是說不出的歡喜！孩子氣的新鮮總是讓她樂不可支。整個家都隨著她一起開心。而這份單純的喜樂，今年整個家都得不到了。那將會是個令人懊喪的除夕吧。索性父母和弟妹都不在東京就好了，要不然就是自己和佃不想待在東京。

就在這樣的某一天，伸子在庭院角落整理一株菊花。雖然是夜市買來的菊花盆栽，但純白的花散發出符合十一月季節的芳香。伸子用剪刀修剪凋萎的花朵時，巷子傳來人力車的鈴聲。伸子打開板牆的便門查看，祖母正走下人力車。伸子招手。

「奶奶，這邊，這邊。」

然後對車夫說：

「回程這邊會送，你可以回去了。」

祖母稀罕地東張西望。

「咦，這種地方有木門啊。」

然後趿著草鞋走進院子裡來。

「我本來想要出門買點東西，可是實在不會挑，所以想說還是來喝杯茶好了。」

伸子笑了。祖母叫人雇人力車時，一定也不說是要來伸子這裡，而是想去本鄉大道看布匹之類的。她連來到伸子這裡，仍堅持要說那些根本不必要的門面話。

「想喝茶，多少我都可以招待。今天就來假裝賞菊吧。」

伸子要女傭阿清將座墊和茶水端到簷廊去。

然後她讓祖母坐下，自己也坐在旁邊，裝作眺望宏大的花壇似地說：

「哇，好美的景色，放眼望去，上千株白菊開得正盛呢。」

祖母津津有味地深吸了一口菸，撣著菸灰，吃吃笑著調侃。

「……是我眼睛出毛病了嗎？怎麼就只看到一株菊花而已？」

「奶奶，不對啦，要當作還有更多更多！要想像有更多菊花！」

一旁的阿清口中白色的陶瓷大假牙搖搖晃晃地陪笑道：

「太太也真逗趣，呵呵呵呵。」

阿清開口閉口就喊「太太」，這讓伸子覺得就像被人細細地用指尖刮過皮膚一樣，不舒服極了。

祖母心情很好，聊著國技館菊人偶[26]的風評。不久後，她說腳尖會冷，進屋去了。

「年輕的時候啊，我也不輸任何一個女人，但到了這把只剩下等死的年紀啊——穿個針的時間，都可以縫好衣服了。」

祖母說大夥要在明年一月提早替她慶祝八十大壽，但那是白花錢。

「讓大家慶祝有什麼不好呢？大家都會很開心啊，奶奶就欣然接受吧，我也會送點什麼給奶奶。」

「我知道這是大家的心意……」

祖母留意四下，不讓離開去別處的阿清聽到，嗚咽地細語說：

「……但妳們兩邊鬧成這樣，就算為我祝什麼壽，又教我怎麼高興得起來？——妳又不會來。」

伸子為難了。她模糊地回應。

「嗯……」

「我是不知道怎麼個回事，但這實在太荒唐了。」

阿清因為平時沒人聊天，每次祖母來，都會陪著她說個不停。她說自己沒兒子，全是女兒，因此，「一點用都沒有，都是白送別人的。」

祖母回應說她有三個兒子，但只剩下伸子的父親一個，孫子加上其他女兒的，倒有好幾個。

「我有好幾個孫子，但這一個從小就跟我親，我最疼了。」

26 譯注：菊人偶（菊人形）是以菊花菊葉做成人偶服飾的一種工藝品。江戶末年至明治年間，菊人偶展覽會頗為盛行，本所的兩國國技館曾舉辦過嶄新的菊人偶展覽活動。

祖母看向伸子。

「雖然覺得只剩下等死了，但搞不好還能抱到曾孫呢……」

祖母愉快地吃著乾點心，不知在想什麼，一本正經地喃喃：

「……妳是外強中乾，內實虛弱嗎……？」

「怎麼這麼問？我很健康啊。」

「那怎麼還沒生孩子？」

祖母以老人家特有的不客氣接著說。

「現在的年輕人，都不是一嫁人就生孩子了嗎？」

「討厭啦，那又不重要。」

「妳身體應該不差……這麼說來，佃先生臉色總是不太好，難道他是個沒種的？」

伸子動氣地打斷。

「不要講這些了。」

她厭惡得幾乎要流下淚來。不管是什麼場合、跟什麼人，她都不願意談到生孩子的話題。遑論像祖母這樣，彷彿談論種牛似地評論。她急忙想要換話題，阿清在一旁泛著某種笑意，頭往祖母那裡一伸，就像在對重聽的人說話那樣，大聲說道：

「隱居奶奶，別擔心，很快就會有喜訊嘍——真的。」

接著她帶著莫名心照不宣的笑，斜瞟了伸子一眼。這可惡的婆子！明知道伸子討厭談這種事，還故意這樣說。伸子知道阿清為何會如此預言似地附耳細語。阿清在暗示她以女人的敏銳，看出伸子的月事遲了半個月。祖母只是漫然地回應。

「是嗎？」

祖母披上頭巾，坐上人力車回去以後，伸子依然無法擺脫不愉快的心情。用不著阿清說，對於自己身體細微的變化，伸子自己就已經夠神經兮兮了。這幾天以來，她不時感受到動物本能的不安。為人母這件事已經夠令她恐懼了，而且在對生活充滿疑問的這時候，若是有了可能有權力將自己束縛在這種生活的孩子，會發生什麼事？

伸子憑靠在暮色漸濃的柱子上，左思右想，沉鬱萬分。探索自己的內心深處，她甚至覺得即將結婚時，她要佃再三保證的某個約定——自己絕對不想成為母親的約定，是出於微妙的女性直覺作用。伸子的理性對此做出的解釋是，因為自己必須寫作。但現在攪亂她內心的這種嫌惡與不安，並非這類知性的思考，而是更本能的感情。她的某種本能正放聲吶喊著不安。即使她將佃視為丈夫敬愛，仍會感到如此暗澹的恐懼嗎？也許在將佃視為丈夫的剎那，她內在的女性便識破了他不是一個能做父親的人，因而拒絕了成為人母，並同時那般地警戒，是不是？不想要他的孩子，但可以要他做自己的丈夫……

出於複雜的情感，這晚兩人獨處時，伸子悄聲問丈夫：

「欸，你想不想要孩子？」

佃用手指梳著頭髮，看著脫落的頭髮大聲答道：

「小孩子太吵了。」

然後說著「掉了真多」，雙手搔了搔頭，將頭皮屑撒在自己盤起的腿上。

第五章

1

三月下旬事多紛亂，上野舉辦博覽會[27]，英國皇儲[28]來日遊覽。晴朗地籠罩了身心的陽光照亮整個簷廊，甚至射入房間裡。

年屆七十的佃的老父刺眼地看著那陽光，說：

「同樣在日本，也差得真多……我從那裡出發的傍晚，還颳著暴風雪呢。但在東京已經是春天啦。」

「……今天比較特別……」

伸子垂下迎著陽光的臉，看向旁邊的老人。

27 譯注：指一九二二年上野公園舉行的和平紀念東京博覽會，紀念第一次世界大戰結束。

28 譯注：指一九二二年英國皇太子愛德華（後來的愛德華八世）訪日。

「啊，爸的鬍子都發亮了。」

老人俯視自己的胸口，張開手指，從內側捋了捋白髯。長長的白髯在春光中，就像中國麵線般潔白光輝。

「都是用什麼洗？」

「人家說要用蛋白洗，剛留的時候因為稀罕，還會細心保養，但像我這種愛往外跑的人，可沒那麼好興致。鬍子也會曬黃，一下又變成難看的顏色了……」

……真悠閒……伸子感覺就好像在和自己的祖父一起曬太陽似地，舒服極了。

佃打開紙門進來了。

「我出門打個電話。」

「嗯。」

「有什麼事要辦嗎？」

「唔——反正晚點我也要出去逛逛……」

老父回道。

伸子看見佃穿了厚厚的黑色斗篷和毛線圍巾，笑了。

「穿那樣太熱了，外頭那麼暖。」

「不會的。那我出門了。」

從日照良好的房間進入四張半榻榻米的小和室，一時甚至看不清楚周圍。伸子正在收拾洗好的衣物，佃晚了許多回來了。老人一個人在八張榻榻米的大和室看報。佃沒有去父親那裡，說著「我回來了」，站在伸子身後。
「你回來得好晚，去郵局嗎？」
「只是辦點普通業務，年輕職員卻在那裡算半天。」
「不是去打電話而已嗎？……」
伸子回頭看丈夫。他的臉上看似有著某種模糊的感情。
「怎麼了？去跟你爸說你回來了。」
佃一圈圈取下繞在脖子上的圍巾說：
「我打電話到公司。」
是指伸子父親的公司。
「你找我爸有什麼事？」
「星期五傍晚要帶我爸一道去拜訪，問他方不方便。」
伸子就像猝不及防，一臉古怪。
「結果呢？」
「妳爸說應該可以，但要明天才能確定，叫我再打過去。」
「……」
伸子知道依據父親的個性，也只能給佃這樣的回答。
不過，為什麼在打電話之前，不跟她商量一聲？在外獨立居住後，佃的老父第一次來小住，佃不願意讓他得知去年秋季以來與佐佐家那些不愉快的摩擦，這種心情伸子也能理解。想要讓父親見見親家再回去，是很自然的事。但自從去年兩邊斷絕往來後，佃沒有得到任何諒解，就這樣拖到了今天。伸子被祖母不顧一切、豁出老命的關心所感化，只有她一個人從春季開始，又偶爾會回娘家了。兩邊的關係十分扭曲。沒有和解，卻冷不防一通電話，而且僅憑可以說是強加於人的預告，就想帶著老父上門拜訪，佃這種態度讓人覺得少根筋。

呈直角的簷廊另一頭，老人讓太陽曬著背部取暖，專注地聽著兩人的話聲。伸子想說的話連一半都難以說出口。

「怎麼不先跟我說一聲？……不是只打通電話……」

佃默默地與伸子對望。

「噯，算了。」

然後他死了心似地說。

「明天再打去就知道了。」

佃離開去客廳了。傳來父子說話的聲音。

「今天要不要去上野看看？」

「聽說擠得水泄不通，不過應該也沒有哪時候是人少的。」

老人乾咳了幾聲。

「……伸子已經去過了嗎？」

「還沒有……她應該不太喜歡那種活動。」

「叫她一起去吧，難得天氣這麼好……」

伸子一起去參觀博覽會。青山御所的堤防開著蒲公英，護城河旁的櫻花開了八分，正是最美的時候。電車裡，他們遇上戴著同款花簪子和手巾的鄉下觀光客。

在會場，老人似乎對來自各縣的木材和農產品深感好奇。

「同樣是農業，最近跟我們年輕的時候相比，什麼都不一樣了。稻子的種類也是，現在有這麼多，但最重要的再怎麼說，都是想要讓稻子結得更快、長得更多。但長得愈快愈多的種類，就愈沒滋味吶……」

戴著舊式毛皮帽、穿著和式圓領披風的白鬍老人，緩慢地走過木材之間，或看著繫有紅色緞帶的玻璃瓶中的麥粒樣本，這讓伸子感到難得的快樂。然而佃卻急匆匆地走在老父和伸子前方，動輒一個人分開了。為了不和佃走散，兩人自然也加緊了腳步。

「這裡也要看嗎？好像跟那邊一樣。」

佃停下腳步說，老父顧慮兒子，也直接經過。

「不用了吧，看來看去，也是大同小異。」

「可以的話，最好今天也把第二會場逛完了吧。」佃說。

看到老人繃緊神經，加快腳步，明明或許想看，卻強自說服自己不值得一看，視而不見的樣子，讓伸子覺得可憐極了。她希望老人可以悠閒地、盡情地參觀，好在回去之後可以向家鄉人炫耀。她重新拿好代替柺杖的洋傘，對跟在佃身後分開人潮的老人說：

「我們慢慢看吧，就算走散了也沒關係……看得這麼急，會累的。」

三人在池邊進入萬國街。舞台上以生著椰子樹的海邊為背景，前面有兩名赤身裸體、僅著草裙的女人。看似剽悍的黑色鬈髮上戴著花環，胸前也掛著同樣的花飾。黑人男音樂家坐在一旁，穿著白褲的一腳咚咚踩著地板，用斑鳩琴和烏克麗麗演奏著南洋的感官音樂。女人們配合音樂拍手踏足，或甩動手臂，全身的肌肉都在顫抖、扭動。看似超過三十的肥胖女人的身軀，靈活的動作尤其難以置信，疊在草裙上一層又一層的肚皮，就連在遠方，也能看見它隨著音樂上下左右自在扭動的模樣。舞台旁邊掛著看板，寫著「埃及肌肉震動舞」。

「好妙的舞——」老父說。

伸子笑了。雖然粗野，但得意洋洋地、奇妙地扭動肚腹展示的動作，有種小孩子的天真無邪，讓伸子覺得好笑。

佃默默地看著，不久後苦澀地喃喃：

「太下流了。」

舞台上的裸女們即使面對上百名觀眾，依然宛如身在故鄉海邊一般，看起來閒適而野性。她們唱了兩、三句，和朋友們打鬧，又似乎突然想起自己還在表演，認真而專注地扭動腰肢肚腹。

七點多時，他們疲累地回家了。

2

伸子只脫了外套，便開始忙起廚房活。

正在洗餐具時，她聽見外門打開，有人走到廚房橫窗下來。

「晚安——」

伸子打開磨玻璃拉門探頭往外看。朦朧的光線中，是一張女人的側臉。

「晚安。」

「呃，我是那邊山下家的。剛才佐佐家有電話來，我說你們出去了，對方說請你們一回來就立刻打過去。」

少女原來是山下家的女傭。

「啊，是這樣啊，謝謝妳了。妳這麼忙，勞駕妳跑這一趟。」

——這樣的傳話對伸子來說算是意外，也不算意外。早上聽到佃說他打電話去公司時，她便早有預期，動坂娘家一定會有話，不是今天就是明天。她心情沉重，在逛博覽會時也一直牽掛著這件事。

「說娘家有電話來。」

伸子說著，走到大和室去。老父和丈夫之間攤著東京地圖。兩顆頭湊在一塊兒，似乎正在說明郊區某處的佃指著一處抬起頭來。

「……？」

「剛才。叫我們回來立刻打去……」

佃假惺惺地，沒什麼地應道：

「那打回去就行了吧？」

聽到他這聲音，伸子覺得極不舒服。

老父摘下眼鏡，交互看著兩人。

「這時間會是什麼事？」

「不清楚……」

伸子穿著木屐，聽見佃不耐地簡短解釋了一句，立刻又說明起地圖來。

電話是多計代接的。要說的事和伸子料想的一樣。

「妳爸回來，我才聽到這事，我有話一定要跟妳說，妳可以現在過來嗎？」

伸子在電話前困惑不已。

「已經很晚了，而且今天我陪公公去博覽會，已經累了，明天不行嗎？」

電話另一頭，父親似乎也在旁邊，傳來母親轉述伸子的話的聲音。

「也不是不行，但明天我得去別人家弔唁，不方便，而且星期五，是星期五吧？沒剩幾天了，不在那之前先把該說的說清楚，對妳也不方便。」

「那我過去好了……可能會有點晚。」

伸子三步併作兩步穿過陰暗冷清的巷道，回到自家。她一開紙門，老人便嚴肅不安地問：

「出了什麼事？有人病了嗎？」

伸子一時想不到好藉口：

「不是那樣的……我回來了。」

她雙手輕輕扶地，向老人行禮，然後也不是特別對兩人之中的誰說：

「……我得現在過去動坂一趟……」

佃以心知肚明的不自然冷漠說：

「這樣。那穿暖一點，小心別著涼了。」

「這時間要出門，太辛苦了……」

伸子感覺老人在心中深深疑惑到底是什麼事，他只是出於客氣而沒有說出口。要對此視而不見地出門，讓伸子難熬。

「……我回來的時候一定很晚了，請爸先休息吧。」

伸子回到兩人的房間，再次穿上掛在衣架上的外套，從壁櫥裡取出毛織大衣。她刻意放慢動作，期待丈夫過來，一直到戴好手套。瞞騙老人出門、必須拖著疲累的身子一個人搭電車出門，還有接下來要面對的事，都讓她意慵心懶。她期待佃能過來，在她出門之前，給她一句話或一道目光鼓勵她。只剩下圍圍巾了，伸子木立在房間正中央。佃是為了避免讓老父以為他們有什麼不想讓他聽到的話嗎？不管再怎麼等，都等不到他的人。

「喂！」

伸子高聲喊丈夫。

「電車車票在哪？」

丈夫沒有如她所願地過來，待在大和室應道：

「在外套平常放車票的口袋啊。」

外套掛在玄關掛鉤上。伸子無奈，走到玄關。

「那我出門了。」

「幾點回來？」

「現在才要出門，一定很晚……不過不管多晚，我都會回來。」

3

伸子離開動坂的娘家時，已是深夜十二點。娘家為她叫了人力車。車子在店家打烊，左右人家彷彿突然變得低矮的深夜電車道上慢慢地往前行，伸子偶爾和車夫聊上幾句。

坐人力車的話，從動坂到赤坂是一段漫長的路程。隨著車身搖晃，白晝的疲勞逐漸湧現，伸子想要閉眼休息。再次睜開眼睛時，車子似乎來到牛込見附[29]了，放眼望去，全是粗壯的松樹樹幹。燈籠閃爍著。橡皮輪胎嗤嗤彈飛小砂礫……

伸子身體搖晃著，回想著父母所說的種種以及其他。

娘家父母的說詞合情合理。佃不想讓已經高壽的老父失望，是人之常情，但之前的過節要如何處置？既然想要往前跨出一步，就應該有個了結。父母說佃只顧自己方便，以為打通電話就能如願，這樣想是大錯特錯。這一點伸子也同意。

如果佃不是瞞著她去打電話，她也可以設法採取某些不損害他的尊嚴的作法。現在伸子依然無法理解為何丈夫要瞞著自己那樣做，為此感到芒刺在背。

「不光是這次，佃先生的作法實在太不正大光明。別說我又要翻舊帳，搬家那時候也是，為什麼他老是把妳推到風頭浪尖上？那個時候，我們也覺得很不舒服。佃先生自己是不會跨進這個家，但有需要的時候，老是把妳推上陣，利用我們家。今天晚上也是，看妳這樣傻傻地遠路迢迢被差遣到這裡來，我們怎麼好說不？」

母親說的搬家一事是這樣的。他們在只有一側有房屋的街道、那棟西曬到室內牆壁的屋子住到了二月，但某天在報上的廣告欄看到赤坂一處交通方便的地點，有間租金低廉的合適屋子要出租。因為和佃上班的地點也近，伸子和佃立刻就去看房子。離電車站只有一町[30]多遠，但那棟老房子位在僻靜的巷內，籬笆有藤蔓纏繞。屋子很破舊了，但狹小的空地生長著楓樹和薔薇，有股沉靜的雅趣，因此兩人決定租下。他們急需搬家工人和修繕工匠。

「怎麼辦？」

晚上伸子和丈夫商量。

「需要卡車吧？」

「嗯——但去陌生的地方租車，只會被敲竹槓，動坂那邊應該有平日打交道的業者吧？」

「是有啊。」

「請他們問一下怎麼樣？打個電話。」

「今晚嗎？」

「愈快愈好吧。」

佃把伸子帶到附近的公共電話，自己在電話亭外等。

---

29 譯注：牛込見附也稱牛込御門，為江戶城外廓門之一，從江戶城前往牛込的出口。

30 譯注：町為日本傳統距離單位，一町約為一〇九．一公尺。

「啊，媽？今天我們突然找到一棟不錯的房子。」

伸子就像這樣，委託娘家處理搬家業者和其他雜務。只要是伸子提出來的要求，娘家那裡都一口應承。她掛了電話走出電話亭，佃問著「怎麼樣？」，靠了過來。

「媽說好。」

佃滿意地說：

「所以才說妳來打比較好……」

母親就是在說這件事。但伸子也能明確地回想起自己當時應著「別客氣」的滿足心情，因此不認為錯全在佃的身上。如果伸子夠堅定，應該會說「不要依賴我娘家吧」。這樣一來，就能挽救佃的信譽，然而伸子也和佃一樣得過且過、愚蠢自負，儘管覺得似乎不太妥當，卻還是向娘家求援了。被母親提起這件事，伸子感到羞愧、自恨，說：

「那件事我也有錯……我應該叫他不該這樣做的。」

「那當然了。但妳跟佃先生差了十五歲，而且他是個男人——獨當一面的大男人。他在外頭的所作所為，不能全歸咎在妳身上。」

這時，人力車以如同伸子沉重遲鈍的自省的緩慢速度，一步步爬上御所旁邊漆黑的坡道。伸子覺得好像認清了心態輕浮、儘管理想上要維持颯爽的生活態度，臨事卻是寡斷苟且的自己，憂鬱不已。佃是個懶貨，自己也是個懶貨。破鍋配爛蓋。伸子對他們兩人氣憤極了，不停地想著這些。

叩咚。車轅忽然放下，伸子回過神來。她給了車夫賞錢，打開自家門鎖。夜半的黑暗中，除了門燈與格子門外的燈以外，整個家以及鄰近人家，都充塞著沉睡的寂靜。伸子靜靜地進了玄關，藉著戶外的微光脫下大衣。右邊紙門縫倏地射出一條光。佃好像醒了。伸子悄悄反手關上紙門，繞過鋪蓋下方，坐到丈夫的枕畔。她細語道：

「我回來了。」

佃枕上的臉頰就像經過一陣熟睡，帶著暖和的色澤。

「妳回來了……怎麼樣了？」

「你明天忙嗎？」

「要做什麼？」

「娘家那邊，就跟我想的一樣。他們說只有那通電話，實在太一廂情願，不願答應，說既然難得要招待你爸，想要在那之前先跟你見個面，盡釋前嫌。明天你可以跟我去一趟嗎？」

佃似乎受了傷，揚起上眼皮仰望伸子，低聲說：

「妳要我道歉嗎？」

為了不吵醒老人，把頭壓低到幾乎難受，小小聲地說話的伸子，聞言用力搖了搖頭，蹙起眉毛：

「不是的，不是要你道歉，只是見個面，說說話，彼此——嗯，言歸於好而已。事實上這樣才比較自然。鬧翻之後都過了半年以上，突然碰面，你也無法自在地應酬吧？」

伸子把嘴唇貼近丈夫耳邊細語：

「他們也了解你的心情。」

佃在白色枕頭上仰躺著，默默地看著天花板，不久後依然面朝上方，嘴唇一動不動地說：

「如果這樣能讓妳幸福，我就去吧，什麼事我都願意做。」

伸子露出如鯁在喉的表情，俯視丈夫仰躺的臉。痛苦的困惑席捲了她。佃的習癖，或者說想法，是多麼地古怪啊。前年夏季，兩人還住在動坂娘家的時候，曾經為了他要不要入贅而起了一番嚴重的爭執。那個時候佃不管是對伸子還是岳父母，也都是堅持回答「我什麼都願意做，只要能讓伸子幸福，我什麼都願意做」。那不知道讓伸子有多痛苦。

「我說，你的那種態度，對事情一點幫助都沒有。我的幸福，是你能夠勇於拒絕啊。」

當時佃的回應是：

「啊，別哭，我是這樣地愛著妳啊，伸子！伸子！」

他一整晚發誓對伸子的愛，撫摸著伸子，卻絕對不肯答應明天一早立刻給父母一個明確的答案。這件事讓伸子痛苦到歇斯底里。入贅的事，後來就這樣不了了之，但當時的混亂痛苦又重回心中，伸子害怕是不是又要舊事重演了？

「我的幸福到底是——總覺得真奇怪。」

她難受地吐出諷刺的嘆息。

「就算撇開我的幸福不談，這不也是天經地義的事嗎？也就是因為你太跳躍了，所以要你照著步驟重新來過罷了，不是嗎？」

「……」

佃不悅地繼續對著天花板。

「如果你不願意去，我當然也無所謂。」

伸子熱切地低語著。

「你完全沒必要道歉。一開始都是我娘家那邊太強人所難。那，乾脆就把一切告訴你爸，別去了吧？這樣或許反倒正大光明……」

佃依然沉默，望著天花板。

「欸，別只看著那邊……你說點什麼啊？」

「我說了，如果妳希望，我會過去。」

「我不要你這樣。」

「為什麼？」

「因為，你以為只是像那樣打了通電話，就能一切如願嗎？你以為我娘家就會二話不說答應嗎？你老實說。」

「……」

歸途中，在人力車上不斷尋思的對兩人的自責，還有佃總是讓伸子痛苦的奇妙心態，化成了雙重的悲憤，讓伸子說道：

「老實說，你也不認為有那麼順利吧？既然如此，這就是遲早非面對不可的問題啊。不是什麼為了我的幸福，而是現實上需要所以必須去做。這樣說還要好得多了。而不是莫名地施恩於人。」

「妳叫我去，所以我照著妳的意思做，這樣罷了。」

「我不是要你去，而是在說如果你不願意低頭，就乾脆別去了。如果你想在你爸面前有面子，想要他放心，那就沒辦法，只能去了。就只有這兩條路了啊。你自己到底是想要怎麼做！」

「……」

「你真的太奇怪了。」

伸子流下苦汁般的淚水。

「為什麼就不能再坦白一點？比起捅出什麼婁子，你這樣不明不白的更教我難受。」

「所以說我會去。」

「去不去根本不重要，而是你這種說法教人生氣。世上哪有你這種什麼事情都非要說成是為別人好的人！」

隔天早上，向老父道早時，伸子忸怩極了，努力裝作平心靜氣。老父出於老人的智慧，就像平常一樣從容沉穩。但敏感的老人家不可能不被聲音吵醒，聽到僅隔了一間儲藏室的房間傳來的伸子說話哭泣的聲音。

這天伸子絕口不提要不要去動坂的事。過了一點，佃對老父說：

「今天我們得去一趟動坂，爸可以一個人去逛逛明治神宮嗎？」

「哦？親家果然有人身體不舒服嗎？」

「岳母身體微恙，不過不礙事。」

「那就放心了。弁慶橋就在附近對吧？那一帶的話，年輕時候我常逛，很熟悉，我就去那裡觀光一下吧。不用擔心我，你們慢慢去吧。」

「那就這樣。」

佃催促伸子。

「頭髮就這樣了吧。」

兩人在動坂坐到傍晚。佐佐也回來在家。對伸子來說，這是一場艱難的陪坐。圍繞著中央的圓桌，佐佐坐在大安樂椅上，對面坐著母親，佃坐在兩人中間，有一搭沒一搭地說話，但在一旁聽著的伸子，只感覺到三人的貌合神離。佐佐天性厭惡麻煩的爭論與衝突。他認為既然結為姻親，就該圓滑相處，因此席上只說些無傷大雅而常識性的泛泛之語。多計代當然知道終究只能妥協，但丈夫——佐佐那溫吞的態度令她氣憤，佃不乾不脆的心態也令她不快，加上自己無法真正發作的焦急，讓她動輒就快與佃之間重啟戰端。

「多計代也說想趁這個機會，往後圓滿相處，我也衷心這麼希望。」

「媽能回心轉意就太好了。」

「我一點都不認為自己有錯，沒有什麼好回心轉意的。」

多計代憤憤地說。

「你說你想帶令尊過來，所以我想你應該有什麼話要說，才請你過來的。」

佐佐調停地插口。

「噯，既然成了一家人，就該盡可能沒有誤會、和和氣氣地過日子。真要計較，可沒完沒了。」

這種難熬，就宛如在看失焦鏡頭拍成的電影一般。三顆心逐漸靠攏，好不容易總算要凝結為一個影像的瞬間，輪廓又顫動起來，再次渙然散去，分成了三層。

對談不是結束於皆大歡喜的諒解，而是陷入不斷兜圈子的倦怠，就此打住。

最後決定如同一開始的預定，在星期五招待佃的老父來用晚餐。

去程伸子悶悶不樂，歸途心情更是沉重。幾乎沒一件事是歡快的，這深深地壓抑著伸子的心。為什麼會覺得佃、自己和娘家父母的關係，不管是衝突還是和解，結果都不可能好轉？沒有一件事是明快的。無論是好是壞都不徹底，伸子被無法解釋的曖昧不明所籠罩。老父還沒有回來。佃換上居家衣物，悠然自得地一屁股坐到自己桌前的椅子上。他全身伸著懶腰，對後方的伸子說：

「噯，總算結束了。我提到我過世的母親，妳爸哭了，但妳媽沒哭……妳爸確實流淚了。」

佃慢慢地回想著這件事，愉快回味地說。那特別的語氣最初引起伸子的注意，接著挑起了恐懼。

「……」

伸子開口想要說什麼，結果只是默默地吸了一口氣。那麼，他是徹底冷靜地、帶著觀察效果的從容不迫，說出那件事的嗎？佃連自己都眼眶含淚、語帶嗚咽地述說他五歲時死了母親，他一直期待能透過去愛伸子的父母、並為他們所愛，來填補這無限的寂寞，卻無法圓滿，世上再也沒有比這更教人遺憾的事了。原來是這麼一回事嗎？……伸子真想放聲大笑，同時想要惡狠狠地痛打佃一頓。狂暴的自棄席捲了她。佐佐和伸子都完全被佃那段哀傷的自述給感動了。就連多計代，後來語氣也放緩了許多，一直平靜到最後道別。

4

伸子幾乎每天都和老人或丈夫一起出門觀光。他們也去了泉岳寺。那裡有博物館般的大型玻璃櫃，陳列著古老的義士衣物和筆墨等。

正在看著大石內藏之助[31]用過的扇子等物品時，伸子對自己萌生尖銳的疑問：「我這樣好嗎？」

那是幾乎令人昏厥的苦。佃似乎完全沒發現，但前些日子從娘家回來後他所說的那番話，對伸子的心造成了致命的創傷。從那之後，伸子更明確地感受到佃與自己之間生活的裂痕，持續處在不安當中。自深處湧出的「我這樣好嗎？」的疑問，就像憑空而來的呢喃聲，屢屢在意想不到的時候緊緊地攫住她的心。每當生出這種疑問，伸子的內在便會一陣緊張，兩、三次呼吸之間，都忘了自己身在何處、在做什麼。

獨處的時候，這個疑問叫囂得更大聲了。它逼迫著伸子立刻做出回答。伸子的理性對此早已有了答案，然而卻又有一股完全相反的力量牽制著她，讓她連對自己都不敢明言。但這讓伸子對於身為佃的妻子有了新的恐懼。就連去想像這樣的狀態要持續一輩子，都讓她害怕極了。

某個十足晚春、吹著夾帶沙塵的風的午後，關上遮雨窗板的鄰家屋簷下晾著一小塊紅色的布。每當乾燥溫暖的風吹過，那片紅布便連同細竹竿一同飄動。只有那裡的小庭院和屋簷處在日陰處，一片寂靜。伸子托著腮幫子望著那裡，沉浸在無法做出決斷的痛苦思緒裡。佃和老人個別出門去了，家裡只有她一個人。

「有人在家嗎？」

令人意外地，橫田來訪了。

「咦，真是稀客，請進。」

橫田是個有些古怪的人。他的妹妹嫁給伸子父親公司的年輕職員，有一回妹妹和丈夫帶著哥哥橫

31　譯注：即大石良雄（一六五九—一七〇三），為改編成《忠臣藏》而膾炙人口的赤穗事件中，為主家報仇的義士之一。

田過來，把他介紹給伸子。那是他們還住在駒込的時候，但後來橫田便偶爾會順道來坐坐，聊上幾小時。據他說，他因為精通各種語言，結果比起創作，更偏重於翻譯，這樣實在糟糕。他在玄關角落脫下和式圓領披風，因為有些重聽，歪著頭、蜷著背問伸子：

「妳一個人嗎？佃先生呢？」

「出門去了，不過很快就會回來吧。」

「還在放假吧？」

「對。聽說最近有皇族要蒞臨學校，他去討論這件事。」

「哦。」

橫田大大地點頭。

「這樣啊。」

他又兀自點了幾下頭。這是他的習慣。他不停地望向伸子的書桌。

「最近在寫些什麼嗎？」

「沒有。你呢？很忙嗎？」

「總是忙些無聊的外務。」

「翻譯，有什麼有趣的作品嗎？」

「也沒什麼特別有趣的。……光是讀的話，當然愉快又有趣，但論到翻譯，實在是件苦差事。」

橫田發出相較於他的體格，略嫌虛弱的笑聲說。

「現在在翻譯什麼？」

「《即興詩人》……我有初版的原文書……但要和德文版的相比對，實在麻煩……」

「聽說是安徒生的自傳是嗎？讀起來應該很有趣吧？」

「嗯——是有某些趣味。」

他發現旁邊的桌上有一本還包著丸善書店包裝的書。

「那是什麼？」

伸子笑了。

「你眼睛真尖。」

閒聊之後，橫田說：

「怎麼樣？有了家庭以後，寫作變得相當困難吧？」

「那男士又怎麼樣呢？」

「這個嘛，我沒有經驗，所以不知道，不過，當然，負擔增加這一點是負面影響，但大致上似乎都可以穩定下來。」

說完，橫田又習慣性地點了好幾下頭。

「那當然是因為太太比單身的時候更周到地照顧丈夫的關係吧？心境上也多了餘裕。但女人再怎麼說，處境都完全相反了。」

「妳覺得這樣不好嗎？」

伸子對自己的話感到莫名的責任。

「我不能斷定說絕對不好。但是怎麼說，男人即使成了丈夫，還是可以徹底做自己。但妻子好像除了天生的性質之外，還會被要求加上妻子的屬性。妻子這行業，在讓女人的適應性極端發達這點上，是不是太危險了？……即使失去了『我』，也能繼續活下去，這不是很可怕嗎？」

伸子語帶玩笑地說，心中卻感受到女人無盡的寂寞。

「真難呢。」

「每個人都知道難，但實際上卻更要複雜多了。所以或許才會說單身好。但為了寫作，連戀愛都要拒絕，這麼拘束的事，我實在做不到。不論男女，能夠過著對那個人來說自然而自由的生活的，才是少數吧？因為那很需要勇氣。」

「對，沒錯，尤其在日本，更是拘束……妳說的一點都沒錯。」

兩人聊著聊著，佃回來了。伸子到玄關迎接。

「橫田先生來了。」

「喔。」

佃直接走到橫田所在的房間。

「歡迎。」

「嗨——你不在的時候我來打擾了。怎麼樣？好像很忙？」

佃坐滿整張椅子，扭轉上身將一肘靠上去，就像抱住椅背一樣。

「嗯，還是一樣，成天窮忙，人都瘦了。你看起來倒是相當富態呢。」

端來新的茶水的伸子聽到這話，總覺得帶有要刺傷對方的尖刺。

「那，你我這種性子很占便宜呢……」

橫田沒有出聲，「哈」地張嘴抬頭，露出似笑的表情。一段失去話頭的沉默。感覺不開口提正事，收不了場，橫田蹙著眉頭，摸索懷中，取出一疊摺起的稿紙。

「我是想如果你有空，想向你討教一下——這個……」

「什麼？希臘文嗎？」

「我猜想應該是希臘文，但實在不確定。」

「好像是詩呢——是引用嗎？」

橫田回看伸子笑。

「西方學者動不動就愛搬出拉丁文和希臘文，實在棘手。」

「你急著要嗎？」

「不，不急。」

「那先放在這裡吧。」

話題再次中斷，滿座尷尬。

「那就麻煩你了。」

沒多久橫田就告辭了。

伸子送出橫田，再次回房間。佃一手拿著橫田留下的紙張，站著看了一下，一臉不以為然，隨手擱在附近的書架上。伸子總覺得不舒服。

「擱在那種地方好嗎？」

「不會怎樣的。」

佃似乎連伸子注意到這一點都感到不愉快，說：

「他什麼時候來的？」

「問這做什麼？」

刻意的反問幾乎是脫口而出。

「做什麼——因為我覺得他又來打擾妳了，明明就只會說些無聊的事。」

伸子一臉嘲諷地搖晃肩膀，陷入蓄意刁難的心情。每次伸子有朋友來訪，佃可以說從來沒有一次給人家好臉色看。只要他一現身，客人就會準備打道回府。即使來客是女人也一樣。現在也是，他顯然心裡不是滋味，又用些奇妙的、責任不在伸子身上的理由，掩飾他的真心，說些假意親切的話。她冷不防一把推開似地，恨恨地回嘴：

「一點都不打擾，跟他聊天很有趣。」

佃以沉默表達反感，去換衣服了。伸子不是出於愛情，而是因為氣憤、厭惡與憎恨，不肯放過對方，也跟了上去。對於橫田，其實她的心情更複雜。她不喜歡橫田老是好奇她的書桌，以及問些奇怪的問題。但丈夫這種口氣，更令伸子失去平靜。佃明知道伸子來了，卻視而不見，脫下衣服，掛進衣櫃裡，伸子看著他那倔強的厚耳朵後方的骨頭，一股盲目的衝動湧上心頭。啊，那什麼滿不在乎的樣子！要是能惡狠狠地教訓他一頓，逼他吐出真心話，不知道會有多痛快！她想看到不是這種裝模作樣的他、不是這樣逃避閃躲的他！她想要不是這樣的他！即使被徹底擊垮，她也要堅持不退。狂暴的激情迷惑了伸子的心神。她覺得內心有兩種劇烈的力量在搏鬥，幾乎快把她給撕裂了。有道聲音在某處熱切地勸著她：最好不要，快離開這房間吧。但另一種感情對那聲音毫不理睬，一手揮開，全心全意只想大吵一架、撲咬上去。一種把他和自己都撕扯成碎片，大喊「活該」的暴烈。佃換好衣服後，以他獨到的聰明，一語不發，頭也不回，靜靜地離開儲藏間。伸子突然感到無以名狀的空虛。對自己和對他的悲傷壓倒了她。她站在原地，啜泣起來。

幾天後，佃的老父回去了。

伸子進入廚房，開始煮魚。因爐火而一片悶熱的狹小廚房的空氣圍繞著伸子苦悶的心，更加折磨著她。

伸子現在有了不同的悲傷。倘若這場爭執發生在一年前，自己會像這樣懷著充滿嫌惡與陰暗的心情，而且是頑固地一個人鬧彆扭嗎？伸子一定會怪罪自己無法坦然接受佃的話，不由自主地去向他道歉。她應該會偷偷溜近丈夫身邊，開朗地舉手敬禮說：「對不起啦，對不起。」然後至少他們之間的相處，會比吵架之前更沒有芥蒂一些。

伸子現在完全清楚自己有多強勢，也明白比起直接的原因，自己更強烈地受到鬱積的痛苦所刺激。

但她無論如何都沒辦法像過去那樣，闡述佃的心情，或向他道歉了。如果她去找佃說這些，佃便會一副伸子自我省察並懺悔是理所當然之事的模樣，而他也早有預期似地，聆聽她的告解。然後他可以對自己的內心沒有半分鞭撻，就像個純潔無垢的羔羊般，給予她祝福。

這麼一想，伸子便無明火起。佃那種偽善的心態，幾乎要讓伸子窒息。

伸子注視著在鍋下搖晃的瓦斯爐火焰沉思著，幾乎為了他們兩人的男女生活的可怕而顫抖。

在自己前方逐漸擴展的這條路是什麼？是不是漸漸把一個女人變得不是人的路？即使伸子由於生活中的這些痛苦、難受及焦躁，表現出如何的任性、淪為自暴自棄的瘋女人，佃也會依然故我，繼續扮演他無可挑剔、寬大而容忍的丈夫角色吧。

絕望和恐懼讓伸子落下淚來。漫長地、安靜地鑽入地中的那些水滴，是悲切的淚。

5

英國皇儲的來訪受到一般民眾的歡迎。馬場先建起了宏偉的歡迎門。夜晚在弧光燈的照耀下，熙攘的人群與護城河的松樹，看起來都換了一副不同的面貌。佃的老父參觀了這些熱鬧後，帶著有益於鄉間生活的實用伴手禮返鄉去了。

開著窗戶，春季的泥土味與嫩葉清香便隨著夜晚的空氣飄進明亮的房間裡來。

老人離去後，夜晚變得格外漫長。這樣的夜裡，佃在房間中央盤腿而坐，打開外國寄來的書籍包裹。伸子在一旁收拾拆掉不要的繩索和包裝紙。這一帶很安靜，只聽到她摺疊厚包裝紙製造的粗糙聲響。

「那邊的桌子有送貨單，幫我拿來。」

伸子把東西拿來。佃對著送貨單，逐一和暫時堆在桌上的書比對起來。伸子默默地看著，忽然出聲：

「欸。」

她懷著千思百緒發出這一聲，但卻只顧著手上的工作，漫不經心地應道：

「什麼事？」

「我有事想商量。」

「什麼事？」

「我說……夫妻生活，就只有這樣的形式嗎？」

「嗯……我不知道妳說的是什麼意思，不過應該吧。」

「就不能更自由一些嗎？」

伸拿起書本，提防地看向伸子。

「為什麼？需要什麼不同嗎？」

「我從之前就一直在想，能不能暫時分開生活看看？」

「我完全不覺得有這個必要。」

那語氣決絕得幾乎是一刀兩斷。

「所以我才要跟你商量，我想你爸回去以後，就可以好好討論這件事了。」

伸子從以前就多次想到，嘗試分開生活或許也不錯。而最近她感覺除非這麼做，否則無望開創新的生活。伸子基於經驗知道，即使對他們夫妻的生活態度差異做出抽象的批評、提出抽象的主張，也無法為實際的生活帶來絲毫變化。做為生活的伴侶，但不是那一類的人。他憑著獨特的消極，是個強悍的生存者。

要生活在一起，而不讓心情受對方影響，實在是不可能的事。

之前在鄉間思考的，佃在這世上自有他的生活場域的想法，在共同生活當中，也無法維持那種和平的溫吞。

做為一個人，會讓自己羞愧鄙薄的行為，只因為那是自己的丈夫，就一同成為共犯，這讓伸子難以忍受。為了不被捲入他的想法、他的生活方式，伸子勢必要變得批判。而變得批判的瞬間，她便近乎殘忍地露骨看清這個想要朝著和自己截然相反的方向走下去的男人。

這個男人是她的丈夫。他與自己之間有著情欲的交流。然而不可能指望他們之間被美麗的愛意、想要活得更好的意欲、因為有這些而能夠持續下去的希望所填滿。伸子無法就這樣下去。更何況如今她甚至失去了對佃的信任，身為丈夫、身為妻子的諾言，又有何權威可言？即便是夫妻，不拘泥於勉強綁在一起，各自發揮所長過生活的話，他和自己是不是也能變得更自然？伸子有了會遭到丈夫反對的心理準備，提出這個想法。

「當然，這是非典型的作法。但如果生病，我們也會移地療養，或是住院吧？我們這陣子的婚姻生活就像生了病一樣啊。」

佃的額頭深深地擠出兩道每當聽到不愉快的話題時總會出現的橫紋。

「我不懂，就像我從一開始就再三重申的，妳是自由的，完全是自由的，所以妳想怎麼做就怎麼做吧。但我實在辦不到。」

伸子說明自己的想法。她說雖然是分開生活，但她不打算回動坂的娘家，經濟上也不會依賴佃。

「我認為只要我們各自都對自己的心誠摯地生活，這種莫名充滿謊言的生活，即使只有一部分也好，也一定能獲得洗滌的。你不這麼認為嗎？我們其實在活在很糟糕的欺瞞當中。」

佃露出彷彿挨了耳光般的眼神盯著伸子。

「我們犯了什麼罪？起碼我是以潔白的心情在愛著妳、在過生活，無論何時被召到神前審判，我都問心無愧。」

「可是……我說的充滿謊言的生活就是這樣。要舉例的話，我們……」

伸子忍不住猶豫起來，就像在害怕自己即將說出口的話。但她立刻急促地說下去。

「我們，長久以來一直在內心彼此衝突，當然你也清楚這件事，然而直到我像這樣說出口之前，你都假裝沒這回事不是嗎？為什麼？你這樣的態度，我實在很厭惡——恨極了。儘管這麼感覺，這陣子我卻也無法坦然向你說出這些，狀況愈來愈糟了。儘管像這樣拖拖拉拉，表面上卻道貌岸然、鶼鰈情深的樣子，這教我羞恥極了。」

佃已經丟開了書本，交抱起手臂，嘴唇微微顫抖，壓抑地說：

「我如此真心誠意地愛著妳，卻反而讓妳痛苦，真是太可憐了。但分開生活，我絕對辦不到。」

伸子以不合時宜的狐疑心情聽著丈夫流暢地說出真心誠意、愛這些字眼。她問：

「絕對辦不到嗎？夫妻還是夫妻啊，只是生活上，重回兩個學生的狀態，試著重新來過而已。」

「我做不到！妳想想，我好歹也是站在教壇執教鞭的人，要是分居，還有臉出去見人嗎？好不容易世人都認為我有一段理想的婚姻。」

「這太奇怪了。」

伸子熱切地否定丈夫的話。

「我不這麼認為。首先，我們不是為了別人的觀感而活。你說無法見人，但我覺得兩個人這樣繼續沉淪下去，那才是無法見人。倘若我們的關係有任何一絲理想的成分，更是應該不拘泥於形式，讓生活的實質變得更好才對。我說，我們真的要和其他夫妻一樣，為了自甘墮落的生活而活嗎？」

漫長的沉默後，佃以讓伸子感到意外的平靜，毋寧是疼惜地反問：

「那妳相信只要暫時分居，我們兩個的關係一定會變得更好嗎？」

「……」

伸子無法說「對」。佃的意思是，或許有可能變好。但也有可能惡化。可是如果那是回歸各自的天性，豈不也是好事一樁嗎？這是對婚姻生活的慣常或蒙昧這些雜亂無章的東西進行大掃除。光是想到一輩子無法從這樣的關係自由，就讓伸子對佃萌生反感與憎恨。為了彼此，這樣的處境都是無法忍受的。

佃的意見完全相反。他認為愈是不調和、愈有厭惡之處，就愈必須一同生活。他說生活在一起，朝夕彼此傾吐、相互矯正，才是夫妻。

聽到丈夫這話，伸子感到胸口一陣火熱。她臉色驟變，以撲抓上去似的眼神看佃。

「那，你曾經有哪一次對我的問題，像個男子漢那樣直截了當地回答過嗎？即使是在內心也好，你有哪一次是坦白認錯的嗎？」

伸子瞪著佃，眨也不眨的雙眼滾下成串淚珠。

「你的這種個性，讓我們的生活成了地獄。你的冷漠、狡猾，逼得我激怒失控、口不擇言。事後我為此道歉，就好像連我都沒理了似的，而你則是完全不用改變。你就只有空口白話，就只有空口白話。你以為這樣就算是認真過日子嗎？」

伸子用衣袖抹著臉。

「……我這人太傻了，每次都以為你終究會改，可是我真的受夠了！」

佃擰緊眉頭，萬分痛惜地搖著頭說：

「請妳一定要相信我的真心。」

「我不信……這陣子我沒辦法再相信了。」

「啊，或許吧，要不然妳也不會說出這種話……」

感覺長達一小時的幾分鐘後，佃又重回第一個問題。

「那，妳無論如何都要分居？」

伸子感覺佃的聲音有某種音色閃過，本能地一驚。她以淚溼的眼睛仰望丈夫。他一臉蒼白、疲累地別開臉，等待伸子的回答。伸子明確地感覺到自己的一句話將從丈夫的內在引出某種決定命運的回音。

「我覺得這樣比較好。」

伸子宛如行走在泥濘般艱難地說。聽到這話，佃在椅子上動了動，就像在說「很好」。

「那也沒辦法，既然無法一起生活……那我們離婚吧。」

「……」

伸子在藤椅靠肘上托著腮幫子，沉默不語，這回換成佃對她察言觀色說：

「喏，就這麼辦吧，也只有這條路了。我會拋棄一切，回去鄉下。真的很遺憾，但也沒辦法。」

伸子感覺自己的心在不可抗力的驅使下跨出了一步。

「這是兩碼子事。」

「怎麼會？怎麼會是兩碼子事？對我來說就是一切。所以我才說妳不懂。與其說出那種話，為什麼、為什麼——」

佃突然抓住伸子的手，把自己的手按在上頭，瘋狂地抓頭，劇烈地啜泣起來。

「不自始至終只做朋友就好了？」

6

丈夫涕淚縱橫、扭曲而蒼白的臉。宛如溺死者般垂蓋在額頭上的頭髮、聲音。每當回想起這些，即使都過了兩、三天，伸子仍兀自驚悸不已，然後有股坐立難安的古怪感覺。感覺像是窺見了可怕的真相，也像是被迫看了一場戲子不認為自己在作戲的假戲，這些疑心，責任都在佃的身上。伸子一直相信比起女人，男人更只有在真心的時候才會流下淚來。然而以前佃在動坂的娘家對伸子的父母展現出來的感傷劇的淚水，讓伸子留下了刻骨銘心的印象。

隔天早上，伸子還沒醒來，佃就在杯中插上不合季節的櫻草花放在桌上，這花也給了伸子類似的感受。這些櫻草是以前的住戶留在後方竹籬下的根長出來的，開著淡粉紅色的小花。可憐的小花就像對她擠眉弄眼一般，伸子連看都不想看，卻又不忍拿開，怔怔地望了許久。

總之，伸子全身感覺到佃宛如牢牢捆紮般的束縛。無論根本是什麼，佃都不願意放開伸子、不想解除他的占有。

仲子也不是不明白佃那種極難堪的心情。兩人婚後，佃別說吃盡甜頭了，照一般來看，仲子是個相當任性的妻子。她曾丟下丈夫一個人去旅行，總是睡到很晚。就連這些日常生活中的些許自由，只要成為人妻，就彷彿成了什麼天大的特權似地，是需要強調給予的，仲子對此感到難以形容的憂鬱，同時丈夫那種彷彿只要給予這些自由，她就不該有所不滿般的態度，也讓仲子感到靈魂全然的孤獨。即使撇開這些，佃在這場婚姻中受到的外界批評，有許多是令人難忍的。很多人說，佃從一開始就不是因為愛，而是騙了仲子，想要利用她來建立自己的社會地位。對他而言，如果現在和仲子分居，就形同宣示兩人的家庭生活破裂，也等於證明了別人對他的批判是事實，這一定令他痛苦不堪。即使只是形式上，他也要讓婚姻生活顯得完美成功，以便推翻那些冷言冷語，讓他們好看。為時未晚，要讓世人認清兩人之間是有真正的愛的。

讓仲子難過的，是他那種渴望讓他人看見兩人之間有真正愛情的次要欲求。比起如太陽般無法捕捉，而且恆常明亮溫暖、充滿體恤之心的愛情本身的流露，更要鞏固自己和仲子建立的生活組織，絕不讓它夭折。中年男子這種現實的固執，就如同鐵橇一般牢固。仲子唯一能夠毫不懷疑地感受到的佃的真情，就唯有這一點。

一有機會，仲子便重提無疾而終的話題……從各種角度。

「我們對我們兩人的認知是不是錯誤的？你說你只為了我而活，但我們的生存力有這麼軟弱嗎？就像我一開始說的，我熱愛生活本身。如果你是如此軟弱、欠缺生存力的人，應該沒辦法從那麼年輕的時候就飽嘗辛苦，開拓出自己的道路。你還是能夠堅強地保護自己活下去的。你是不是不該那樣不自然、而且不必要地強調一切都是為了我？順從我們的天性而活吧，好嗎？那樣一定更清爽俐落，兩人的關係也能豁然開朗。你只要站在你的角度，正面、全然地主張自己的權利就行了。」

佃的回答總是一樣。

「妳愛怎麼想就怎麼想吧。我的本性就是這樣。我在結婚的時候就已經立下覺悟了。我只是在認為對的時候，實行我的決心而已。」

佃所謂的決心，就是一死了之，或是放棄一切回故鄉。這些話伸子也不知道到底有幾分可以當真，只能沉默。一想到萬一是真的，不免感到害怕。那，難道這樣的心理衝突要持續到其中一方死去為止嗎？但一想到如果只是唬人的，伸子真想抿唇微笑，收起一腳行個禮，說：

「這樣嗎？請便。」

七月了。

佃因公要去關西出差。短暫旅行所需的各種物品完全沒有檢點準備。兩人之間暗潮洶湧，但也因此更讓伸子不願讓佃在旅行中出糗。某天她帶著一點錢，和剛好來玩的保去了三越百貨。天氣很熱，但風很乾爽，三越百貨的紅旗愉快地在藍天飄揚。

兩人花了一小時買完東西。

「你呢？要回去動坂了嗎？」

「我都可以。」

「再回去赤坂的話會太晚吧。那，我們在銀座走走吧。」

保開心極了，笑容滿面地答應。

兩人在資生堂喝了冰淇淋汽水。伸子要了兩根吸管交給保，自己也將兩根吸管插進杯子。

「你試試看，是這陣子很流行的喝法喔。用一根吹氣，製造許多泡泡，同時用另一根喝進去。」

保天真無邪地應了一聲，就要一口氣含住兩根吸管，但又突然放手說：

「咦！很可疑喔！不好意思，我不知道怎麼弄，姊先示範給我看。」

「很簡單啊，你看。」

伸子將汽水吹出幾乎要滿出杯子的泡沫來。

「真的嗎？」

保以男孩子氣的專注直盯著看，發現泡沫冒出時，黃色的液體並沒有從另一根吸管升上去，一副料中的開心模樣，笑了出來。

「看吧！我就覺得奇怪，怎麼可能同時吐氣又吸氣嘛。」

伸子也笑出來。

「可是你立刻就懷疑了嗎？我真的試過呢。」

「什麼時候？」

「很久以前，被一個洋人老爺爺捉弄。」

目送保搭上前往上野的電車後，伸子在獅王牙膏公司前上了電車。才過中午不久，車廂很空。伸子將包袱放在膝上，從敞開的車窗眺望護城河畔的景色。是十足夏季、通透明亮的西方天空。石牆沉重的牆面與色澤、草地，鬱蒼濃綠的老松等等倒映在開闊曲折的水面上，充滿了日本之美。對伸子由於剛才的餘韻，表面開朗實則沉鬱的心情來說，這景色十分舒適。

對面坐著一個女人，是年約三十七、八，極有氣質的夫人，穿著高級的黑色系服裝，從柔軟的髮絲到穿木屐的腳尖，都有種從容大方的感覺。擺在膝旁的洋傘也是黑色的。內斂的裝扮，一眼就能看出非凡的教養與寬容的性情。安詳地對著正面，同樣望著窗外的夫人似乎察覺伸子在看，很自然地看向她這裡。兩人不期然地打了照面。那是難以言喻、包容而溫暖的眼神。就連微帶褐色的瞳孔亮光，都讓人感到懷念。

伸子不時窺覷那位夫人，漸漸萌生一股異樣的心情。伸子可以真切地感受到夫人的心理狀態極好。奇妙的是，她漸漸覺得只要靠近她身邊，將自己的手按在那豐腴的手上，細語一聲「欸，我……」，這陣子以來內心全部的痛苦，就能立時傳達給對方。然後這走投無路的難受苦境，也能夠奇蹟似地獲得展望……

因為伸子看個不停，夫人也開始有些特別注意起她來。帶褐色的瞳孔以寧靜的寬容，不時望向她的額頭或臉頰。伸子覺得就像字面形容的，被視線撫摸著。是不是該起身過去？是不是該起身過去？她的心胸激動得發痛。明知這樣的舉動太過頭，自己不可能做得出，伸子卻無法停止注意那名夫人。她曾在俄國小說看到男子在火車上突然對著鄰座乘客傾訴身世的情節，讀得半信半疑，但現在她覺得男子那種充斥著哀愁的心境，就是自己現在這種心情。

到站的時候，伸子鬆了一口氣。即使來到人行道，心中仍殘留著方才的震盪。她仰望停車的電車車窗，就像要回顧自身的驚奇。但她只看到卡其色的軍服背影，不見夫人的身影。

「你會寫信給我嗎？寄到娘家那邊。」

「嗯……不知道有沒有這個空……而且我的信也沒什麼有趣的吧。」

第三天，佃出發旅行，伸子回去動坂。

7

儘管動身前那樣說，佃仍不時寫信給伸子。多半是自己寫生景色的明信片，僅簡單地記下當天的天氣好壞。他似乎期待自己外出旅行的期間，伸子的情感能有所轉變。實際上，比起每天針鋒相對地和佃困在狹小的生活裡，伸子在精神上更有了餘裕。動坂的娘家因為暑假，空空蕩蕩。多計代帶著孩子們去鄉間避暑了，家裡只剩下父親和伸子。這也讓伸子得到了安養。

一天早上，伸子坐在通風良好的榻榻米走廊上，正在將浴衣布和海苔罐等裝進大籃子裡。書生要搭中午的火車去母親和弟妹避暑的鄉下，這是要託他帶去的。佃寄來的明信片散落在一旁。今早收到的是從奈良寄來的。上面畫了眼睛極大的鹿和鳥居[32]。

「昨天我利用餘暇，坐人力車在奈良繞了一圈。春日神社的森林裡，涼爽得宛如另一個天地。鹿的長相極為平和，有好幾頭朝我靠攏。如此溫柔的動物，應該就不會弄傷自己的腳了。」

伸子讀到內容，苦笑起來。

和保去三越那天，回家一看，左腳被鞋帶磨破了。她自己胡亂敷藥，結果愈弄愈糟，這陣子每天都得上醫院治療。想像鹿纖細的腳蹄就像自己一樣纏上綳帶，一跛一跛行走的樣子，有些滑稽。但收

32 譯注：神社入口，顯示神域境界的牌坊。

拾東西的空檔再次重讀，伸子卻無法單純地覺得好笑了。也就是上一句「如此溫柔的動物」云云。佃內心一定認為伸子不溫柔。伸子認為很像是佃會有的想法。對他來說，溫柔也和愛一樣，是不會消耗的固形物般的存在嗎？

伸子換過衣物，準備上醫院。正要坐上人力車時，女傭慌慌張張地從走廊跑來。

「啊，請等等！有電話！」

「誰打來的？」

「對方說姓柚木。」

伸子急忙去接電話。說到柚木，那一定是老博士，伸子的老師。她回來動坂的前一天，寫了一封長信給老師，在信中吐露她這陣子生理上已無法承受，幾乎要開始錯亂譫語的內心苦楚，以及對自由生活的嚮往。

打來的是師母。

「喂，伸子小姐嗎？我是替外子打的電話，他說妳的信他讀完了。」

面對師母，伸子有種尷尬。她笨拙地道謝。

「外子本想盡快回信，但剛好有事去興津，所以一時沒有回覆。妳明天也在那裡嗎？」

「是的，暫時會待在這裡。」

師母轉達說，如果伸子在家，柚木老師想親自來訪，與她面談。伸子惶恐極了。她婉拒對方，說她現在腳受傷不方便，但會再找時間登門拜訪。

「但外子說反正他有事要順道去小石川……」

伸子說，那麼有勞老師走一趟，便掛了電話。

醫院因為是星期一，人特別多。候診室悶熱得教人待不下去。走廊盡頭有一扇窗，可以俯視後院的鍋爐室和周圍的空地。偶爾會有提著外送盒的年輕外送小夥子，或挽起袖子露出手臂、精力十足的護士經過。護士就穿著室內拖鞋，跳著避開路上的煤渣，消失在斜對面其他建築物入口。寬闊的白色裙襬下露出的紅色拖鞋，也可以說有一種醫院之美。伸子對著那情景看了許久。終於，伸子熟悉的護士左手拿著登記簿，從候診室的人群中出來了。

「久等了，請進。」

這天值班的醫生不巧是伸子討厭的那個，鬍子稀疏，對病患總是不耐煩。對於伸子的寒暄，他只冷哼了一聲「嗯」，然後動了動食指，是在叫她解開繃帶。他用指頭按壓了患處一、兩個部位。

「跟昨天一樣。」

護士就像要製作石膏模型似地，用手掌在伸子的腳上塗滿了膏藥。這段期間，一個滿臉繃帶，只有眼鼻口開了洞的男子被叫進以白簾隔開的隔壁診區。

伸子表情陰沉地看著成了麻煩累贅的腳。這段期間，她的內心也有著糾纏不去的錯綜感情。明天柚木老師要來，柚木老師要來，對於此番好意，自己竟只感到惶恐與沉重的感謝，這讓她在掛掉臨出門前的電話那一刻起，就一直耿耿於懷。

在寫給柚木老師的信上，伸子毫不保留地道出自從與佃婚後，她第一次向外人吐露的不滿與疑惑。伸子可以推察得出，幾年來積壓在心中的激情，應該深深驚動了老師。老師明天會來，是因為知道她正處在關鍵時刻，為了讓她對這次的危機做出最妥善的處置，前來給她具體的建議。然而自己這是什麼德性？自己的精神委靡之嚴重，連伸子自己都驚愕不已。接到電話時，她不僅沒有湧出堅定的勇氣，想要抓緊這個機會，果斷直率地實行她的計畫，反而怯懦地往後退。老師的拜訪可能會讓狀況丕變的不安，以及不願意做出決定性行為的留戀。即使最終結果都一樣，但如果覺得是因為聽從了老師的話造成的結果，依自己的個性，往後必定會為此痛苦不堪。照道理說，既然如此，當初何必寫那種信給毫無關係的柚木老師？但一旦下筆，無法不哭著傾訴內心的痛苦和理想的心情，也是伸子最真實的感受。她的心熾烈地燃燒，再也無法承受，命令她這樣做。但話又說回來，現在這種裹足不前、明知道根本沒有，卻擔心會失去什麼重要的事物，事到臨頭才要遲疑的心理狀態也是真實的。是無可動搖的真心的兩端。

隔天早上，老師在約好的時間現身，伸子更感到愚蠢的怯意了。她真想乾脆病了算了。一腳纏著厚重的繃帶、一臉委頓的伸子，看起來一定慘不忍睹，老師以雖因年老而有些沙啞、但仍充滿神采的聲音，誠懇地慰問她的健康。

「那真的很纏人，內子也曾經為了類似的病症，困擾了許久……對了，妳的信我仔細讀過了……怎麼……佃先生……出門旅行了？」

伸子板著臉，只做出必要的回答：

「對……」

老師深坐在安樂椅上，一面思考，一面以右手輕捋著已經轉白的鬍鬚。

「老實說，妳的信真是令我意外、驚訝。令堂從一開始就憂心忡忡，和我說了許多，但我告訴她既然妳是女人，經歷一下家庭，也未嘗不是好事……妳告訴令尊令堂了嗎？」

「……還沒有。」

說完後，伸子感到一股無法形容的尷尬。回答的瞬間，她便直覺到這件事對老師而言完全是意外，同時在老師內心，這個問題已經徹底失去了一開始的嚴重性。伸子心想，如果是自己這種懶散的態度，讓老師覺得自己的好意被看輕了，那就太過意不去了。她賠罪地說：

「我很清楚不該拿這種荒唐可笑的事來讓老師心煩……」

「不，妳一點都不需要客氣。只要是我幫得上忙的，我會不遺餘力。」

老師帶著甚至明顯異於一開始的些許隨性說。

「那麼，怎麼說，妳還沒有明確地有什麼實際的計畫嗎？」

伸子幾乎是無地自容地意識到自己的沒骨氣，但也只能據實以告。

「我打算照著給老師的信上寫的那樣做。因為實在沒辦法照現狀這樣下去了。」

「但也不是說就這樣永遠分開呢。」

「……這樣嗎？」

「喔……」

柚木老師朝伸子拉長了佝僂的背說道。

「過來這一趟，我算是放心了。因為信上的妳看起來相當痛苦，而妳向來是個伶俐活潑的小姐，我心想如果有什麼萬一就糟了，所以起了懇切之心——但既然還有考慮的餘地，就不要緊了。」

對伸子來說，這些話只是更平添她的痛苦。她覺得被一針見血地指出她只是心裡頭在想，結果還是優柔寡斷，不可能付諸實行，窩囊極了。但柚木老師彷彿全未察覺伸子這樣的心情，漸漸快活地說下去。

「……妳的決心真的很令人佩服，但妳還年輕，而且婦女要在外獨立生活，沒有想像的那麼容易。即使本人夠堅定，還是會引來世俗議論紛紛……深思熟慮是最重要的。幸好令尊令堂都是令人尊敬的人，我也可以放心。」

我不想聽老師說那種只要是老於世故的人，誰都說得出口的話，伸子內心強烈地湧出這樣的聲音。那麼，自己想聽到什麼？她希望對方說「佃那種傢伙，現在立刻跟他斷絕關係」嗎？還是想被怒斥「豈有此理，妳要一輩子做個溫順盲目的妻子」？伸子明知道自己的態度讓老師也只能這樣說，卻渴求某種天啟一般、讓她的心境掀起大變革的、霹靂般的一句話。

「這種事很複雜，而且是一輩子的事，再怎麼深思，都絕不會有損失。這不是一朝一夕就能做出決定的事……那麼，如果還有什麼我幫得上忙的地方，不用客氣，直說就是。雖然我力量微薄，但還是會盡量幫忙。」

老師瀟灑地甩著羅紗外套，坐上人力車，一絲不苟地道別。

「請代我向令堂致意。」

伸子恭敬地行禮，忽然悲切難耐。她覺得老師的好意、想要進入理想生活的熱切渴望，都因為自己的拖泥帶水、含糊不清，被摧殘到無法挽回的地步了。伸子覺得往後再也不能拿這個問題去煩擾老師了。

8

到了七月下旬，佃寄來回東京的通知。這個夏季伸子都待在動坂娘家，因此妻子和孩子們不在的每晚，佐佐得以不似以往那樣無聊。他看到佃說要二十六日回來的明信片，說：

「……那麼，我是不是也該去K避暑個十天左右？妳也得立刻回赤坂了吧。」

伸子坐在父親腳邊低矮的腳凳上，用團扇將蚊香的煙左右搧開，漫不經心地答：

「是啊……非回去不可嗎？」

「妳現在還是得每天上醫院嗎？」

「那邊已經快好了，好得差不多了。」

「那邊——？那還有哪邊不舒服嗎？窮病的話，爸可以幫妳治好。」

「不是啦。」

父女齊聲笑了。伸子忽然寂寞地呢喃：

「我也跟爸一起去好了。」

「去K嗎？但我還不確定什麼時候可以去。」

伸子實在不願意回赤坂。一想到每個房間的模樣，在裡面又要再次搬演的日常生活，便覺得深受壓迫。她甚至覺得又要被夾回不肯放過自己的鋼鐵機器之間。佃抵達的早上，是要上醫院的日子，因此伸子決定不回去赤坂。佃預定會經過信州，十點多抵達上野。

「那就這麼辦吧，反正鈴木沒事，派他去車站接，請佃過來家裡吧。晚飯一起吃，吃完飯後隨你們兩個方便。」

伸子在平常的時間從醫院回來，看到玄關脫鞋石上整齊地擺著黑色皮鞋。伸子覺得這雙黑亮的皮鞋莫名地具有人格。她滿懷感情，將自己的夾腳鞋脫放在旁邊。

「小姐回來了。佃先生來了。」

伸子目不斜視地前往客房。佃不在那裡，而是坐在飯廳的凸窗上。他脫了外套，取下領子，只穿著襯衫，吹著電風扇。他看到伸子，放下交疊的一腳。

「我回來了。」

他就像只離開了一下又回來的人說。

「腳怎麼樣？」

脖頸處整個曬黑的他，臉上有著鄭重的、刺探的表情。伸子也一樣一本正經，默默地向丈夫伸出一手。

「那邊很熱吧？」

「嗯，大阪相當熱。旅館裡面是還好。」

伸子在他旁邊坐下。佃仰頭細細注視著伸子，低聲問：

「怎麼樣？」

伸子立刻意會是在問她的心境如何。她感到愛情以及激烈地排斥他的感情同時湧上心頭。伸子困惑地歪起頭來，模稜兩可地彎起嘴唇。

「今晚一起回家吧。」

伸子的回應並不理想，因此佃像要抱住她似地把臉靠上去，再說了一次：

「喏，我們回家吧。」

伸子無法當下回答，假裝活潑地抓住他的手，把他拉起來。

「總之，你先去洗個澡吧。全身汗溼，很難過吧？」

伸子拿出浴衣，把佃趕到浴室去，趁這時自己也換了衣服，然後和甚至梳了頭、全身清爽的佃面對面，坐在插了一大盆矢車菊的客房喝冷飲。伸子簡單交代佃不在時發生的事，但這段期間，她不斷地感受到自己對佃已經不同了。這要是以前的自己，會是多麼歡天喜地地迎接出門旅行了二十天之久的他啊！她會喜不自勝地說個不停，近乎煩人地纏著他不放。以前的她是單純沒有任何雜質的，即使看不到伸子的人影，光是聽到她的聲音，也能看透她的心是如何地樂不可支。但伸子近乎悲傷地清楚現在的自己已不是如此。她就好像分裂了一樣，心無法齊力運作，看到丈夫那像枕邊人又像陌生人的臉，她陷入無法下決心的窘迫，不知該放心任由他寵愛好，還是去恨他好。伸子發現佃也一樣，不再是原來的他。奇妙的是，不看他的臉，看著窗邊的綠葉等說話，話便能流暢地說出口。不經意地對望時，彼此便會敏銳地感覺到充滿了猜疑、互不相讓的兩顆心就像閃電般掠過，相互角力。這樣的瞬間，話語變得空虛，令人羞恥。兩人自然地變得話少。佃嘆息地喃喃道：

「我一直期待一趟旅行回來，妳的心情也會在這段期間有所轉變……結果是白費工夫。」

伸子欲泣地說：

「我也並不想要這樣啊，我真的不想！……可是我身不由己啊。你自己知道嗎？你知道你是個多可愛、多可恨、多可惡的人嗎？」

伸子一字一句強調「可惡」兩個字說，落下淚來。

三點左右，去親戚家過夜的祖母回來了。不久後父親也回來了。兩人終於得救了。父親向伸子晃了晃冰淇淋的瓶子說：

「看我帶了什麼好東西回來。這是給佃洗塵的。」

佃站起來打招呼，佐佐熱情地接著說：

「我原本計畫去飯店吃晚飯好了，但仔細想想，你這陣子應該都是吃西餐，所以今晚在家悠閒地盤腿用餐比較好吧。」

餐桌上，父親和佃談論著關西都市的種種。祖母在兒子和孫女孫女婿圍繞下，看起來心滿意足。

「你去了御影嗎？」

祖母忽然問佃。

「那裡是個好地方。我有個認識的人在那裡住了五十天，附近有⋯⋯呃，叫什麼名字來著？有溫泉還附梳頭店──省三，你記得嗎？」

「說到溫泉⋯⋯爸，你知道附近有什麼不錯的溫泉嗎？」

晚飯快結束時佃問佐佐。

「一般知名溫泉的話，箱根或伊豆吧。」

佐佐舉了兩三處奧羽地方的溫泉。

「你要去溫泉之旅嗎？」

佃曖昧地回答：

「嗯……我是在考慮……如果窮書生的我負擔得起，是想去看看。」

伸子原以為只是閒聊，聽到這話，忍不住留意地看向佃。佃完全是在和父親說話，連臉都只對著他說：

「既然要旅行，要是能去個十天左右就好了。」

「哦！這計畫很棒。對你的健康也有幫助，一定要去。溫泉很棒的。」

父親以他獨到的口耳之學，談論溫泉天然療法的價值。

伸子感到意外，也疑惑為什麼佃不直接對她說，但漸漸忘了這些瑣事，開心起來。伸子天生就熱愛旅行。婚前雖然範圍狹小，但她經常和阿豐一起出門，也去過一、兩處溫泉。與佃一起生活後，由於他的職業與個性，連三、四天的小旅行都不曾有過，只有夏季和佃回家鄉那一趟而已。那根本算不上旅行，只是進入大家庭之中，在不同的環境裡，重複與東京相同的生活而已。

如果真的要去溫泉，對伸子來說，會是第一場像樣的旅行。兩個人單獨住在旅館裡，這也讓她的幻想燦爛生輝。雖然不是學父親的說法，但山脈和溫泉的空氣、讓晴朗的早晨覺醒變得活潑的細胞作用，若能奇蹟似地讓兩人的怨懟就像小吵一架後便忘得一乾二淨那樣，那會有多棒、多麼幸福！伸子懷著訝異與喜悅，推測佃應該也是懷著一樣的想法。她以敞開心房的語氣詢問吃著冰淇淋的丈夫：

「你是說真的嗎？」

「妳要去嗎？」

「嗯，當然了！」

「那，立刻打電報接洽吧。」

佃以公事公辦的語氣反問：

「可是，妳已經可以去了嗎？可以不用上醫院了嗎？」

伸子就像擔心計畫因此告吹似地，激動地打斷。

「當然沒問題。不過為了慎重起見，明天我會好好問一下醫生。一定可以的，我們去吧，千萬別打消念頭。」

9

深紅豆色的活火山聳立在正面，劈裂清澄的空氣。頂部的煙筆直地升上天際。菸草田、矮樹林，接著又是菸草田。隨著坡度漸陡，左右的青木原舒爽的地平線景觀擴展到數十里外的另一頭。伸子和佃坐的汽車發出帶有深厚底力的轟隆聲，努力地向上爬去。車子撕裂清晨五點露溼的空氣疾馳，因此雖然有太陽，但伸子的臉頰和嘴唇都感到冰涼緊繃。

車子經過一座橋。爬上被高崖包夾的く字型陡坡後，前方出現古色古香的溫泉町。坡道兩側，旅館和土產店櫛比鱗次。道路正中央有冒著白煙的溝渠，濃濃的溫泉香彌漫四下。車子幾乎擦過屋簷下地通過，每一家旅店都已經熱鬧起來，沒有半個客人還賴在床上。窗門敞開的扶手上晾著浴衣，朝陽滿滿地射入房間。剛到的客人把洋傘支在下巴底下，目送他們的車。土產店的店頭陳列著或紅或綠的粗糙的剜木工藝品。這些也是充滿鄉間風情、歡樂的溫泉街早晨景色。伸子非常起勁，即使沒有旅館房間也不以為意。這年暑假遊客特別多，就連伸子和佃抵達時，吉田屋的店頭都還擠滿了二十個新到的遊客。結果他們在吉田屋的掌櫃家睡了一晚。那裡是吉田屋斜對面的土產店之一，店面做生意，但二樓供夏季旺季的遊客住宿。吉田屋的年輕人提著外送盒，分送以朱漆膳台盛裝的餐點。伸子和佃連在這裡都沒有客房住，被安頓在店面後方的一樓和室。儲藏間的暗處收著粉紅色的男用腰帶。晚上熄掉房間裡的燈，便可以看到被店面的燈投影在紙門上的剜木工藝品茄子形狀。

總算等到的空房，原本也是小林區的官舍一部分。

「不過很棒啊，山中住家反倒安靜……」

那裡是八張與六張榻榻米的和室。大和室成了他們的房間，小和室景觀很好，但下方就是道路，不停路過的溫泉客可以看見房間內部。大和室隔著細長的空地，與官舍的主屋對望，左邊是長滿山白竹的斷崖。那裡有溫泉的水管通過，十足鄉下溫泉區風貌。山白竹叢中，盛開的龍膽花沾上了山間空氣的溼氣。

高原綠樹的沙沙聲，輕快的空氣。乘車過來的路上，伸子幾乎是感受到感官的解放。大自然似乎有特別多能讓人打起精神的元素。伸子自然而然強烈地感受到想要變得活潑的欲望。她有些細心地斟酌著快活度增加的量。也許這樣的蓬勃生氣不斷地充溢下去，就能將橫亙在丈夫與自己之間的各種塵土徹底沖刷掉……再一些……再一些……

「喏，別那樣一臉無趣，我們來玩這個吧。」她拿出撲克牌，對佃這麼說時，或是呼喊他「看！有這樣的花！」時，大抵上都是內心預感到這樣的快活度即將下降的時候。但即使來到溫泉區，佃依然像在家裡一樣，對伸子的這些邀請不甚起勁。他剪著指甲，答非所問地說：

「結果今年夏天什麼事都沒做。」

「你本來有什麼預定嗎？」

「我自己的時間就只有暑假，當然有太多想做的事了。」

兩人散步走到瞭望台一看，一群年輕人聚在射靶場前歡笑。天然石做成的納涼長椅上坐著一對模樣愉快的夫妻，看著在前方廣場追逐的孩子。人們魚貫經過伸子和佃的前後，往草地間的小徑或遠方的遊樂園走去。每個人看起來都無憂無慮，輕鬆享受著大自然的遼闊和其中渺小的人群雜沓。伸子走在人多的地方，也感覺到自己的心單純地雀躍期待著。實際上，她也天真無邪地在射靶場射了幾發軟木塞子彈，但那都只是一時的而已。

回到房間，與丈夫面對面，沉鬱便籠罩了她。待在人潮當中還比較能忍受。即使處在戶外的明亮中，一想到他們的心是否正溫暖地交融在一起，她便立刻感覺到彼此的疏離，感到寂寞難受。這種時候，難以言喻的煩躁總是折磨著伸子。她一下歡鬧，一下對佃說些壞心眼的怨言。

一天早上，洗完澡出來一看，佃正走下簷廊，站在庭院和女傭說話。

「那，可以當天來回吧？」

「是的，只要早點出門，行程相當悠閒。」

「從這裡要怎麼去？從殺生石[33]旁邊上去嗎？」

「是的，那裡地勢有些陡峭，但很快就會走到主道了。遊客很多，只要走到那裡，自然就可以跟著爬到山頂了。」

「要去哪裡？」

「既然都來了，我想去那須看看。」

兩人吃著早飯，佃對伸子說。

「妳應該沒辦法。可以等我回來嗎？」

「嗯——也是可以等……」

一想到一整天都得孤伶伶一個人，伸子很不樂意。

「有幾里路？如果可以，我也想去。」

「聽說上下約三里，但全是上坡路，對妳可能太勉強。」

「那我要去。總比一個人被丟在這裡好。」

佃似乎不願意，但伸子向來收拾碗筷的女傭要了草鞋和繩帶。

剛起床的時候還有朝霧，但過了八點，便轉為晴朗的好天氣。從林間的山路通往主道的登山路視野開闊。不光是帶著女伴或孩子的溫泉客悠閒地穿過山白竹叢行走而已，在寬約二間半[34]的道路一側，還鋪有斗車的軌道。

「一直連到上面呢，是載什麼的斗車呢？」

---

33 譯注：殺生石是栃木縣那須湯本溫泉附近一塊熔岩。由於附近不斷有有毒火山氣體噴發，導致動物死亡，因此古人附會為此石是遭討伐的妖狐化身，死後仍遺害世間。

34 譯注：約四．五四五公尺。間為日本傳統長度單位，一間為一．八一八公尺。

走在伸子旁邊，帶著年約十五的少年、穿單齒木屐的男子聽到伸子的問題，應道：

「居然開了這樣一條軌道呢。是用這斗車將硫黃載到山腳下的工廠，產值似乎相當驚人喔。」

愈往上走，高大的樹木減少了。陽光變熱了，伸子撐起洋傘。遍地竹葉的半山腰，碧藍閃爍的夏季天空下，只有自己的洋傘是一點紅，看上去是多麼鮮活美麗啊！孩子氣的稀奇讓伸子亢奮不已。風景也是，比起從坐到湯本的車子看出去的風景，這一帶的景色更要雄偉許多。平緩起伏的笹山連綿起伏，沒有任何事物遮蔽視野。遙遠的下界，可以放眼瞭望到八月的熱氣中朦朧帶著水藍的珍珠色地平線。因為道路的關係，看不見走在前方的人，只有偶爾聽見話聲。這些人聲讓人感受到山路明朗的深沉寂靜。

他們在山腳一處叫大丸的溫泉吃午飯。匯聚成河流的露天溫泉岩石間，有許多男女赤身裸體在泡澡。那景象就像一幅畫。

從那一帶開始，景色丕變，成了火山道。竹葉叢處處矗立著參差不齊的純白枯木殘株，模樣慘不忍睹。路邊僅有的平地處，有採硫黃工人休息的臨時小屋，充滿了工業山的氛圍。伸子撐著離開大丸時，一個帶女兒的紳士好心送她的枴杖，花了許多時間往上爬。總算看到山頂了。在那之前還有一處陡急的地方，必須攀爬而上。伸子汗流浹背，在前面停了下來。

「讓我休息一下！」

佃也在抵達大丸前就脫掉外套了，但他還是流了滿身汗。

「都沒有地方可以遮陽，實在熱極了，啊，好涼的風！」

伸子舒爽地吹著風，漸漸擔心起噴火的聲音。來到近山頂處，搬運硫黃的斗車也變成在下方山腰的另一側，登山道上下坡都不見人影。遍地焦土，只有一條小徑蜿蜒地朝三斗小屋溫泉的方向消失，前方一片蕭瑟。下方是遙遠的山脈。這些都被午後兩點的豔陽曝曬著。連石子滾動的聲音都沒有，卻只聽見噴火口低吼的聲音，宛如巨大的風箱正在送風。聲音沒有變強或變弱，慢騰騰地響著，接著那低吼戛然而止，伸子覺得好像下一秒整座山就要爆炸了，不免一陣恐懼。

「我們走吧。」她說。

「嗯。」

道路的險峻、來自大自然的威壓。兩人默默地一口氣翻越坡道。

「終於到了！虧妳能撐到終點。我一直有心理準備，覺得妳一定會在半途折返。」

「既然都開始爬了，怎麼樣都要爬到底。」

噴火口在山頂的橫穴處。灼熱的硫黃化成燃燒的熔岩，從那裡流出。那烈焰的顏色周圍，冷卻的部分凝固成鐘乳石形狀，那種黃鮮豔得不屬於這個世界。無限的盛夏藍天與那硫黃的顏色形成強烈的色彩對比。荒涼而漫長的山地斜坡上，可以看到幾十個採硫黃的男人就像因某種不安而沉默般，認真地工作著。

兩人花不到去程一半的時間，便回到埡口處的小歇茶屋。

「咦，已經打烊了。本來想坐一下的。」

「因為天氣變糟吧。嗯，我們直接回去吧。」

霧氣愈來愈濃，回望兩人剛走下來的山頂，也早已隱沒不見了。

「山上下雨了嗎？」

「不知道……有風應該不會吧。」
兩人步調一致，順著下坡路迅速前進，這時有東西打到臉頰上。
「……下雨了。」伸子說。
「是傍晚陣雨吧。」
雨勢愈來愈緊了。伸子打開紅傘。
覆蓋高山的雨，上下相差一町的距離，雨量便天差地別。才走下一半左右，四下便已成了傾盆大雨。紅土道路變得一片泥濘。雷聲大作，閃電照亮竹叢中像亡靈般佇立的白色枯木，令伸子毛骨悚然。
「這樣走得比較快。」
佃要伸子抓住自己的手臂。
「就快到了，我們在大丸躲個雨吧。」伸子說。
伸子的紅色陽傘一點用都沒有。薄絹和服整個溼透，貼在皮膚上。吸了水的夾腳鞋變得溼軟，在伸子的腳下濺起泥水。
「這雨不會停了，雲層這麼厚。真的，在大丸那裡避個雨吧。」
「……」
佃加快腳步。伸子變成了小跑步，好配合佃的步調，又說：
「雷聲真的好可怕。你不想去大丸嗎？」
「沒事的，雷聲很遠。」

「……可是，我真的想休息一下，我不太舒服。」

來到通往大丸的森林旁邊了。伸子拉扯佃的手臂停下來。

「你怎麼樣都不想去嗎？」

「我們直接回去吧，半途休息也只是浪費時間。」

「因為人多嗎？」

佃曖昧地哼了哼聲。

「總之，我們走吧。」

全身都溼成這樣，為什麼就不能在大丸躲個雨？伸子不懂丈夫在想什麼，也不給個理由，強迫她走，這更讓她感到不滿。又不是身上沒錢……

經過大丸後，前方白茫茫一片，是幾乎什麼都看不見的大雷雨。風雨掃得滿山竹葉都貼倒在地，傘就像降落傘一樣灌飽了風，幾乎要把伸子整個身體扯上空中。伸子在某個轉角處絆到石頭，慣性地往前撲去，驚覺的時候已經雙膝跪地跌倒了。和她牽著手的佃也跟著失去平衡，想要站穩，卻一腳撞在伸子背上一躍而過，險些沒跪跌在地。

伸子渾身溼透地走過一里半的山路下山了。

山地的秋季來得早，從這天開始，便常有夏末慣有的豪雨侵襲。

「啊！這雨實在嚇人！」

掌櫃穿著雨衣衝進屋裡。

「這麼糟糕的天氣，近幾年難得一見，真教咱們做掌櫃的傷透腦筋。」

下游的河川水位暴漲，發出駭人的聲響滾滾流過。中午左右，儘管外頭下著滂沱大雨，卻不斷地有人聲來來去去。伸子從簷廊的遮雨板縫間探看，發現穿蓑衣的腳夫正忙著搬開被大水沖下來的石頭。

雖然被大雨陰暗地困在屋內，但對伸子來說，也自有一份不同的樂趣。隔著一層遮雨板的後方山崖，傳來雨水打在山白竹葉上的聲音，還有變大的溫泉水咕嚕嚕堵塞著沖過導水管的聲音。大雨中，硫黃味變得比平時更為濃烈。伸子懷念地回想起小時候總是站在踏台上，從無雙窗[35]專注地看著夏季暴風雨的回憶。

這樣的日子，佃會慵懶地掏出錢包，在桌上算錢，或是午睡。

「我們找些樂子吧。」

伸子催促丈夫。

「難得來玩，就要盡量讓心情愉快啊。」

結果佃以責怪的眼神看伸子，反問：

「妳只是來玩的嗎？」

四隻眼睛不由得對望了。伸子的心臟感覺到鈍重的恐懼。

「為什麼這麼問？難道不是嗎？」

「我會帶妳來，是覺得這樣對妳的腳比較好。」

伸子感到一陣淒冷，就好像兩人之間如風中之燭的燈火，真的被一口氣吹熄了一樣。

「那樣的話，之前為什麼不能繞去大丸躲個雨？」

然而佃沉默不語，沒有回答。

這樣的感情齟齬直到回去之前，都沒有自兩人之間消失。他們待了七天，最後形同不歡而散地分道揚鑣，佃回去東京，伸子去了K。

火車車窗露出佃穿黑色制服的肩膀，動了起來。自己乘坐的火車也動了，朝反方向駛去。伸子感覺就像朝著再也不會回頭的方向駛了出去。

35 譯注：無雙窗是一種雙層的木條格窗，外層固定，裡層可左右滑動，以調整光線及通風。

第六章

1

伸子躺在寬敞的蚊帳裡，和母親有一搭沒一搭地說著話。四下籠罩著鄉間夏季涼爽的黑夜。

「所以做夫妻才這麼難……」

多計代平緩的聲音就好像從高聳的天花板降下來。

「個性相差太多不行，但兩邊都好強，當然也無法圓滑相處。——像妳，就媽在一旁看著，妳似乎就愛去挑那種比自己軟弱、卑躬屈節的男人。」

伸子在枕上對著天花板，睜著眼，將交握的手墊在後腦勺底下。

「是嗎？我覺得自己很軟弱啊，像是我和佃的相處，如果我能更厚臉皮、更果斷地控制他，就不是這種狀況了。他在深處有種極強韌的，某種我奈何不了的地方。」

「因為他見過世面啊……他完全知道要怎麼擺布妳。」

「只是表面上膚淺體面地打交道，讓自己變得愈來愈平庸無趣，這種事我實在做不到。並非面對面的心靈關係，我負荷不了。但要我做出一刀兩斷的處置，我又做不到……我一點都不好強。」

「人各不同啊。」

多計代忽然加重了語氣說：

「這要是我，就會毅然決然做個了斷。要跟不肯真心愛著自己的人牽扯不清，光想我就無法忍受。」

伸子不認為佃對自己沒有絲毫的愛。他對伸子也有著關心，至少是男人對成為妻子的女人會有的關心。儘管明白這一點，自己卻無法滿足於那種一般的感情，所以伸子才會悲傷痛苦。

「可是，那自己的感受要怎麼辦？只因為對方真的不愛了，自己的愛就會突然消失殆盡嗎？就是因為沒這麼方便，人才會難受痛苦不是嗎？說到底，每個人都不是為了對方的愛而苦，多半都是為了自己心中的愛而苦。」

「那，妳還愛著佃嗎？」

一股穿堂風般的寂寞掃過伸子的心。母親單純的質問中，有著世間一度結婚又破碎，回到娘家的女兒都應該經歷過的憂愁根源。

伸子片刻後說：

「我怎麼樣就是覺得，沒必要只因為無法維持世俗的婚姻生活，就必須連剩餘的好意和愛意都全盤否定。不必因為過去的夫妻都這樣，自己就要跟著學，不管是要重建還是拆散，各有各的作法就行了。」

「那個佃不懂這些的。我說妳啊，他從一開始目的就跟妳不同嘛。」

「若是那樣也沒關係，只要和我一起生活，有什麼好的地方，這樣我就滿足了。所以只要他別自暴自棄，說什麼分開就要怎樣的話就好了。我最痛恨自暴自棄了，一想到自己會在世上製造出那樣一個偏離正軌的人，我就毛骨悚然，失去了勇氣和一切。」

「……」

黑暗中傳來多計代起身的細微聲響。伸子把頭轉向母親。

「怎麼了？」

「沒事，好像有點太涼了，想蓋個羽絨被。妳呢？被子夠嗎？」

伸子拍拍蓋著麻料小被子的胸口。

「我這樣就好。」

「鄉下竟然差這麼多。」

多計代喃喃著老人家的埋怨，好像又躺回去了，但突然想起來似地高聲說：

「噯，不管怎麼樣，都沒什麼好擔心的。」

「擔心什麼？」

「那個人說的話。」

「什麼意思？」

「這還用說嗎？他哪裡是那種會去死的人。他才不是那麼天真的傻子呢。」

「我沒辦法想得這麼簡單。」

「那妳就等著瞧吧！」

多計代發出開心的、挑釁般的聲音。

「他要是真的做得出來，那我就敬他三分。不管怎麼樣，我都會為我的有眼無珠道歉。」

——伸子一陣不舒服，沉默不語了。不小心認真吐露了許多事，自己的不經大腦讓她不愉快。居然用這種口氣談論一個人的生死，實在太可怕了。伸子將小被子掖在下巴底下，翻了個身。

「差不多該睡了。」

多計代似乎以為伸子睏了，帶著哈欠喃喃說。

「看來是因為空氣好，來這裡避暑後，失眠全好了。」

「……」

「那，晚安。」

「晚安。」

不到十分鐘，便傳來母親舒暢平坦的熟睡呼吸聲。看來暌違許久能與女兒共度幾天，讓多計代心滿意足。不論伸子是懷著什麼樣的心情而來都一樣。伸子睜開眼睛，靜靜地聆聽那唯一的細微呼吸聲。周圍洪水般的黑暗及方才以來的苦澀情感，就好像隨著那聲音一同規律地一起一伏。她悄悄離開被褥。蚊帳下襬落在涼爽的藤蓆上，發出沉重的聲響。

來到走廊，磷光般的月光照亮關上的成排紙門。伸子把臉貼在遮雨板上的玻璃窗看外面。整座庭院灑滿了月光。若是走在其中，會被那光波所籠罩，就宛如髮上沾滿了燦爛的液體。渾圓的杜鵑和扁柏投射出清晰的黑影，寂靜地坐落著。樹木和草地如夢似幻，就彷彿有生命一般。在這個月夜，感覺人的靈魂也能輕易傳遞至遠方。幾百里之外的地方，自己的妻子和她的母親有過那樣的對話。如果在這個夜晚，佃的靈魂感知到這些，他會有什麼樣的感受？

伸子忽然一陣氣憤，用力摩擦了幾下灑滿月光的玻璃表面，就好像急著要攪亂、阻止靈魂的波動穿過遮雨板，泛出浸染著月光的夜晚空氣。

2

進入十月，伸子回到了東京。景色與約一個半月前，和佃搭乘同一條路線北上前往那須時截然不同。放眼望去盡是秋色。

列車進入上野站內，伸子為了叫搬行李的紅帽子工人，早早便打開車窗，看著月台。對邊月台停著準備發車的火車，送行和搬行李的人潮中，有幾個接客的人，站在月台上逐一注視著這邊正要停下來的列車。伸子覺得在那群人當中看到了一張意想不到的側臉。一個長得很像佃，穿著外套、戴著硬頂圓禮帽的男人貌似在等人。她已去信通知過火車抵達的時間。伸子感覺到全身倏地火熱起來的感動。是他來了嗎？是他嗎？他居然會來，太意想不到了！伸子更用力地將身體探出車窗，朝著貌似佃的側臉揮手打信號。然而伸子沒有成功引起對方的注意，而是紅帽子跑到仍在依慣性往前滑行的列車窗下。

「有幾件？只有這件嗎？」

伸子交出行李箱，心神仍放在站在聲音傳不到的地方的那個人影，免得看丟了。

「幾號？」

「二十八號。」

伸子快步走到那個人站立的柱子。想到那真是丈夫，心跳得厲害極了，甚至無法好好地抿住嘴唇。她急躁地打斷工人的道謝，頭也不回地來到只剩下三尺的距離，重新望向那張臉，結果嘴邊帶著古怪的、似哭似笑的皺紋，臉往旁邊撇了開去。

那不是佃──

這回伸子慢慢地踩過混凝土地來到剪票口，深切地想著能被那樣迎接的歸人是多麼地幸福。仔細想想，她根本不該幻想丈夫會來接她。佃是那種伸子要離開東京去哪裡，或是回來的時候，都絕不會來車站送行迎接的人，而且也不認為伸子希望他熱切歡迎。去年初夏，伸子同樣地從鄉間回來，然而這時的感情卻與那時完全不同了。伸子非常清楚，自己這次回來，與其說是想要設法重建夫妻的關係，更是被該怎麼做才能讓兩人建立起最合理的關係的想法所驅動。她也有著對彼此的命運深切的恐懼。尤其是對佃。不管變得再如何無可救藥，伸子對自己和丈夫的關係依然有著愛情。她絕對不想要別人來為這段關係畫下句點。最起碼要以兩人的意志、以不會後悔的必然，若是能夠摧毀，她想要摧毀，是這樣的心情。儘管明白不可能，但當人力車的車夫抬起車轅時，伸子再次搜視灑了水而曬不到陽光的夯土地上，避開搬行李的手推車而聚在一起的稀疏人群。那邊已經看不到側臉長得和佃一模一樣的男人了。

伸子回來沒有多久，就遇上了二連休。

她將座墊搬到簷廊。這是個秋季晴天。洗手缽旁，前人留下的樹玫瑰開了兩朵嬌小的粉紅色花朵。玫瑰樹後方是老竹籬，再過去是鄰家更古老的高聳板牆。板牆是黑色的，但長年經風吹雨打而荒廢，黑色也褪成了模糊的淡墨色，上頭滲染著帶綠的細黴斑，就像撒上了蛾翅的鱗粉。受此背景襯托，帶黃的兩朵玫瑰看起來格外鮮明美麗。光澤深紅的細枝線條、剛開始被夜霧侵蝕的葉色。對於荒廢的黑色板牆，再沒有比這更出色的妝點，而對秋季的玫瑰來說，亦再也沒有比這個更調和的周邊景色了。

伸子帶著快感，享受這一隅詩情。世上的美人，怎麼會沒有想到要穿上這樣的和服花樣呢？出色的衣裳，不是應當採用這種意外留下印象的自然完美之美嗎？

正在松樹底下對著另一頭掃地的佃這時忽然回頭看伸子問：

「怎麼樣？有趣嗎？」

「這個……」

伸子將目光從玫瑰移開，舉起剛才就一直拿在手上的書。

「是冒險故事……開頭就像春浪[36]的作品。」

「不過那個作者是古人吧……？」

「說是古人，確實好像很古老——」

伸子翻到序言的地方。

「上面說是四世紀的人。」

「嗯……」

---

36 譯注：指押川春浪（一八七六—一九一四），日本冒險小說家及科幻小說家。

佃就此打住這個話題，站在約十坪大的庭院庭石正中央，四下張望。他發現什麼，一臉不悅地走到洗手缽那裡。

「真可惡，又在這種地方留下腳印。」

他以穿著舊拖鞋的一腳踩著地面說。

「阿豐！阿豐！」

阿豐從木門伸頭過來。

「老爺叫我嗎？」

「妳今天早上用木屐踩了這裡嗎？」

「……我不記得了。」

阿豐的眼睛掃向坐在簷廊的伸子，再困窘地望向佃踩踏的地方。

「妳不要到處亂踩好嗎？就我一個人在這裡拚命打掃。」

「是。」

「拿花剪來。」

佃接過花剪，仍叨叨絮絮埋怨腳印的事。伸子待在一旁，感到古怪的尷尬。她覺得是他們夫妻牽扯不清的爭執餘波，波及了女傭。

佃用花剪修剪著松樹斷裂枯萎的細枝，然後走到樹玫瑰底下。他鑽過八角金盤下方，從側邊開始剪掉沒有開花便凋零的花苞。伸子默默看著。佃不停地剪，就要把伸子從剛才就欣賞地看著的兩朵半開的花也剪掉。

「啊，那個不要剪，很漂亮。」
「放著不管，一下就會凋謝了。剪掉比較好。」
「可是剪掉的話，那邊的景致就不一樣了。放著也沒關係吧？」
佃沒有放開抓住的枝條，說：
「讓花一直開著，對枝幹不好，所以我才想剪掉。」
伸子覺得訴諸口舌太裝模作樣，無法說明那兩朵帶黃的粉紅色玫瑰就是在那樣的背景，才有著如何的雅趣。
「讓它們就那樣開著有什麼不好！」
「那我不剪了。do as you please.」
佃臭著臉從八角金盤下鑽出來喃喃說。
「什麼花！最漂亮的時候，也沒人要看。」
這棵樹開滿了玫瑰花時，應該是三十天以前的事，當時伸子人在鄉間，每晚聽著大片蟲鳴，看著逐漸轉黃的庭院草地過著每一天。那段期間的心情，還有現在兩人在透明的秋陽灑落的庭院，為了要不要剪掉玫瑰而爭吵的心情。應該曾經熾烈地彼此相愛的兩顆心失去了聯繫，卻藕斷絲連地僅以消極的力量吸引著，彼此羈絆在一起，伸子錐心地感受到這樣的狀態。倘若過了幾年後的某個秋晴日子，今天微不足道的此情此景，偶然從記憶深處浮現的話，像這樣坐在簷廊的自己、庭院裡的佃、美麗的兩朵玫瑰，會對那時候的自己訴說什麼？
翌日黎明時分，伸子隔著玻璃門看庭院。玫瑰沾滿露珠低垂著，和昨天一樣豔麗地盛開。那天真的鮮活、純淨，令伸子異樣地心痛。她別開目光，逕自走過。

3

晚上八點。斯米爾諾夫在朗讀哈菲茲[37]的詩。佃跟在後面逐一訂正抑揚頓挫，一節節朗讀下去。兩種有許多喉音而單調的男聲讓周圍的空氣變得沉重。

斯米爾諾夫低聲說了什麼，佃急躁地再三說「Yes. Yes.」。這些種種都惹人心煩。伸子在房間裡走來走去。

回來還沒多久，這幾天伸子就已經陷入了某種熱情匱乏的自我厭惡。

這一次，伸子反倒認清丈夫已經無法把自己當成一般女人對待了。感覺佃就像是不知道要怎麼應付伸子，不得要領，拿不定是要害怕她還是憐憫她，便決定敬而遠之，不碰為妙，是這種感覺。佃沒有問伸子在鄉間避暑期間的事，同時也完全不提自己的生活。

「只要妳回來，我隨時welcome home, baby.」

但伸子並非如真正的嬰兒那樣純潔無垢。她是女人，是佃的妻子。兩人之間失去了夫妻關係，也失去了自然。既沒有家庭主義式的希望，也沒有原始欲望的燃燒所帶來的潔淨力量。感受到佃那種施恩的、就像在說那些行為都是為了伸子好的居心，對伸子是一種痛苦和屈辱。就連身不由己地充溢全身的、青春活潑而渴望被愛撫的欲望，在這種時候都讓她憎恨、不甘而悲傷。丈夫讓她覺得連一去不復返的青春年華都成了沒道理的恥辱，這讓她對丈夫恨得哭泣。伸子只能想，兩人的關係是不好的、是錯的。即便個別獨立來看，都不是多糟糕或多殘忍的人，然而只要放在某種關係裡，就會變成另一個樣。她本身再明白不過，最必須修正的就是這部分。

決定從鄉間回來時，伸子認為自己是考慮到佃。想要得到最好的解決，不想任意破壞生活，她懷著這樣美好的動機回家。然而實際上自己卻因為似乎不全是謹慎的優柔寡斷，任由日子一天天消逝，反省這樣的自己，伸子實在忍不住要焦躁踱步。

很顯然地，佃以他特有的忍耐與狡猾，想要在形式上讓昨天的事就這樣過去。也就是「若要照這樣下去，也沒什麼不好」的想法。伸子開始懷疑自己是否也在不知不覺間利用了這一點？她一面責備佃，結果卻還是把勇氣不足的自己寄託在他身上，不是嗎？

因為有了新歡，終於改變了處境，然而身為某個男人的妻子這一點，依舊是在重蹈覆轍，只是從一個男人換到另一個男人罷了——對於世間常見的這種生活方式，伸子感到疑惑。她並不是拿佃和誰做比較，而厭惡了婚姻生活。她是對彼此的個性造成的種種摩擦，以及婚姻生活的常規、一般男女間通用的生活樣式的感受，有了許多無法接受的部分。佃是伸子的第一個丈夫，恐怕也是最後一個丈夫。除非伸子自己重生為更不同的女性，或是社會一般的性觀念變得更為開放，否則應該就是如此。換言之，對伸子而言，無法和佃經營夫妻生活，理由並不單純只是因為對方是佃。說得更複雜一點，被帶入自己與佃的結合當中的、令她無法忍受的中產階級式思想、感情上的委靡和貧瘠的偽善，還有那種只為了將來的退休金而工作的態度，這些種種，伸子都實在無法降身屈志去配合。因此對於佃，

37 譯注：哈菲茲（Hafez，約一三一五—約一三九〇），伊朗最知名的抒情詩人。

伸子有一種全然純粹的同情。因為不是只有佃一個人想要在這個世上這樣生活、這樣的毫無批判。伸子原以為他也有和自己一樣的追求，所以才會與他結合，她可以為當時不顧一切的熱情道歉。但是做為一個人，伸子問心無愧，有實行自我主張的心靈根基。

然而為何自己卻如此躊躇不決？是因為愛嗎？是因為僅短短幾年做夫妻的慣性嗎？或者人就是這麼可悲的生物，對彼此即使只是一絲的好意時，就要愚蠢到繼續分享著這份牽掛，無法分開？若沒有心理上的暴力介入——比方說出現另一個男人，把她從佃的身邊奪走，這便是自身處理不了的問題嗎？

若是挖掘到深處再深處，伸子不能說對於將來要自食其力的想法，沒有絲毫畏怯。佃也不可能沒有察覺到這微妙的軟弱。他在心底料定伸子再怎麼激動叫囂，事到臨頭也不敢付諸實行，故而在嘴上喊著「寶貝、寶貝」，驕縱著她。伸子拱起了雙肩，就像要從難耐的什麼保護自己一樣。

不意間，湯匙碰撞紅茶杯碟的刺耳聲音傳來。另一個房間，朗讀聲不知不覺間停止了，傳來端飲料的腳步聲。已經結束了嗎？伸子再也無法忍受待在這個房間。和丈夫說話讓她痛苦。她好想快點鑽進黑暗的、無人的角落裡。想要就那樣昏睡直到世界改頭換面……紙門傾軋著打開來。踩過木板地而來的腳步聲。伸子情急之下望向房間外窄小的外廊。「好想躲起來！」這個想法讓心臟跳動得像野獸般。然而這股衝動讓伸子自己都感到錯愕。為什麼？還來不及動彈，紙門便打開了。伸子仍一臉驚訝，對著進門來的佃。

佃訝異地看著抓著椅背杵在原地的伸子。他的手上拿著扁平的盒子。伸子以乾啞的嗓音問：

「有事嗎？」

「斯米爾諾夫先生送這個給我們……」

佃似乎嗅出了某些不尋常的氣氛，上下打量伸子。

「要不要過來這邊？」

伸子抓著椅背，從側邊坐到那張椅子上。

「今天晚上我有點怪怪的。我就不過去了，你自便吧。」

佃把盒子留在伸子膝上離開了。裡面是波斯蜜棗。

4

進入十二月的某個夜晚。

伸子坐在女傭房裡。

三尺之外，阿豐就像雷諾瓦畫中臉色紅潤胸部豐滿的鄉下婦女，正勤奮地捲著毛線。牆上貼著報紙附錄的美女畫，紅色衣領用揮發油洗過，就晾在窗上。伸子愉快地動著手。小時候她曾坐在母親前面，幫忙捲線。她想起裝滿了沒有芯板、捲得整整齊齊、五顏六色混在一起存放的手縫線的盒子。那個盒子收在樟木小櫥櫃裡，打開抽屜時，便會聞到濃濃的樟木香。那是母親幾歲時的事？伸子的心境甚至是有些柔和的。

「阿豐，妳平常都怎麼做？一個人有辦法嗎？」

「普通的線的話，扯緊捲成一團也沒關係，我一個人也可以。」

阿豐似乎誤會伸子厭煩了，突然加快了手上的速度。
「慢慢來沒關係，我也覺得有趣。以後需要的時候跟我說一聲，我可以幫忙。」
「謝謝太太……」
阿豐露出微妙的表情。伸子察覺，笑著掩飾過去。
「不過像我這種成天不在家的人，也無法倚仗呢。」
五、六條四盎司的毛線在伸子的手腕繞成小環的時候，佃從房間叫人了。阿豐急忙行禮，挪膝靠近，取下毛線。
佃坐在書桌前。
「怎麼了？」
「有點事。」
「什麼事？」
伸子站在書桌旁看丈夫。佃腳上裹著毯子，在椅子上仰起上身，直盯著伸子看。他眉頭深鎖，額頭擠出皺紋，眼神悲痛地繼續看著，執起伸子垂下的手。佃的那種表情，讓伸子總有些坐立難安。
「到底是有什麼事？」
「今晚我有重要的話要跟妳說。」
伸子縮回佃拉過去的手。
「那等我一下。」
伸子去隔壁房間搬椅子。她一邊走著，同時感到期待與無法捉摸的不安。佃到底要說什麼？

「再搬過去一點。對，那邊，謝謝。」

伸子把椅子放在佃的斜對角。

佃沉默地交抱了手臂半晌，但不久後從一旁取出摺成四摺的懷紙[38]，遞給伸子。

「或許妳不想看到這種東西——昨晚我咳出來的。」

伸子打開一看，渾身毛骨悚然。她先蓋了起來，又重新細看。紙間是泛黑的粉紅色血跡，就彷彿花瓣破裂的大朵牽牛花押花。

「什麼時候的事？昨天晚上？」

「洗完澡，回來這裡後，總覺得想咳嗽，咳出來一看，竟是這樣。」

「今天呢？」

「今天沒事。」

伸子把紙放回桌上。

「真是奇怪，總之得安靜休養才行。為什麼不告訴我？這種時候喝鹽水有用，如果當下立刻喝的話……」

佃又牽起伸子的手。

「長久以來，我一直勉強自己的身體，我想我一定不長了。回到日本後，我就知道一定會有這麼一天，只是沒想到竟能撐到今天。我知道妳過得很苦，但我希望起碼在我還活著的時候，因為也沒有

38 譯注：對半摺起，隨身攜帶的和紙。可做為便條紙、手帕、衛生紙等使用。

多長了，想要和妳一起生活，所以才那樣勉強妳。但我已經沒有權利再阻止妳了。請妳自由吧。我再也不會挽留妳了。」

目睹的事物，某種程度震動了伸子，但佃說的話聽起來實在過度感傷了。她正這麼想，佃更將伸子的手連同她整個人拉過去，傾訴地說：

「真的不用顧慮我。若不是這樣，不必妳主動提出那種要求，我也不會想要把妳強留在身邊……」

伸子依舊沉默著。

「啊啊。」

佃注視了伸子良久，終於嘆了一口氣，靠到椅背上。他不勝感慨地搖著頭。

「這一天終究還是來了……」

佃說的話，總教伸子沒有真實感。她極明確地認為生病是另一個問題，佃所說的因為病了，所以伸子可以自由離開的提議，總有一種矛盾的、悲壯感驅使下的急躁感。

「可是，也不必一下就想到那裡去吧？而且就算生病了，也還不清楚是什麼病——」

伸子反而有了安撫他的心理餘裕，甚至露出笑容。

「萬一發現是你搞錯了，事後又吵著要反悔，那該怎麼辦？」

「絕不會有那種事，我自己很清楚。」

「你仔細想想，」

不知不覺間，伸子連同衣物一同按住了佃的手臂。

「就算是女傭，也無法丟下生病的主人離開的。做不到的事，最好不要拿出來說。」

「不是做不到。」

「怎麼會？難道你真心認為我會開開心心地照你說的去做？總之，還不到需要這樣誇張的時候。明天請津山醫生過來看看吧。」

這是很奇妙的感情。伸子有時候甚至想要殺了佃、想要逃離這段關係、認為如果能夠逃離他，不知道會有多令人開心，這時卻對他湧出像是悲傷的喜悅般的感情來。她靜靜地說：

「沒有人知道什麼才是幸福……因為我們這陣子真的很窮困——我是說我們的心。所以不管是什麼事，只要有那個心，或許都能有所助益。」

伸子忽然想，佃的病或許可以改變生活的目標，讓兩人的心境也因此出現變化，使彼此的生活不期然地開創新局。起碼兩人有了要治好疾病的共通目標——

伸子反而有種被激勵的感覺，她挪開椅子。

「你的病一定沒什麼的，不過還是趕快休息吧。」

佃整個人無精打采，照著伸子的話躺下了。

「喏，打起精神來！不能像過去的人那樣思考。真要生病的話，就得去向水野先生求教才行。」

水野是佃在紐約認識的高等工業的教授。他到紐約研究染色的期間，染上肺病，嚴重咳血，立刻住進哈德遜河對面的療養院，過了一年的模範療養生活，整個人康復了。十月中旬水野回到東京來時，伸子第一次被介紹給他。當時水野由於用久違的日語談天的開心，以及完成一項事業的人無比的滿足，一整晚向兩人述說自己的疾病和最新的療法及過程。

伸子回想當時聽到而依稀記得的叮嚀，將湯婆子放入佃的鋪蓋中，火缽則搬出房間。她一邊打點著，回想起水野彷彿受到那景色安慰般的追憶口吻：

「庭院有一叢樹莓，積雪的時候，就成了知更鳥最好的遊樂場所。」

5

伸子回到自己的書桌，寫信給津山。

「昨晚外子咳出帶血的痰，憂心忡忡。請務必來為他診療一下。」

她叫來阿豐。

「明天早上九點把這封信送去學校，要帶回函回來，千萬別誤了事。」

津山是佃任職的學校校醫。

伸子心想明早有事要忙，當晚也早早就寢了。佃睡得很熟，發出細微的鼾聲，伸子進去也沒吵醒他。

躺下來一看，伸子明白她自以為平心靜氣，其實心底亢奮極了。她為了不讓丈夫沮喪，說得好似不清楚是什麼病，但她幾乎毫不懷疑，猜想應該就是肺癆。佃說過，他自二十多歲便患有痔瘻，腸胃也一直都不好。佃出生的故鄉，是那種疾病數量最多的縣。但症狀看上去並不嚴重，而且他都已經四十了，不可能會再突然惡化。伸子以片斷的知識做出大略的結論。

不過，為何自己並不覺得這是突來的不幸？伸子疑惑極了。她躺在黑暗中，像這樣聽著他睡著的呼吸聲。沒有值得大驚小怪的特殊驚奇，也感受不到激烈的悲嘆。同時，伸子注意到兩人之間那樣根深柢固的爭執，即便僅限於今晚，也好似消失無蹤了。處於中和的狀態。是因為即使除掉夫妻這樣的關係，做為一個人，佃仍需要健康的自己的幫忙嗎？

Pity …… pity akin to live ……

這些詞句就像仙女棒的火光般亮起又消失。伸子想到他隱瞞這個事實一整天的心情，心中一陣寂然。

伸子翻了個身。佃好像也對著這裡。夜晚寒冷的空氣中，伸子感覺到他吐出來的呼氣在兩床被褥中間，與自己的呼吸交融在一起。這感覺喚醒了伸子異常敏銳的意識。她忍不住屏息、驚愕，在黑暗中睜大了雙眼。她吐出無意識之間屏住許久的呼吸，無法再對著那裡自然地吸氣了。伸子盡可能輕聲地在被窩裡重新翻成仰躺。她對自己感到啼笑皆非。

早上的時候，伸子做了夢。

佃說他咳血了，因此自己正在打電話給醫生。不知道是哪裡的電話，只能感覺到握住話筒的掌心觸感，並一清二楚地看見送話口反光的鎳金屬。借電話的人家的女傭穿著條紋和服站在一旁。自己不想讓無知的女傭聽到佃咳血的事，踮腳對著送話口，拚命地說：

「佃咳blood了。」

然後伸子醒了。就連醒來後，舌頭仍異樣真實地殘留著刻意發出blood的音的感覺，這令伸子一陣悲傷。

津山在一點前過來了。佃詳細說明症狀。完全是醫師與病患的態度。

「你一定很擔心。但必須長時間說話的職業——就像我們，常會出現這種症狀。即使不是肺結核也一樣。而且如果照X光，十個人裡面，有七、八個人都會有白影。也就是說，人們都是在不知不覺間染上結核，又在不知不覺間好了。別看人這樣，人體是很精巧的。」

津山以紅潤但似乎神經質的動作取出聽診器。

「我來聽聽看吧。」

佃無比嚴肅地脫下襯衫，露出胸部。胸廓寬闊厚實，看起來一點病都沒有。

「骨架很結實呢。」

做為精神療法，醫師以指尖觸摸著佃的皮膚說。

「喏，你的皮膚像這樣看起來，脂肪充足，膚色紅潤，也富有彈性。這要是真的肺結核，無法這樣健康的。」

「深呼吸。淺呼吸。」

「再深呼吸一次。」

伸子在一旁看著，由衷可憐起丈夫來了。他照著津山的指示，正經八百地抬起眉毛，深深吸氣，接著小心翼翼地輕輕呼氣。無論什麼樣的場合，伸子都不曾見過他如此認真、全力以赴過。原來他也是想活下去的。這才叫正直。伸子的鼻子深處一陣酸楚。她去拿洗臉盆過來，佃已經在穿衣服了。

「怎麼樣？」

津山將聽診器拿到不起眼的地方，用散發酒精味的小塊脫脂棉擦拭著，應道：

「聽不出什麼異常，只有左邊有一點——真的只有一點點，好像雜音的聲音，但這點程度的雜音，任何人都可能暫時會有。」

佃從今早開始就百般呵護自己，連說話都不肯用力出聲。光是聽到津山的診斷，就讓他生龍活虎起來。

「謝謝。因為咳出紅色的痰來，我真是嚇到了。」

「是啊，外行人都會嚇到。不過這樣反倒能夠放心，因為可以提早發現問題……」

伸子本想請醫生洗手，忽然想到……

「不好意思，可以請醫生也順便幫我檢查一下嗎？」

伸子也很健康。津山說明天會和K醫院的呼吸專科的醫生再過來一趟。

「看吧！就跟我說的一樣。」

伸子送醫生離開後說。

「不，還不清楚，得讓專家看過才知道。」

「看你……」

伸子笑道。

「像個歇斯底里的千金小姐！非要病情嚴重你才開心嗎？」

然而那天晚上拉起蓋被，準備入睡時，佃又咳出了一點血。這對他在精神上的打擊更大，他面無血色，冰冷的四肢不停顫抖。

6

星期日，伸子去了動坂的娘家。

門口停了一輛車。伸子在玄關問：

「有客人來嗎？」

「須田家的小姐們來玩。」

「爸呢？」

「在見客。」

「啊，不在一起嗎？」

暖爐旁圍著須田家的三個孩子、伸子三個弟妹和母親。他們看到毫無預警地進來的伸子，全都異口同聲地歡呼：

「哇！」

「午安。妳來得正好，我們一個小時前剛來的。」

「真是太巧了，我們才在說要不要打電話叫妳呢。」

「這樣啊。有一陣子不見了。」

伸子脫著手套，和表妹們打招呼。

「好久不見了。上次見面，是小準結婚的時候呢。」

「因為小伸都不來玩嘛。」

伸子加入坐下，豔子穿著漂亮的深黃色毛線衣從隔簾走了出來。

「姊，今天晚上會在家裡過夜嗎？」

「不確定耶——。小豔，今天怎麼穿得這麼美？那件毛衣哪來的？」

「小鈴打給我的。」

「好美的顏色。小孩子穿那種顏色也很棒呢。」

「豔子頭髮很黑，所以很適合。小豔要送什麼回禮給人家？」

豔子想了一下，害羞地答道：

「我也打一件給她。」

結果保驚訝地回頭說：

「咦？妳要打毛線？我看過豔子編的袋子，慘不忍睹。那個紅色的袋子小不拉嘰，還坑坑洞洞的。」

眾人都笑了出來。從高窗可以看見結霜的交讓木樹梢，景致十足冬季的星期日，一派悠閒。

聊了約三十分鐘後，伸子問母親：

「我回來是有事要問爸。客人要很久嗎？」

「這個嘛……」

多計代看看時鐘。

「咦，已經坐了兩個多小時呢，應該快了吧。好像是公司那邊的客人。妳今天留下來過夜吧，就這麼辦。」

伸子吃著蒸壽司說：

「今天沒辦法，家裡有病人。」

「咦？」

多計代意外地問。

「佃先生病了嗎？」

「他不久前就一直躺著休息。」

多計代不當一回事地喃喃道：

「又是壞肚子吧。還是老樣子，身體那麼差。」

「這次不是肚子啦。」

這時父親進來了。

「啊，你們來了。」

伸子等人全站了起來。

「午安。」

「舅舅好。」

「午安！」

父親讓眼鏡滑到鼻頭逗趣地說：

「天哪不得了！我們家的孩子變成兩倍了！分不出誰是誰了！」

笑鬧平靜下來後，伸子問父親：

「爸，以前你看過一本不錯的西式床鋪的目錄對吧？那還在嗎？」

「唔——找找看應該有。妳要買床嗎？」

「我想要一張。」

「一張？」

佐佐撥著暖爐裡的火反問。

「既然要買，當然要買兩張吧？西式床鋪有益健康喔。我們家也是，要不是頑固的老太婆不肯，早就換成床鋪了。」

伸子想快點解決回娘家的目的，沒有湊趣，接著說：

「佃有點不舒服，他睡在榻榻米上，我走路要特別小心，所以想要買張床給他。目錄在哪裡？書桌嗎？」

父親跟著伸子一起到書桌來。

「不是那邊，應該在那邊裝訂的冊子裡。妳找找看B那邊。」

兩人找到目錄，穿過在玩鑽石跳棋的孩子們旁邊，在暖爐前相對而坐。父親看起來很擔心。

「佃到底是怎麼了？一直很不好嗎？」

伸子依照預先想好的劇本，輕鬆地答道：

「他好像太勉強自己了，喉嚨裡頭出了點毛病。醫生說只要休養個一學期就會好了。」

伸子感覺母親在另一頭以看透一切的表情聽著她的話。

「這樣不行。找的醫生可以信任嗎？」

「爸應該也認識，是K一個姓芹澤的醫生。」

伸子翻閱目錄，打電話去店裡，店家說星期一可以送到。佃在第三次的精密診察後，發現就像第一次察覺的疑點，左肺有輕微的浸潤。但伸子打定主意，非到萬不得已，不會將他的病況詳情告訴父母。她正準備回去，女傭來叫：

「夫人請小姐去暖桌那邊一下。」

伸子直覺母親要說什麼，滿心不願意。她萬分勉強地打開紙門，多計代在暖桌邊坐下，只把頭轉向她說：

「好像快下起陣雨了呢。那邊實在太吵了，所以叫妳過來這邊，有點話想跟妳說。」

伸子跪坐下來，把膝蓋伸進暖桌裡。

「是關於佃的病。真的不礙事嗎？」

「媽是指什麼？」

「不單純是喉嚨的毛病吧？」

「為什麼這麼問？」

「他之前有一次來，那臉色實在太不尋常。」

伸子覺得有義務讓母親安心一些：

「反正都不需要太擔心。看我這麼活蹦亂跳的，不就是沒事的證據嗎？天氣就要轉涼了，所以才特別鄭重其事罷了。」

「妳的活蹦亂跳才不能當真。不過真傷腦筋，所以怎麼樣？真的休息一學期就可以復原了嗎？」

「大概。」

伸子神情陰沉地笑。

「畢竟是人，說不得準。」

「不過，如果佃有結核，卻瞞著跟妳結婚，未免太罪惡了。」

「就算真的是結核，也不是以前就有的吧。這樣想太過分了。」

「妳也是，難得身體健康。再怎麼說，身體就是資本啊。告訴他故鄉的父親了嗎？」

「還沒有這個必要啦。」

「可是總是……」

伸子推測是在說錢的事。

「真的沒事啦——」

伸子掀起暖桌蓋被。

「那，今天我先告辭了，謝謝媽。」

「這樣啊。」

多計代依依不捨，也跟著要起身。

「妳真的要多小心啊。萬一連妳都染上怪病，家裡可不許妳進來。」

就要離開房間前，多計代諷刺地喃喃：

「不過對那個人來說，生了病反倒好吧。變成這樣，就算叫妳走，妳也不可能會離開了……」

伸子聽了氣不過，卻覺得被母親一語道破。

7

伸子端著放有沉重湯碗的托盤，安靜地打開紙門。

室內因為沒有任何炭火，空氣清新涼爽。亮麗的陽光穿過玻璃窗照射進來，床鋪的金屬零件被照得燦爛生輝。

「這裡真舒服，感覺腦袋都清醒過來了。」

沒有回應。伸子暗想不好，縮起了脖子。看來佃還在睡。

伸子一下變得躡手躡腳，走近枕畔，無聲無息地將托盤放到旁邊的小几，探頭看枕上。佃並沒有在睡。他仰躺著注視天花板。嘴唇緊抿，以眼皮僵直般的眼神注視著一點。伸子奇怪他在看什麼，也跟著抬頭看了一下天花板。

「怎麼了？」

「……」

「你在睡覺嗎？」

佃的眼珠緩慢地移動到伸子的臉上，露出悲痛、傾訴的眼神，看著精神奕奕地站著的伸子。

「我沒在睡。」

那語帶責難的口氣，讓伸子這才注意到她先前看不到的佃另一側的手上拿著小開本《聖經》。看到那東西，伸子感到難以解釋的不愉快。丈夫臥病以後，她屢次目擊到這樣的情景，每一次都有同等新鮮銳利、席捲全身的不快湧上心頭。即使得的是慢性腎臟炎，佃也一樣會一手拿著《聖經》，露出這種表情嗎？回到日本後，平時根本不讀什麼《聖經》的佃，把自己當成了全世界最不幸的人，陰慘地把弄著《聖經》，這讓伸子覺得既淒慘又可恥，難忍極了。伸子克制自己的感情，裝作視而不見，勸佃喝湯。

「來，趁熱喝吧。要是涼了，畢竟不是出自大廚之手，味道就難以入口嘍。」

佃從床上坐起來，那眼神就像要抗拒伸子的明朗。他默默拿起湯匙，義務性地啜著湯，不時抬起神經質的白眼看旁邊的伸子。

伸子覺得彷彿受到毫無來由的詰問，侷促極了。

「怎麼了？不舒服嗎？」

「沒有。」

「那就打起精神來喝吧，好嗎？你已經進入康復期了，沒必要那麼沮喪。平常心才是最好的。」

「謝謝……很好喝。」

佃把湯碗還回去，用餐巾擦了擦嘴說：

「真教人同情……妳那麼健康。」

「怎麼說？」

「我——這個樣子……」

「你是說生病的事嗎？」

佃沒有回答，而是重重地嘆息。

「比起生病，每個人當然都希望能健康，但既然生了病，那也是無可奈何的事，只能好好養病，快點好起來。生病是不要緊——怎麼說……」

伸子留意不讓話聽起來像挖苦。

「該說是心態嗎？為什麼不把這種病當成其他的內臟疾病一樣看待呢？既然沒有危險，就應該切換思考，覺得反而因此聰慧了些[39]，是因禍得福呀。」

「總之，幸福的人不會得這種病。」

這回是伸子懷著混濁的恐懼，緩慢地俯視佃……這是某種陰暗的啟示。伸子認為丈夫的病就是病，但佃並不單純地這麼認為。他是在說，因為伸子不願安於生活，折磨著他，所以他才會得病。

伸子端著湯碗，默默地站著。她的內心一片沉靜，就彷彿認清即使走到了這裡，依然無路可逃。疾病並沒有足以讓心與心彼此搏擊的無聲爭執平息下來的力量。

丈夫現在病了，因此她天經地義地照顧、撫慰他，但說到底，這代表了伸子果然還是接納他的，不是嗎？同樣地，佃在內心也不斷地像這樣在責問著伸子嗎？

伸子懷著黯淡的心情走到廚房，默默地將空碗遞給女傭。

伸子為佃調整枕頭，漫不經心地與他說話時，有時會忽然想起這件事。她的心赫然睜大眼睛，照亮了貌似輕鬆交談的兩人心底可怕的黑暗。伸子忽然難受起來，嘴唇發僵失語。自己如此悉心看護著佃，也不是出於愛情，而是因為不希望自己是個冷酷的人，也就是出於自我滿足。甚至有聲音這樣在對她說：如果妳是個更真誠的人，就應該會一腳踹開這樣的假仁假義。

就連完全自然地想去做的單純行為，感覺都變得莫名偽善，伸子懷著苦澀刺痛的心，匆匆處理完做到一半的雜務離開。她知道佃只會把自己這樣的態度當成是她喜怒無常、嫌麻煩。伸子覺得悲傷。如果自己是佃，一定也會恨她。這太令人難過了。

某天傍晚，伸子在自己的房間待了一陣。留意到時，整個家莫名地寂靜。她稍微豎耳聆聽。安靜得就好像只剩下自己的房間，周圍全消失了一樣。伸子不安起來。她用身體推開椅子，起身打開隔壁房間的紙門。立燈亮著，床上的被子隆成人躺在裡面的形狀。沒有任何異狀。伸子自覺好笑，不知自己怎麼會如此不安。自己的影子大大地投射在床腳牆壁上，她走進房間裡。然而看到丈夫的模樣，她說不出話來了。

他在讀《聖經》。伸子清楚，不管他是出於什麼樣的心態在讀，是要歡樂地讀，還是沉浸於感傷地讀，自己都無權置喙。但世上有些行為，就是會惹惱別人。譬如同樣是吃東西，有些吃相就是教人看了無明火起。佃到底想要用那《聖經》叫自己明白什麼？

伸子俯視著佃。他應該知道伸子在看他，也知道那視線中帶著打量的強烈感情，卻連一根睫毛都沒有眨動。那頑固的凝視不肯從腳下的牆邊離開。伸子漸漸忍無可忍了。她發出低沉、壓扁的聲音說：

「把它給我，拜託……」

---

39 譯注：十九世紀，結核病被視為是浪漫美好的疾病、天才病，許多西方及日本作家、藝術家都患有結核病，此病甚至被視為文思靈感的來源，受到極大的美化。

她說著，伸出手去。

「……」

佃伸出被子外拿著《聖經》的那隻手，又將書重新拿好，拇指用力到連指頭都彎曲了。伸子無法克制狂暴的情緒了。

「給我。」

佃不肯聽從。

「給我！」

啊，自己到底想要做什麼？這樣對佃的身體不好。可能會演變成不堪設想的狀況。就狠下心來，狠下心讓它變得不可收拾吧！佃蒼白的臉瞪著伸子，手或上或下，不肯交出《聖經》。伸子認真起來要搶。追逐的過程中，伸子害怕起他們自己來，淚水不住地流。

「叫你給我！只要給我就沒事了啊！」

伸子搶到《聖經》，一把砸在床底下。兩人都哭了。

8

二月下旬，佃的健康狀況幾乎已恢復如常，只是沒有去學校上課，早上在床上躺到很晚，晚上無法外出而已。

冬季枯寂的庭院不知不覺恢復生機，看著密集的樹枝等等，微帶光澤的枝椏和鼓起的新芽，讓人感受到溫柔的早春氣息。是這樣的某一天。
佃在水井旁邊修補木門。他全身裹得厚厚的，彷彿滑雪戴的毛線帽直蓋到耳朵，那模樣看上去就像個五十好幾的老人。
「你可以那樣使力嗎？我來敲吧。」
「這點事不算什麼。替我拿一下鐵絲。」
伸子就要走去儲藏間。
「啊，還有幫我看一下時間，錶在桌上。」
伸子拿來一捆鐵絲和鐵絲剪回來。
「再十分鐘一點。」
「已經這麼晚了？那得趕快準備了。」
佃急忙將手上的工作收尾。
「你要出門嗎？」
「嗯，妳也準備一下。」
「太突然了吧。」
伸子看著別處笑道。
「既然這樣，怎麼不早點告訴我，好讓我準備？萬一我得花兩個小時打扮，你怎麼辦？」
佃洗過手，到伸子換衣服的房間。
「穿和服吧。」

「穿和服？可是和服只有平時穿的，到底要去哪裡？」

「沒關係，就算不用換衣服也不失禮。」

「到底是哪裡？」

「去就知道了。」

「動坂嗎？」

「不是。」

「是可以直接去的地方嗎？好玩的地方嗎？」

「唔——應該吧。」

伸子為丈夫準備布襪等等，腦中搜尋各處可能的目的地。

「欸，告訴我第一個字就好了，我來猜。」

「去了就知道了。」

他們婚後從來沒有過這樣的事。佃不是那種會起勁去做什麼，或是會計畫給對方驚喜的人。即使出門去別處，也從來不會忘記在預定的時間回來，因此真的很難得。

兩人去附近搭電車。

「到本鄉……肴町。兩張票。」

肴町……伸子坐在佃的旁邊，眨著眼睛思考。兩人的人際圈子很小，會一同拜訪的地方，絕對不可能多到想不出來。肴町——伸子忍不住說：

「啊，我知道了。我知道要去哪裡了。」

佃對著正面，在外套底下交抱著手臂反問：

「哪裡？」

「不過，還是不確定……我猜是阪部先生那裡……他現在在東京吧？我記得他是不是下榻在大學正門附近……？」

佃模稜兩可地笑。

「那就當作這樣吧。」

阪部在地方大學教授植物學，是兩人的好友之一。如果他來東京，就一定會見面。

不出所料，電車來到大學正門前，佃便站了起來。

「下車吧。」

然後他頭也不回地走進水果店旁邊。某家西餐廳前站著穿白衣、繫白圍裙、戴著大廚師帽的廚師，呆呆地看著他們。稍前方的神社前有賣氣球的小販。伸子懷著複雜的心情，走過寧靜的午後街道。夫妻，或是人的生活，是多麼地奇妙啊！不久前的夜晚還那樣大哭的兩人，現在卻像這樣走在一起。丈夫毫無前兆地帶自己去拜訪阪部的用心，讓伸子生出某種體恤。

從本鄉台前往小石川的下坡右側，有一道門掛著中古招牌，寫著「房間出租」，佃走進那裡。他對撩起裙襬夾在腰帶間經過的女傭出聲：

「阪部在嗎？」

「在，請進。」

女傭觀察著伸子，拿出兩雙拖鞋。佃不等帶路，逕自繞過中庭，走過走廊。

「咦！原來你早就偷偷來過！」

就好像被這聲音引出來似地，阪部出現在走廊轉角柱子處。

「嗨。」

「歡迎歡迎，快請進。」

阪部的房間可以從窗戶俯瞰坡下的樹木和屋頂，十分僻靜。伸子坐在那扇窗戶旁。

「這房間很不錯，不太像出租的地方。」伸子說。

「我以前還是書生的時候就跟這裡認識，這裡的老爺子對我特別關照。」

阪部自己泡著茶，問佃：

「怎麼樣？復原得都順利嗎？」

「嗯，我自己是覺得沒事了，但還是忍耐到三月過去吧。不過就是掛念不下。」

「哈哈哈，這就叫上班族習性，該上班的時候休息，休息的時候就無法真正休息了——噯，可以休息的時候就該盡量休息，養精蓄銳。」

只有對阪部，伸子可以暢所欲言。

「我說阪部先生，今天有什麼特別的好事嗎？」

「為什麼這麼說？」

「因為，你們兩個早就約好了對吧？」

「真敗給妳了，哈哈哈，但就算現在再來想些特別的名堂也來不及了。請妳吃晚飯，就這樣饒過我吧。」

阪部以眼角堆著細紋的雙眼皮眼睛細細地端詳伸子。

「妳還是一樣，看起來很好。」

伸子垮下肩膀，撇下嘴唇。阪部就像識破了她的感情，立刻搶著說：

「不，妳看起來真的精神很好。一切生物，有精神才是自然的。真正的精神從某些角度來看，就像反映出某種神聖的上天力量。」

去年夏天，佃剛好去關西旅行時，伸子從動坂的娘家定期上醫院的期間，阪部剛好來到東京。他在赤坂的家聽女傭說明兩人的去處，拜訪動坂。伸子把他也介紹給父親，三個人一起用晚飯。當時他們談笑風生，主要聊著在C大學就讀時的回憶。

伸子笑道：

「那個時候，你也不是現在這樣的大家。當時你真的很拚命呢，喏，還把長滿了黴菌的蘋果當成寶似的！」

「是啊。」

阪部用觀察顯微鏡那種筆直而平坦的視線端詳了伸子的臉片刻，突然說：

「妳——這樣問或許失禮，不過，妳幸福嗎？」

對方的話彷彿冷不防射中伸子痛苦的心胸。但她出於某種羞恥，笑著說：

「我的細胞有出現什麼那類變化嗎？」

「……一切經驗，對妳應該都不會是白費吧。那就好。嗳，總之也只能盡人事了。」

伸子仍然笑著，一汪熱淚卻忍不住泛上眼眶。從來沒有人像這樣對她說這種話。

現在見到阪部，伸子再次想起當時的心情。

「說到今年不會下雪——」

阪部蜷起穿著和服看起來判若兩人的背，從桌子底下取出一本厚紙夾。

「這次回來，也是為了印刷這些。」

伸子將糕點缽和茶具挪到一旁。

「專門的部分解釋起來有點麻煩，簡而言之，就是以照片來說明要點而已。首先這個，怎麼說，算是序論嗎？」

那是一棵樹的照片，看起來像櫻花樹。樹木筆直挺立，枝椏朝左右舒展，開滿了花。伸子和佃默默地看著。

「然後是這張。」

「是暴風雨之後嗎？電線斷了，房屋也倒塌了。」

和阪部在一起時，也是聽多於說的佃問。

「這裡是哪裡？好像是滿洲一帶？」

「對，是北滿洲。很慘吧？每年到了某個時期，就會颳起季風，這張照片就是在顯示那季風的強烈。」

下一張照片是好幾棵大樹的樹梢全部往同一個方向彎曲，另一側全禿光枯萎了。

「妳看得出關聯嗎？」

伸子覺得有趣起來。她專注地比較，高呼：

「啊，我懂了！我懂了！」

「還有……」

六張照片顯示出由於每年的季風，滿洲某地的樹木無法健全成長，呈一定的法則變得畸形。阪部就是在研究它的過程。

「這是從之前就一直在蒐集的材料吧？」佃問。

「大概近十年有了吧。」

「……不過同樣是研究，你的容易多了。我的就無法徹底進行。因為必須要digging out（挖掘）相關事證。」

「在日本沒辦法做你那研究嗎？」

「窮忙啊，得賺錢糊口才行。」

仍反覆研究照片的伸子說：

「每個人都一樣要賺錢糊口。十個人裡面有九點九個人都是。」

「妳說的沒錯。」

伸子突然插口，似乎令佃不悅。

「但以我的研究，也沒辦法做老師。」

「就算要教授自己的專門領域，也不輕鬆啊。必須總是跟程度比自己低的學生打交道。而且真正的研究工作還是不一樣的。反而是教授其他學科，將本職的研究分開來，持續鑽研，或許才有純粹的樂趣。」

「時間實在不夠啊。」

「你有幾個鐘點的課？」

「十一個。」

「那樣還好啊。」

「但我的研究，光是查個字詞，別說一天了，有時候甚至耗掉三、四天都沒有收穫。」

任何領域的研究，只要是專注投入，伸子都會受到那種熱情的刺激。阪部展現出無論如何都要做出成果的努力，然而丈夫卻只會抱怨自己的研究，這觸怒了她可以說是研究精神的心性。

「說得好像不能做研究，是阪部先生的責任一樣……」

就連伸子都未曾預期地，夫妻間糾結不清的積鬱也攙雜了進來。

「就叫你照我說的去做就好了。這樣一來，就不會那麼複雜，一下要拿學校當研究的藉口，一下又拿研究做學校的藉口了。」

「真的很複雜，哈哈哈。」

阪部打圓場地笑了。

「伸子小姐說的作法是什麼？」

伸子以表面上的快活，沒什麼地說：

「我向他提出一個很棒的建議，說明明做丈夫、做妻子沒有任何好處，卻彷彿保住體面才是最有意義的一樣，實在教人受夠了，所以希望我們能各自回到過去學生的身分。這點子很棒吧？然後兩人發揮各自真正的能力，全力以赴……」

輕鬆地開口，結果卻愈說愈沉重，伸子的表情悲傷起來。她很清楚佃把她帶來這裡，不是為了讓她說這些。如果丈夫不在這裡，沒有看到他的臉、聽到他的聲音、看到那咯吱扳動的指節，自己一定也不會說出這種話吧。這一點尤其令伸子苦澀。她沉默了。

「這實在很難。」

佃帶著嘆息說道。

「因為我們各有各的志業。」

天色漸漸暗了下來，阪部點燃房間的火缽。

「如果只是志業，你們彼此從一開始就了解這一點，應該不算什麼問題吧？看來這是更根本的問題。根本是很重要的。」

阪部沉思了一陣。

「我又要拿植物來比喻了，怎麼說，特定的草木能夠生長的地點——在最自然、最好的狀態下，是固定的。不是只要有地面供其生長就可以——某些草只能在北緯某度的地帶生存，或是只能生長在赤道附近。放進人工溫室，或是利用其他方法，也是可以讓它們維持不至於枯萎。但可悲的是，靠那樣維持存活的植物不會結果，無法繁殖。這是最可怕的一點。人也一樣，無論處在什麼樣的境遇，某程度上都還是可以維持生理學上的生命吧。但不是生長在真正需要的土壤，就無法結出果實。雖然這是理想論，但怎麼說，若是能夠，人最好能為彼此打造或是提供那樣的土壤。既然談到這話題，我也就直說了。你們兩個，也不必那樣勉強硬塞在尺寸不合的小盆栽裡，彼此推擠地活著吧。」

佃從齒縫間擠出話來。

「或許理想是這樣。但我做不到，不是那樣的。」

「做不到什麼？伸子小姐說的那種作法嗎？」

「對。」

「……我倒是覺得，讓想要展翅飛翔的鳥兒盡情飛翔，也是很爽快的一件事。」

伸子感覺阪部明顯對自己懷有好意，在為她說項。她被打動了。阪部的好意令人開心，但被他看似居高臨下地這樣說，卻教人痛苦。

「好了，別說了，這不是該用爭論來決定的事。抱歉把你牽扯進來了。」伸子說。

三人聊到五點。

「難得見面，一起去吃個晚飯吧。」

「我現在的身體，晚上還不能勉強，今天就先告辭了。下次你到我家來坐坐吧，在家的話，奉陪到幾點都行。」

來到走廊時，阪部停下腳步。

「啊，等一下，我有東西要給妳。」

阪部要求拎木屐過去，走下中庭。回來的時候，他的手臂浸溼了三、四寸，都凍得通紅了。

「那是什麼？」伸子問。

「毬藻，東京難得一見的玩意兒。」

阪部在玄關的木板地房間，要櫃台給他幾張紙，將那彷彿以天鵝絨做成的圓形綠藻包起來遞給伸子。

9

伸子手撐在簷廊上，看著高玻璃瓶裡面。阪部送她的毬藻沉在瓶子的水中。

「總覺得顏色好像愈來愈糟了，一直沒有浮上來。」

「是嗎？」

「這樣營養真的夠嗎？」

「不知道……」

停頓了片刻，伸子問：

「阪部先生什麼時候要出發去南洋？」

「還要一、兩個月吧，應該也還沒有完全決定。」

伸子將換了水的玻璃瓶放在陽光下。

「……你覺得阪部先生怎麼樣？」

佃的表情變得審慎，像要讀出伸子這個問題的真意。

「在你的想法，是怎麼樣？」

「唔，就跟以前一樣吧。」

「你的看法跟以前都沒變嗎？」

佃以意外的、責備的眼神反問：

「為什麼這麼問？」

伸子感覺前些日子一起去拜訪阪部後，有部分友情出現了變化。這讓她為三人感到遺憾，也覺得有一半責任在自己身上。她想要對佃挑明這件事，若是有任何不快，希望他傾吐出來。

「真的就跟以前一樣嗎？」

「怎麼可能不一樣？」

四月的新學期起，佃開始去上課了。

第一天上班的早晨，伸子站在後面看著他一身和去年年底相同的服裝，穿上皮鞋的背影，百感交集。不管對佃還是對伸子，佃的病都只是一時的、而且只是單純的生病。只是病好了，又變回了原來的他。穿著熟悉制服的原本的他。變回只是看到那模樣心底就會湧起暗潮般的悲傷與嫌惡的他⋯⋯

「路上小心。」

伸子行禮，卻無法立刻當場重新站直。

對丈夫的愛恨交加、翻來覆去的感情，又在伸子的心中死灰復燃。她無論身在何處都感到痛苦，因此四處徬徨，尋找心靈休憩之處。

伸子經常回動坂的娘家過夜。

一天，佃打電話給回娘家的伸子。

「妳明天可以回來嗎？阪部說他二十八日終於要出發了，想和他一起吃個飯。」

隔天，三人一起出門吃晚飯。已經完全進入初夏了。夜空裡，行道樹柔軟的嫩葉在微風中飄動。

三人忘了前些日子有些尷尬的道別帶來的隔閡，愉快地談天散步。這天晚上，伸子回去赤坂。
早上起身一看，昨晚還看得到滿天星辰，現在卻下起了濛濛細雨。阿豐在雨中也不撐傘，看著池塘。
「怎麼了？」
「有隻金魚有點奇怪。」
「怎麼奇怪？」
「今早起來一看，有隻金魚游得特別吃力，其他金魚在後頭追趕，我本來以為是那魚病了，其他魚在扶持牠游，結果不是，是在欺負牠呢。」
阿豐在水上拍手。
「看，又來了！噓！噓！」
「怎麼會欺負同伴呢？真可憐。」
伸子也來幫忙，想要把虛弱的金魚隔離開來，卻找不到網子。
「這些動物真奇怪呢。前些個夜晚，我看到有隻狗被車撞，汪汪叫著逃走，一樣有一大群其他的狗追著咬上去呢。」
就在這時候，伸子發現這陣子應該都放在簷廊的玻璃瓶不見了。
「咦，那個瓶子呢？」
「哪個瓶子？」
「裝那個綠球——喏，前些日子我才用剪刀修剪過的圓形綠藻的瓶子啊。」

過了約三個月的時候，毬藻逐漸失去一開始的青翠色澤，拿起來觀察水中，發現綠球周邊有許多像水垢的東西。前陣子伸子從娘家回來時，說：

「這樣不行，開始枯了，幫它修剪一下好了。」

她要阿豐幫忙，細心地去除毬藻表面的老廢物質。

「是這個嗎？」

一會兒後，阿豐一副有了挨罵的心理準備的模樣，拿出一個乾燥的空瓶來。

「毬藻呢？不見了？」

「前些日子，老爺把它倒進水溝裡，是把它丟掉了嗎？」

伸子沉默著，看著阿豐拿在手上、模糊地反射著雨天的玻璃瓶。

「算了。」

阿豐就要開口道歉。伸子知道錯不在她身上，匆匆離開去洗臉了。

——伸子很喜歡那顆毬藻。不光是因為阪部向她說明那種珍奇藻類的生態，也因為它本身的形狀色澤惹人喜愛。如果這是別人送給佃的，他應該不會這樣平白丟掉。這麼一想，伸子覺得可惜，甚至為有生命的毬藻感到哀傷。昨晚佃對此隻字未提。明明伸子對阪部提起毬藻的狀況愈來愈不好。

兩點多，伸子出門去丸善。昨晚阪部說他今天會去丸善訂參考書。

「丸善，我也想去看看有什麼書。」

結果佃說：

「妳要去的話，跟杉說一聲，之前送來的書裡有要退的，叫他來拿。」

直到出門，毬藻的事都讓伸子耿耿於懷。清楚地得知佃是故意倒掉的，真的令人厭惡萬分。她猶豫了一陣。但想著想著，她漸漸對拘泥此事的自己氣憤起來，對阿豐說：

「老爺回來的話，妳就說我去丸善找要送阪部先生的禮物，然後去動坂了。」

說完伸子便出門了。

走上丸善二樓一看，阪部已經挑了幾本書，在和掌櫃的說話。伸子先替丈夫傳了話。阪部拿了一本書給伸子，說是通俗地介紹植物學的出色作品。

「我認為我們有必要大力效法這樣的寫作方式，妳認為呢？」

法布爾[40]的《植物的生活》，文章有些類似兒童讀物。伸子在其他書架尋找想要的書，卻無功而返。阪部買了一本準備在航程中閱讀的書，一個小時左右離開了丸善。

一早就下的綿綿細雨還沒有停，整個東京市[41]就彷彿變成了一件溼漉漉的大外套。此外還起了溼黏的霧氣，遠方的高樓建築變得朦朧模糊。阪部高高撐起雨傘，閃避著迎面而來的行人，問伸子說：

「現在呢？」

「天氣真糟，實在教人沒興致散步呢。」

「妳要回去哪邊？」

40　譯注：尚—亨利．卡西米爾．法布爾（Jean-Henri Casimir Fabre，一八二三—一九一五），法國博物學家及昆蟲學家，以《昆蟲記》（*Souvenirs entomologiques*）聞名於世。

41　譯注：東京市為一八八九年至一九四三年（明治二十二年至昭和十八年）間的行政區，為東京府府廳所在地。範圍為舊東京府（現東京都）東部，相當於現今的東京都二十三區。

「我嗎？今天要回去動坂。」

「那麼去喝個茶再道別吧。」

兩人進入某間家庭式的咖啡廳。阪部原本就健談，這天更是話題源源不斷。他聊起總有一天想要動筆撰寫的、類似剛才的植物學書籍，還有想要在這次的南洋旅行中得到附帶收穫的某個人類學方面的計畫。伸子和阪部聊天，總是感到趣味橫生，因為阪部會發揮某種綜合性的資質，與植物學連結在一起。他聊起黏菌的事，就必定會在某些面向與今日的人類社會生活結合在一起，做出結論，而不僅止於顯微鏡式的觀察報告。這便是他談話的活力與魅力所在。聊著聊著，店內的燈乍然亮起，大理石桌與嵌著鏡子的柱子頓時閃耀起來，十足夜晚的銀座特色。

「好了，差不多該走了。」

「嗯，今天聊得真盡興。」

阪部看看鐘。

「幾點了？四點多了吧？」

「二十分。」

阪部一邊結帳，一邊思考說：

「怎麼樣？反正也得吃飯，要不要就在附近吃過晚飯再走？」

「是啊……」

伸子想了一下說。

「這麼辦好了，如果明天你不願意孤單一人動身，就到動坂來吧。今天家父也會回來，剛好作陪。」

「確實。」

阪部似乎理解了伸子的心情。

「我也很期待見到佐佐先生，那麼就冒昧打擾了——我突然上門，不要緊嗎？」

「沒問題的，總比去別處要來得好。」

伸子打電話回動坂的娘家通知。

路上閒聊的時候，阪部忽然自言自語地說：

「今天的事——唔，還是不說為妙吧。」

「這是指什麼？」

「哦，從上次的樣子來看也是，但是生病了，精神上病了。所以我認為對於病人，有對待病人的體恤。也就是說，不用連不必要的事情都告訴他。」

「……」

這是令人不快的提醒。伸子沒料到阪部竟會說出這種話。

阪部的話留下了極深的印象，都過了好幾天，仍讓伸子沉鬱萬分。這幾年來，伸子對於與阪部坦懷相待的交往樂在其中。與他聊天非常有趣，可以得到許多刺激。阪部似乎也很享受伸子的調皮與求知欲。兩人就像忘年之交的親密叔姪，伸子極自然地欣賞他，然而現在卻不得不提防起他來了。送毬藻的人、把毬藻丟掉的人。一想到男人的本能以天真傻氣的自己為中心在暗中較勁，伸子感到沮喪。

自己明明不屬於任何人……

莫名寒冷的日子持續著。伸子肚子不太爽快，更加無精打采了。她完全無法提筆寫作，單衣上罩著向母親借來的和式外套，在家裡閒晃度日。

某天伸子難得懷著今天一定要振作的心情積極下床了。她穿著深藍碎白紋的元祿袖[42]和服，踩出腳步前往餐廳。難得父母都坐在桌旁。

「早安。」

伸子才剛開口，多計代便連同手中的報紙一起朝她揮了揮，聲音空洞地說：

「出大事了。」

仔細一看，父親也讀著另一張報紙，表情異於平常。伸子從父親肩後看向紙面，偌大的標題映入眼簾，伸子受到雞皮疙瘩爬滿脖子般的衝擊。她坐了下來，打開另一張報紙，一口氣讀完。她認得上面的每一個字，然而從字面傳來的訊息實在太多，幾乎要令她的理性無法負荷。上面報導的是某位備受推崇的文學家與某夫人相偕自殺的新聞。伸子重新再讀，無以言喻的悲傷與驚悸令她漸漸顫抖起來。她說不出話，丟下總算開始說話的父母，離開房間。

作家X已經四十好幾，出身上流，具備豐富的學養才華及敏感的心性，是一名藝術家。他是個理想主義者，自從失去愛妻後，便以二子的父親身分過著鰥夫生活。他作品中的詩情與那特殊的境遇，在各方面受到年輕女性的崇拜，但伸子不是從這樣的角度，而是相反，是為了成就更崇高的自己以及身為藝術家的自己，深受他似乎極猛烈的內在鬥爭所吸引。他最近完成的長篇作品，在這部分給了伸子許多暗示。她理解中的作家X，必定會在這一兩年於藝術層面面臨命運的轉折。從現在的位置一口氣跳躍！那麼，他應該能夠從第二層天，成功地升上第一層天。伸子是如何地期盼著這一刻啊！到了伸子這年齡，對於藝術家的命運、獨特的個性與環境之間的契合，已經無法置身事外了。她一直在等待，守望著——

就在這樣的期待之中，她看到了今天的報導。以全然不曾想像過的形式。他飛翔了。是往上升嗎？還是往下墜？伸子的全副心神能夠感受到的，不是對這個疑問的理智回答，而是他這麼做的事實。他不是一個虛偽的人。只是再次確認了這個駭人的事實。事件具有讓人們沉默的誠實威力，具有超越人的力量的某種東西。這讓伸子痛苦。痛苦萬端。這甚至震動了自我這個現在搖擺軟弱的存在的根本之處。

伸子食不下嚥。一整天沉浸在震撼之中獨坐著。這天晚上她努力過了，卻睡不著。超乎垂淚的緊張攫住了她的精神。

告別式是隔天上午。伸子和父親前往參加。從鋪著白布的地面走到祭壇前，在大片白花中唯一一張遺照裡再次目睹故人溫和的面容時，與昨日看到報導時一樣。不，比當時更強烈的苦楚再次勒緊了她整個人。「他飛翔了。是往上升嗎？還是往下墜？」淚水再次湧上眼眶。從外在關係來看，她與故人的關係並未親近到必須這樣哭泣。在列席的家屬面前，伸子覺得尷尬，卻怎麼樣都止不住淚水。

---

42 譯注：元祿袖是一種圓短的和服衣袖樣式，使用在女童和女性和服上。

第七章

1

電車煞著車，緩慢地滑下九段坂與護城河之間狹窄的軌道。前進三分之一時，前方有個手持紅旗的男子小跑步過來，對司機喊著什麼。司機急忙更用力地雙手扳動煞車桿。電車發出刺耳的摩擦聲，停在陡急的坡道上不安定的位置。

「怎麼了？出了什麼事？」

車掌下車了。幾名男子吵吵鬧鬧，從車窗硬是要窺看前方狀況。

「由於爆破作業，將停車三十分鐘。」

「什麼嘛。」

原本興致勃勃的男人們一臉落空，回到座位。

車內暫時陷入寂靜，不久後出現零星話語。關東大地震發生後才一個多月，但東京人尚未完全從當時的亢奮恢復過來。人們只要聚在一起，就不由得要聊起火勢如何、該往何處逃生。

陌生乘客間開始不著邊際地閒聊，其中有道特別尖啞的聲音引起伸子的注意。男子極力讚揚明天將要舉行公判的甘粕[43]的行為是日本男子的楷模。他以挑釁十足的怨毒口吻，不停地叫囂社會主義者就該全部趕盡殺絕。那露骨又刻意的態度，似乎不只令伸子一個人感到不舒服。她前面的年輕人不停地點著鞋尖，就像對那即使想要忽略仍會傳入耳中的話聲煩躁不堪，最後他終於轉向車窗，俯視護城河，用口哨吹起《遊唱詩人》。晴朗的十月午後陽光照亮了神田一片平坦的焦土。

「啐。」

沒多久，站著的伸子背後傳來咂舌頭的聲音。

「受不了，等到都快生根了。」

伸子看錶。三十分鐘已經過了十分鐘。

「還沒開炸前，不管等上多久，都動彈不得。乾脆下車好了，反正才三町遠的路，算不上什麼。」

伸子在後面的空位坐下來。秋陽強烈地反射在後方高聳的磚塊高崖上，拉下遮陽板的那一側悶熱極了。旁邊有個微禿男子，沒打領帶，一身骯髒的軟領夏服，左手拿著記事本，舔著短鉛筆的筆尖，正在鍛字鍊句。他就像在讀說書本似地帶著抑揚頓挫，反覆念誦自己的文字：

「肉體一死，其靈魂浮游——浮游……」

到這裡卡住，又從頭開始，不厭其煩地重複：「肉體一死……」——反動主義的男子因為無人理會，不知不覺間安靜下來了。

突然間，震動大地的爆炸聲響徹四周。電車的玻璃窗同時震動起來。

「總算炸了。」

等得太久，都神遊太虛的乘客頓時活絡起來，探頭看窗外。燒燬了一半、孤單佇立的紅磚大建築殘骸旁濛濛升起了大片黃色煙霧。接著又是一道爆炸聲。悠然升起的煙與仍在繚繞的前方煙霧濃濃地重疊在一起。天空的遼闊、陽光的燦爛感覺異樣地清楚。是一片宏偉而寂寥的光景。

忽然間，女人帶著哭音的說話聲驚動了伸子。不知何時，她的旁邊坐了一個年約三十五、六，面容憔悴的太太，手中抱著一個包袱。爆炸聲轟然響起時，女人坐立難安，東張西望，沒有對象地開口：

「待在這裡不會有事嗎？欸，不會有事嗎？」

那聲音就像邊哭邊吸唇地說話般。

「大家都在，不會有事的……」

然而另一頭「咚！」地升起煙塵後，女人再次害怕得失去自制。

「啊，真的不會有事嗎？」

伸子覺得連自己都跟著悽惶起來了。

「沒事的，那是工兵在炸殘骸，放心吧。」

又等了超過二十分鐘，電車總算繼續前行。

伸子是在回動坂娘家拿舊雜誌和衣物的路上。她並沒有在地震中直接受害，但大都市化成廢墟的

43 譯注：此指甘粕事件，一九二三年九月十六日，憲兵大尉甘粕正彥等人趁著關東大地震後的混亂，將無政府主義者大杉榮、伊藤野枝夫妻及外甥帶至憲兵隊虐殺。甘粕後來在軍法審判中被判處十年徒刑，但三年後即出獄。

光景狠狠地重擊了她的心。反動的生存力俘虜了市民的一切。她感覺到原本失去的生存感凝聚在一起，和幾名婦女參與了地震受災戶的慰問工作。

婚後四年間，她的生活在精神方面，是一連串與丈夫的搏鬥。一個人若是在噪音震耳欲聾的工廠工作四年，鼓膜一定會失常，再也聽不到一般的聲音。伸子的精神狀態也完全陷入了相同的危機。緊張到極限的心靈痛苦，漸漸地讓她快變成了一種偏執狂。一個人安靜獨處時，她整個人陷在這種生活究竟要持續到何時的恐懼。她再也流不出眼淚，以可以說是冷靜的從容，想著要如何逃離這裡、想著佃真的就像他自己說的就快死了嗎？想著如果他死了最好，這一切都能極其自然地解決了。她汲汲營營地、一整天毫不厭倦地，淨想著這些。但既然要逃，她設想了要如何逃離的計畫嗎？然而健全的意志早已從伸子的精神腐化脫落了。她幾乎沒有做出任何決定，她只是想，不停地想。甚至連在夢裡，都夢見像這樣煩惱的自己。

這個夏季，佃帶著伸子返鄉。伸子把夫家二樓當作自己的房間，但那裡的二樓也不是什麼像樣的房間，只是閣樓的儲藏室。在寬闊的木板地擺上五張榻榻米，角落放張書桌，她就在那裡生活。那裡有道寬三尺長一間[44]的小窗，可以看見大橡樹的樹梢。那棵橡樹一整天都有油蟬在鳴叫。外頭是一大片綠色稻田，白天連道風都沒有，帶著水蒸氣的八月燠熱，使得那蟬聲更令人難忍。伸子以溼手巾抹著流淌的汗水，以病態的忍耐度過這樣的每一天。

不期然地，大地震以殘酷的力道將伸子從這樣的灰心喪志中震了出來。驚愕首先讓她確實地以自己的雙腳站了起來。接著重建普遍生活的意欲，也在她的心中化成了鼓起火焰的風箱。九月七日，她從動坂徒步走回赤坂。途中來到九段，回望來時的方向，一片荒涼的焦土東京抬起頭來，逼近了伸子。那份感動，令她無法忘懷。

這年秋天，伸子真切地重新認識到生命的能量。

2

十月的某個早上，用完飯後，佃說：

「可以去附近買些貼牆壁的紙回來嗎？」

赤坂的家，地震時牆壁被震落多處，就這樣擱置到進入了隔月。

「外行人沒辦法處理吧，師傅很快就可以來修了。」

「我們自己弄吧，又不知道師傅什麼時候才會來。」

伸子上街去買佃指示的色紙和漿糊，笨手笨腳地做起裱糊匠。榻榻米鋪上報紙，伸子捏起上了糊的紙遞過去，由站在椅子上的佃貼到牆上。一整個上午和中午都耗在這事上。伸子出於天性，一下就對這種差事厭倦了。

「今天弄到這裡就好了吧？」

工作告一段落、又一個段落，伸子都如此提議。之前在庭院鋪設混凝土池塘時也是，佃是那種無

44　譯注：約九十一公分乘一八二公分見方。

法見好就收的人，一旦開始，就會堅持到連自己和旁人都受不了的地步。這次也不例外。結果外頭傳來鞋子踩過鋪石的腳步聲，伸子手拿著漿糊刷，豎起耳朵。

「有人在嗎？」

聽到那聲音，伸子跳過調漿糊的圓盆，衝到玄關去。

「姊姊在嗎？」

「當然在！」

「嗨——午安。」

是和一郎來了。和一郎在九月一日從小田原去了鎌倉，直到五日都生死不明。到了九月中旬，才總算搭乘軍艦回到東京來。這是他回來後第一次來赤坂。

「真辛苦呢，我可以進去嗎？」

「當然，快進來。和一郎來嘍！」

伸子對在忙的丈夫說。和一郎跟在伸子後面，閃過鋪了滿地的報紙，踮著腳尖進入裡面的和室。

「姊夫好——」

「歡迎。」

佃背對著和一郎，站在椅子上，只招呼了一聲。伸子感覺到什麼，將和一郎帶到隔壁房間。

「我泡了茶，要不要來喝？」

「我不用。」

伸子不時去查看丈夫的情況，與和一郎睽違許久地聊了許多。姊弟倆有說不完的話題，和一郎的來訪讓她開心極了。但如果佃可以停止貼牆壁，過來至少加入他們一杯茶的時間，和一郎和自己應該也可以更寬心許多，這讓佃子覺得遺憾。佃還在忙的意識，讓她無法盡情享受與和一郎的相處。不久後，佃腋下夾著捲起的紙，端著放了漿糊盆的踏台，進入他們所在的小和室。

「請讓一下，我想順便把這邊也處理掉。」

「我說真的，就先打住，休息一下吧，好嗎？難得和一郎來了。」

對伸子來說，即使今天一整天有風從牆壁吹進來，也不算什麼。然而佃自己動手挪開茶盤等等，開始鋪起報紙來。

兩人沒辦法，說著「喏，我們逃離這裡吧」，這回移師到起居間去。和一郎坐到椅子上。伸子打開中間的紙門，一邊與和一郎說話，一邊在廚房忙起來。她有心為弟弟的平安歸來慶祝一番。

「有沒有想吃什麼？今天可以請你吃點大餐。」

「太棒了，什麼都可以。」

「糙米你一定吃膩了吧？」

「嗯，我已經吃慣了。只要能跟姊一起吃飯，我就開心了，姊不用太費心，妳一個人會忙不過來。」

「做什麼好呢？這一帶都沒有什麼好吃的。」

這時佃走了進來。然而這回他連開口說一聲都沒有，便從一側開始撕下黃色的壁紙。和一郎默默起身走去大和室，但那邊的榻榻米也鋪滿了報紙，因此他似乎無奈地搬了椅子去簷廊。伸子站在廚房與客廳之間的門框上，仰望佃那找碴的態度，難以理解丈夫的心態。佃有什麼好遷怒和一郎的理由嗎？伸子感到情非所願。

「這邊改天我會自己處理，你可以不要今天弄嗎？搞得整個家連吃飯的地方都沒有了。」

「還沒有要吃飯。」

伸子忍不住惱怒，但又不想讓和一郎聽到，用力拉扯站在踏台上的佃的褲袋。

「什麼事？」

伸子仰頭對著丈夫的耳朵小聲說：

「今天我想好好做頓飯給和一郎吃。他回來以後，第一次來我們這裡。拜託，好嗎？」

佃顯得躊躇，但再次轉身面向牆壁，站直了身體。然後對於伸子的細語，他故意要人聽見地高聲自言自語道：

「就只會來吃白飯！」

伸子好勉強才忍了下來。憎恨與淚水淹沒了整顆心。伸子不得不認為，佃是出於反感，雖然不知道是因為伸子疼弟弟更勝於佃的反感，還是曲解了和一郎在這裡無拘無束的反感。他故意弄亂每個房間，搞得和一郎和她無安身之處。憑什麼連和一郎都要受到這樣的對待？伸子瞪著佃的背影站著，結果和一郎踩著有些粗魯的腳步，從大和室出來了。

「我回去了。」

伸子的喉嚨哽住了，說不出話來。

「……」

「誰要你的飯！」

和一郎從帽架摘下帽子戴上，開始穿鞋。和一郎蹲在伸子前方，近在左邊的柱子旁，是佃打開跨在踏台上的兩隻腳。伸子有一股衝動，想要惡狠狠地咒罵「看你幹的好事」，冷不防一腿掃過那雙腳，讓他跌個四腳朝天。和一郎穿好鞋子，看向伸子說：

「再見。」

已經快七點了。伸子實在無法忍受，總算說：

「再見——對不起。」

格子門在和一郎身後關上後，伸子不由得潸然淚下。一想到和一郎萬一身上沒錢吃飯，更是心痛如絞。她硬是把佃從踏台拖了下來。她激烈地與他爭吵。每次演變成這樣，佃便會一如往例，以「我不是那個意思」這招來保護自己，直到伸子筋疲力盡為止。

——事後回想起當時，伸子深切地感覺到佃內心的寂寞，以及自身的寂寥。伸子不認為自己的悲傷與憤怒是錯的。但是在比這樣的心情更深一層的地方流過的，是寂寥。那是不知不覺間比起丈夫佃，她再次更重視、更疼愛血親的父親和弟弟的新的自覺。

四年前，他們開始戀愛、想要結婚時，自己是如何激烈地反抗父母和其他人的？這樣的回顧清楚地浮現在伸子心中。當時的她以形式和精神反抗著血液中的各種傳統，懷抱著野望，企求的只是自己要變成不同的、更自由的、更確實的存在。而今結婚這樣的嫁接逐漸證明是失敗的，她又要呼喚自己的血緣，被血親所吸引嗎？這是本能不可思議的力量。但伸子的信念，讓她不會重返一度努力脫離的地方。就像不管再如何遍體鱗傷，蛇也無法再回到去年褪下來的皮裡頭……

3

一年過去了。

四月的某一天，伸子在楢崎家的書房聊天。書房窗戶可以瞭望田端的高台。連日來的強風這天總算平息下來，有了這幅風和日麗的景象。

「景觀變了呢，和之前來訪的時候相比。」

「那當然了，已經是春天了嘛。」

佐保子從正面椅子站起來，側臉對著伸子，窺看玻璃窗外。

「木蓮怎麼樣了呢——？之前只要坐在那邊的房間，就可以看到美麗的木蓮，如果妳早來，就可以看到了。」

佐保子是束髮髮型，但太陽穴兩側的鬢毛梳成外擴，為她古典的側面增添了姣好的情致。片刻後，伸子說：

「但妳有一種力量。」

「呵呵呵。」

佐保子發出特色十足的笑聲，又坐回原位。

「看來妳遇到困境了。」

「不過，我就是會覺得妳這個地方，是不能懷著懶散的心情來訪的。」

「我這人不知世事，所以特別拘束。因為我實在傻得天真嘛。」

佐保子比伸子年長十幾歲，是文學上的前輩。就讀女學校四、五年級的時候，伸子便熟悉她的創作了。走在自己往後想要步上的道路的先進——伸子是在這樣的意義上尊敬著佐保子，從她身上得到刺激，就這樣過了幾年。然而在一次偶然的機會，兩人認識並往來，建立起受到彼此優點鼓舞、在志業上相互勉勵的情誼。佐保子長年來沉默地對抗著各種困難與痛苦，仍不屈不撓地精進藝術創作的模樣，對伸子來說是極強的一帖藥。伸子婚後生活混亂停滯，什麼事情都做不了，內心充滿怨言，但她實在沒辦法向佐保子傾訴這些。也許佐保子處在更苦的辛酸當中，然而卻像這樣果敢地承受著，不是嗎？伸子這樣想。

在接下來的談話中，伸子吐露部分這樣的心情。

「妳太抬舉我了。」

佐保子感觸良多地笑了。

「不過，雖然現在我可以某種程度客觀地看待生活，從容以對，但在進入這種境界以前，也失去了許多過去擁有的美好事物。人為了得到一樣東西，就必須犧牲其他東西做為代價才行呢。」

佐保子這陣子在翻譯俄國貴族出身、十九世紀末歐洲最受尊敬的女數學家兼作家的傳記。

「翻譯進行得如何了？已經完成了嗎？」

「嗯，很快就要出版了，到時請務必一讀，一定可以了解為何我會如此深愛著索菲婭[45]。我覺得

45　譯注：指索菲婭．柯瓦列夫斯卡婭（Софья Васильевна Ковалевская，一八五〇——一八九一），俄國女數學家。俄國第一位女性皇家聖彼得堡科學院院士，歐洲第三位大學女教授。

她真的就像我們女性的代表。」

敲門聲響起。

「請進。」

年輕女傭先向伸子打招呼，接著傳話：

「吉見小姐來了。」

「咦！」

佐保子在椅子上晃動了一下身體，回看伸子。

「來了個稀客，今天真是個好日子，來的全是我喜愛的客人。伸子小姐，妳不介意吧？」

「……」

伸子連那位吉見小姐是誰都不知道，茫茫然地回應：

「請便。」

「那，請她過來這裡吧。然後請妳泡壺好茶過來。」

女傭關門離去，佐保子略顯蒼白的皮膚底下顯現著喜悅的表情，向伸子說明：

「吉見小姐是我交情非常久的老朋友了。雖然她有些奇特之處，但有顆非常純潔的心，為人坦率。她一年難得來個幾次，不過一定也能和妳結為好友的。」

很快便傳來上樓的腳步聲，接著是敲門聲。門打開來，一名女子出現在因佐保子的話而興起好奇與期待的伸子面前。

「午安。」

「我正在說妳的壞話呢，說妳好難得才來看我。」
「妳不是更過分嗎？上回才第一次來拜訪我呢。」
兩人交談的態度有種異於伸子和佐保子的親密，讓伸子忍不住微笑，看著問答的她們。
「我來介紹，佐佐伸子小姐，這位是吉見素子小姐，寄生父親的好命人。」
「這算哪門子介紹？」
素子苦笑道。
「別看我這樣，我也是自食其力的好嗎？」
「她是×××的編輯。」
伸子忍不住看向素子。她對素子的第一印象，是嬌氣，感情豐富，有些好強，與伸子只讀過一次、宛如被時代拋棄的團體的機關雜誌，感覺相差了十萬八千里。素子靦腆地紅了臉笑。
「討厭啦。」
伸子也笑了出來。臉紅的素子那細緻光滑的小麥色棗型臉蛋有種極為稚純的魅力。
「那雜誌真的很無聊。」
「是啊，因為沒經費，實在做不出什麼像樣的東西，乾脆倒了還比較好……」
佐保子吃著大阪壽司說：
「我呢，雖然是個懶得出門、不忠實的朋友，但之前一時興起去拜訪吉見小姐的家，結果這個人啊，在豪華氣派、大得不得了的書桌上把東西堆得像山一樣，只留下這麼一丁點兒小縫——」

佐保子用雙手比出五、六寸[46]寬的長度。

「在這麼小的空間裡工作呢。真是太好笑了。要是有那樣安靜的二樓空間、那麼豪華的書桌，換成是我，肯定能縱筆如飛。」

「是租二樓的房間住嗎？」

「……」

素子還沒開口，佐保子就回答了：

「不是，她占領了一整棟屋子呢。自己安頓在二樓，一樓是夫妻在住。」

「真好，令人羨慕。」

「看吧，連伸子小姐都這樣說。不管妳怎麼辯解，妳就是個好命人。」

伸子一眼就可以看出，素子身上的和服、腰帶、點綴的繩帶等飾品，都是基於特定的品味挑選的。能夠做這樣的穿著打扮，並且攻讀俄國文學，自己擁有一棟屋舍，自由生活，這樣的女性生活，讓伸子覺得是極悠然自得且獨立的。

五點左右，佐保子問：

「伸子小姐，妳不急著回去吧？」

「嗯，今天我打算聊個盡興。」

「那麼，大家一起去自笑軒[47]吃飯吧，我問一下家父方不方便。」

三人先出門，在傍晚的暮色中，徜徉經過仍有許多傳統花木店的田端街道，一路走到這家茶料理店。途中穿過一家寺院。素子四下張望說：

「我曾在下雪的早晨經過這裡，就是在妳那裡過夜的隔天一大早。」

「對對對，妳說妳好好地賞了一趟雪回來。是五點左右吧？我真是嚇了一大跳，因為妳實在太早回去了。」

來到自笑軒，三人被領到裡面的茶室。伸子是地震後第一次來。牆壁四處剝落，但角落擺著各種書畫裱成的小屏風，房間頗為雅致。晚了約三十分鐘，楢崎也到了。

「已經暗了看不到，不過庭院深處應該祭祀著什麼——」

另一頭的庭院，據說橫山大觀[48]（大概）在明月皎好的夜晚在這裡喝醉，畫興大發，在白色矮土牆上畫了墨竹。

由於一群人都不喝酒，很快就用完飯了。飯局幾乎是一眨眼就結束了。

「埋頭苦吃，總覺得太不風雅，而且無所事事呢。」

「吃得異樣地快呢。」

眾人都笑了。

離開的時候，從玄關到漆黑大門之間的飛石小徑，由女傭走在前頭以小紗燈為眾人照路。

四人一列，再次經過田端的街道，這回走到車站。路上沒有行人，起了一點風，布莊的布招迎風

---

46 譯注：約十五至十八公分。

47 譯注：位於田端的高級日本餐廳天然自笑軒，為文人名流經常光顧的名店。

48 譯注：橫山大觀（一八六八—一九五八），日本畫家。師事橋本雅邦、岡倉天心，創立了近代日本畫的新典範，在水墨畫方面也自成一格。

飄動。伸子和素子一起坐電車到萬世橋。接下來伸子前往赤坂，素子回去牛込了。

4

儘管季節宜人，伸子卻在家裡關了十多天。去楢崎家玩的前一天，伸子將大致完成的小說重新改寫，卻沒有什麼投入寫作的快感。她覺得描寫不足，也覺得未能坦露出全副情感，因而寫完之後，她強烈地覺得在促進內在真正的成長上，這成了一部沒有太大意義的作品。伸子在這部小說中，僅是蜻蜓點水、技巧性而曖昧地觸及了自己婚姻生活的精神內在。完成後一看，伸子察覺到自己的虛榮、潔癖以及軟弱的心性。她覺得只要身為妻子一天，實際上還在泥濘中掙扎，女人的小心眼就是會從中作梗，即使是面對自己，亦實在無法坦然承認身陷的泥淖之污穢，以及自身的愚蠢。

想要奮力踹開地面，縱身入海般地投入寫作當中，從頭到腳浸淫在裡頭，受到洗滌，徹底煥然一新——這樣的欲望反而更強烈地在伸子的內心累積。與心靈完全分離的佃幾乎是有名無實的夫妻關係，也讓伸子明確地感覺到這全是源自於自己的卑怯。過去她也覺得自己的優柔寡斷，是出於值得憐愛的留戀、想要找到對他傷害最小的作法的幾許好意，然而如今回想，那也帶有自私利己的成分。也就是她根本是在打如意算盤，希望盡可能輕鬆地找到穩妥的理由，保持自己在佃和其他人心目中良好的形象，以達到目的。比起說明佃是個多令人不滿的丈夫，唯一需要的，就只有伸子自身宣告「我已經無法愛他了」、「我無論如何都不想跟他做夫妻」的勇氣。不管被如何安撫挽回，既然無法一輩子做他忠實的妻子，同時自己亦如此評斷、相信，為何無法不顧被憎恨、被唾罵自私自利，也要泰然自若地立下覺悟呢？對於佃可能會得到的同情（儘管明知道那是世俗的同情，根本毫無價值），自己的內心似乎有著嫉妒，一想到這裡，伸子實在鄙夷自己。

這時素子忽然不期而至，伸子感到意外的欣喜。前些晚上她們道別前，說最近一定要找時間彼此拜訪，但沒想到素子會這麼快就實現諾言。

「果然被妳捷足先登了。」

「因為妳也懶得出門嘛……」

「這樣說太壞了。」

素子一邊進門，一邊問：

「妳在忙嗎？」

「已經閒下來了。」

「要不要出門走走？我是來邀妳去散個步的。」

伸子請素子等她，整裝之後便出門了。天氣晴朗，不撐陽傘幾乎覺得刺眼。兩人還沒有用午飯，所以先去了銀座。簡單用過飯後，繞去素子有事要辦的K報社，然後經過帝國飯店旁，進入日比谷公園。

「日比谷好稀罕，我都不知道幾年沒來了……」

素子驚訝地追問：

「妳這麼少出門嗎？」

「一個人在這種地方閒晃，也沒什麼好玩的。」

從內幸町進入的公園門口附近，仍有許多臨時小屋在大馬路樹蔭處櫛比鱗次。一整排全是賣食物的小攤子。豎立的看板寫著「小酒小菜」。紅豆麻糬湯、年糕雜菜湯、餛飩店，排入污水的溝渠和簡易廚房飄來不健全的悶熱臭氣，飄浮在揚塵而泛白的春季林蔭道上。伸子來到小時候常綁上大蝴蝶結來玩的瓢簞池旁。翠綠的懸鈴木底下有張長椅對著池塘。走得差不多的兩人在那裡坐了下來。

「沒有陽傘實在走不下去了，很熱吧？」

素子拿手上的雜誌當扇子。

「可是好舒服，連鴨子看起來都好愉快，妳看。」

也許是因為附近有臨時小屋，儘管不是周日，周圍人卻不少。有許多穿著淡綠色工作服和日式寬上衣的男人。他們或是抽菸，或是看報，坐在池塘周圍的長椅或鐵柵欄上休息。聽說地震時水禽都被抓去吃掉的池塘裡，今天水位充盈，漾著漣漪。水面波光粼粼，兩隻鴨子奮力游過。牠們不時突然氣勢洶洶地挺身撲打翅膀，連蛋黃色的腳蹼都露出來了。水花嘩啦啦四散，濺起的水花上方一瞬間形成朦朧的小彩虹。那是天真無邪、熱情而美麗的情景。

有個穿著印有店號和式外套的男子就站在近旁，但伸子懷著閒適的心情，和素子說了許多話。大多數時候都是伸子提起話題，像是契訶夫[49]、西鶴[50]、《金槐集》[51]等等。《金槐集》最近才剛讀，還能鮮明地回想起那種興奮，因此伸子熱切地談論，卻突然一臉古怪地停頓下來。

「欸——我是不是從剛才就一直說錯？」

「妳說名字嗎？」

「我是不是有一兩次把源實朝說成『源為朝』？」

素子哈哈哈地笑出來。

「難怪我就覺得好像怪怪的！」

「妳真壞，怎麼默默在心底笑人家？」

伸子自己也笑出來，卻覺得發窘，臉有些燒了起來。

「其實是聽妳那樣說，我也覺得：啊，或許是那樣。名字這東西，反正只要知道是在說誰就好了嘛。」

一回想起來，兩人都為這個錯誤笑個不停，在長椅上坐了兩個小時。

「妳會這樣嗎？就算是散步，我最討厭去程和回程都走一樣的路，無論如何都要走別的路才甘心。」

素子走在通往櫻田門的路上這樣說。這種好惡分明的個性真的很像素子，讓伸子覺得有趣。兩人在櫻田門等電車，車子卻遲遲不來。過沒多久，便聽到消息說在日比谷的十字路口故障了。夕陽乾爽地照著開闊的廣場，在車站等車的人們輪廓顯得渺小。兩人從這裡沿著護城河走到三宅坂。經過柳樹下的期間，沒有半輛電車從日比谷那裡超過她們。

伸子感覺只是這場散步，便讓她精神振奮了不少。

49　譯注：契訶夫（Антон Павлович Чехов，一八六〇—一九〇四），俄國小說家及劇作家，短篇小說名手，留下許多幽默風趣的中短篇作品。

50　譯注：井原西鶴（一六四二—一六九三），江戶前期的浮世草子（日本一種近代小說類型）作者及俳人。留下許多浮世草子的名作。代表作有《好色一代男》、《好色五人女》等。

51　譯注：指《金槐和歌集》。鎌倉三代將軍源實朝的私家歌集。

5

一天伸子去了動坂。母親不在家。她知道這件事後，便從庭院的便門繞到隱居處的簷廊。裁縫盒放在外頭，卻沒看到祖母人影。

「奶奶？」

伸子叫了兩聲，祖母邊走出廚房邊回應：

「誰？豔子嗎？進來。」

她看見已經來到裁縫盒前的伸子，有些激動起來，笑道：

「原來是妳！什麼時候來的？不巧妳媽出門了。」

「今天我是來找奶奶的。」

「來，坐吧。」

祖母將她七七大壽賀禮的厚緞子座墊擺到火缽對邊。

「昨天我才剛從須田那裡回來。那邊也很為難吶，不知道往後要怎麼過下去，昨晚我想著想著，實在睡不著覺。」

祖母的第二個女兒，嫁去須田家的伸子的姑姑，在地震的時候被壓死了。現在是剛從女學校畢業的女兒在打點一家子。

「沒辦法，也只好雇個女傭了。」

祖母沒有回話，將樂燒陶的茶杯捧在雙手間啜飲了一口。

「我本來就老糊塗了，地震之後糊塗得更厲害。阿靜死了，保科也死了……為什麼我這個沒用的老東西卻怎麼都不死呢？」
去年九月，祖母在東京為親骨肉的女兒和弟弟送了終。伸子滿懷哀憐地聽著祖母抒發。
「也差不多到了季節了，奶奶去K悠閒地住上一陣子怎麼樣？」
「說的也是，不去看看，那兒都快變草屋了。」
「我最近想去，奶奶要不要一道去？」
祖母意外地看伸子。
「真的嗎？妳要去的話，我也想去。」
「好的。奶奶什麼時候方便？」
「只要不是今天，哪時候都行——」
奶奶忽然以老年人的性急撣著菸管問：
「家裡那邊呢？妳問過佃先生了嗎？」
「那沒關係。」
伸子為了打斷祖母的擔心，簡單帶過。
「我想要下個月就去，那奶奶也就這個打算嘍。」
祖母在脖子使力，確實地點著頭，滿足地說：
「好。」
伸子不等母親回來便離開了。車站旁有賣平紋細布的店，店頭吊著標價販賣的友禪布中，有一款花樣吸引了她的目光。價錢也便宜，因此伸子決定買下，叫店員裁了一丈[52]。因為她遠遠地看到那華麗的胭脂紅花紋，想起鄉間的家不管是寢具的墊肩還是座墊，全都是褐色與黑色的黯淡色彩。

佃比伸子早了一些回到家。他一看到伸子就問：

「妳去動坂了？」

「對。」

「那邊打電話來叫妳去嗎？」

「沒有，不是。我是去邀祖母的。」

「這樣……」

「我又想去K了，所以邀祖母一起去。」

佃一臉厭惡地沉默以對，原本朝著這裡的臉一扭，轉向了書桌。伸子感覺到丈夫期待她問「我可以去嗎？」或「可以吧？」，但刻意不吭聲。因為伸子的心裡已經有了豁出一切帶來的餘裕。

片刻之後，佃以露骨的針鋒相對口氣詰問：

「是去轉換心情嗎？還是為了跟我分手？我也有我的打算，告訴我吧。」

語氣聽起來激動，但伸子直覺佃不是全然真心的。一直以來，自己總是愚蠢地將佃的每一句話放到最大，想要當場得到解決，因此總是失敗。伸子醒悟到這點，面露奇妙的笑，反過來問：

「你覺得呢？」

佃刻意沒有繼續這場兩邊都心知肚明的冒險，滿懷怨恨地睨著伸子。看到那張表情，伸子不是感到恐懼，而是萌生出令自己驚訝的、斷續而輕微惡意的笑。她以帶有怨毒的溫柔聲音慢慢地說：

「恨我嗎？」

佃的表情很可怕，就好像身體被刺中了一樣。丈夫的痛苦灼燒著伸子的靈魂。啊，他在痛苦，他在痛苦。但伸子沉醉在淩遲著丈夫與自己的痛苦中，嘴角泛著冰凍的微笑，就彷彿在宣告什麼喜事一樣，一字一句地細語道：

「我也對你好恨好恨，恨得不得了……感覺就好像被吞噬了一樣。」

對佃的憎恨及自我厭惡湧上心頭，令她欲嘔。她懷著眼前一片漆黑的心情離開房間。

伸子預定七日或八日出發去K。佃一如往例，每天去學校，傍晚回來，假裝沒在看，卻一定會不著痕跡地觀察房間的樣子。他回來的路上一定都在想：伸子今天在為旅行做準備嗎？做了什麼？隨著日子接近，佃受不了伸子毫無動靜的樣子，某天像要引起她注意地說：

「如果妳真要去，怎麼不快點收拾？」

光是感受到佃假裝若無其事，卻在回家的路上揣測著她要收拾哪些東西的心情，伸子就已經快受不了了。她沒有大肆張羅收拾的精力。伸子氣憤而冷漠地應道：

「我又不用帶多少東西，值得你吵。」

女傭隱約得知主婦要離開，儘管她是受過教育的明理女人，卻顯得毛毛糙糙，隱藏著內心的不安工作，這也讓伸子難受。整個家充滿了崩潰前夕壓迫而崩解般的氣氛。

終於即將動身的前一天，伸子在十點左右醒了。她坐在床上，好半晌看著另一張空被褥，以及玻

52 譯注：約三公尺長。

璃窗外的小庭院及竹籬等。「這陣子碎花紋又流行起來了呢！」隔壁太太只有這句話聽得特別清楚的高亢粗野嗓音，還有早晨的榻榻米低調的觸感等等，帶著異樣鮮明的沉重，映在伸子的心上。全都是她熟悉的事物。感覺一切都是最後一次看到了。早晨在這片榻榻米上醒來時，她不知道經歷過多少次「啊，我還在這裡」的難以言說的苦惱。伸子覺得生活真是不可思議。明明就是這個地方在折磨著自己，卻讓她萬般難以離去。平凡無奇的竹籬邊的萬年青等等，浮現在印象的正前方。伸子原本打算趁丈夫不在時，一個人靜靜地離開。真的！佃是她傾盡自己的好壞等一切存在去愛、去恨的人，只是偶然憶起的一塊石子，都能讓她聯想到他在某時候說某些話的聲音、看她的眼神。而佃也是一樣，會想到自己的種種細節吧。一想到這裡，伸子覺得就好像彼此這五年的生活一鼓作氣地朝自己壓了上來，幾乎要窒息。

用完紅茶和吐司，伸子離開餐桌，叫來女傭。

「幫我把櫥櫃裡的行李箱拿出來擦一下。」

「要出發了嗎？」

「對。今天就得去動坂才行。」

女傭將行李箱拿到簷廊去，用打蠟布擦拭。伸子在一旁從書桌收拾日記等其他需要的文具。她把稿紙放在收好的少許換穿的夾衣和嗶嘰布衣物上。

「行李就這些嗎？」

「如果需要，我會傳話過來，妳會替我送去吧？」

「那當然——」

女傭難以啟齒地問：

「太太大概什麼時候回來？」

「如果我不回來，有什麼不方便嗎？」

伸子說，玩笑地輕笑了一下。

她要女傭去叫人力車，只放上行李箱，送去動坂。行李箱很小，反而是一層又一層將它固定在車上的繩子顯得醒目。

佃還沒有回來就離開，還是讓伸子於心不忍。她懷著悲傷動搖的情緒，拖拖拉拉地待到三點多。然而一想到他會用那聲音和那眼神，就像過去的每一天那樣打開格子門走進來，她忽然想走了。

「那，家裡麻煩妳了。」

來到大馬路前，是左右皆是籬笆的約二町長的小巷。伸子抱著小綢巾包走著，在意著背後，感受到不自覺地加快腳步的可厭心情。道路是筆直的，直角連到另一頭的大馬路。伸子和佃的家也在呈凹形圍住某個長方形區域的地方。佃下班回家的路線固定，都是從凹形右邊的路走來，在香菸鋪轉角左轉，彎進伸子現在正在走的小巷。這是平時沒什麼行人的小巷，因此只要他彎過轉角，即使距離遙遠，也能看見伸子的背影。如果他因為某些原因，比平常提早三十分鐘回來，會不會在轉彎的時候看到她？他會不會從後方加速追來，吹口哨叫住她？佃知道不管怎麼樣，伸子都會在今天離開。然而為什麼她卻如此強烈地覺得自己是在逃亡？伸子對抗著自己，近乎痛苦地努力緩慢地走過碎石子路，為這無法向外人道的感情，眼眶湧出苦澀的淚水。

6

抵達鄉間的日子，那裡正值五月暴風雨頻仍的天候。乘著人力車來到從市區通往村落、別無岔路的闃靜道路時，一陣又猛又廣的風從幾里外的山脈撲向那條路來。車篷瞬間灌飽了風，車夫全身重量壓在車轅上，緊抓住立定了腳。這瞬間，伸子一清二楚地看見暮色的正前方橫亙著霧白朦朧的道路，而烏雲滾滾的天空僅在山稜處散發出極藍的光。那陰暗熱情的不安天空，就彷彿反映著她的心理狀態。

祖母每天在竹叢穿行，或進入儲藏室，四處忙活。然後發現許多東西不見了，在整個家裡引發風波。

「去一下田裡，如果與次郎在就把他叫來。」

與次郎繞到簷廊來，祖母坐在爐邊抽著菸管說：

「你知道茶罐哪去了嗎？在島根那時候，出入的工匠裡有個茶人，說用那茶罐裝茶葉，就不怕受潮，我一直珍藏著，怎麼不見了？」

「隱居奶奶，那茶罐不是賣給古田先生了嗎？」

祖母一臉意外地噘起嘴來，不敢置信地說：

「你說我賣了？我怎麼可能會做那種事！」

「真傷腦筋。」

與次郎向伸子露出困惑的笑。

「真的是隱居奶奶賣掉的。古田的隱居老爺說那茶罐很棒，結果奶奶說反正也無法帶去東京，就讓給了古田老爺。奶奶收了五圓鈔票，茶罐是我送去的，錯不了。」

「這樣啊——我居然老糊塗到這種地步啦。我真的完全沒印象把它給賣了……」

與次郎發現自己受到懷疑，有些粗聲粗氣地說：

「那我跑一趟就是了，請奶奶給我五圓，我去把茶罐子拿回來。」

「……這樣啊……」

含糊地將與次郎打發回田裡後，祖母一路跟著伸子到書桌那裡，傾訴道：

「真教人受夠了。看我老糊塗了，這些人不曉得會做出什麼事情來。上次我在找的銅鍋也是，居然說我賣給山本了！」

「奶奶，老糊塗是年紀的關係，無可奈何，妳就放心地糊塗吧。妳就是糊塗，有時候卻又異樣精明，反倒麻煩。」

「嗯……可是伸子啊，妳覺得呢？真的是我賣的嗎？」

心情平靜的時候，伸子會忍不住哈哈笑說：

「我怎麼可能知道呢？為了慎重起見，向對方確定一下吧。」

但為了自己的事而心煩激動時，若祖母糾纏不休，伸子便會發脾氣。

「奶奶，妳應該去看個天空什麼的，努力放空一下。」

伸子在小和室角落用舊書箱當桌腳，放上紫檀桌，做成桌子。走廊外是庭院，再過去是農田。打開紙門上的小門，就可以看見一部分區隔庭院與農田的矮草堤與茂盛的成排梅樹。光線傾斜的午後，那排梅樹與草叢的風景，就宛如荒廢的庭院雅趣與初夏鮮活綠意的光彩相映成輝，美極了。

伸子的心境既陰鬱又敏感，深處空洞而寂寞。之前來到這裡，還恨著佃、鞭撻著自己時，整顆心充滿了沸騰的情緒，周遭的自然根本無法深沉地滲透到自己當中。而現在，伸子的心處在病態的清澄沉潛當中。她透徹地感受到孜孜不息地推動鄉間天地的大自然力量，與支配自己和佃的生存之力結合在一起。自己身為女性的種種欲望和本能、將一切都能熊熊燃燒成玫瑰色，連陰影介入的餘裕都沒有的二十歲的熱情——情欲，在這裡也成了快活明朗的力量。佃三十五歲，歷經漫長的流浪後，帶著疲勞與安息的渴望出現。就連那疲憊的相貌，都讓伸子驚愕、獻身、流淚，對想要熱中於某種事物的她年輕的生命是一種刺激。伸子陶醉在自身的熱情，用盡一切力氣得到了佃。如果伸子生命深處的熱情就此燃盡，兩人的生活就像微溫的炭火，應該就能相安無事。他們可以是佃教授及其夫人，將節儉、儲蓄與退休金視為夫妻老後的樂趣，恩愛地進入四十、五十歲，直到踏入墳墓吧。然而伸子的熱情並未能完全在佃一個人身上耗盡。她的生命就和以北海道的牛乳餵養的細胞一樣豐腴、旺盛、貪婪。生活上，她追求的不是丈夫佃所追求的那種，消耗及吸收都極微渺的、奉「我們的安穩」為生存標語般的態度。她相信就連落在地面的影子，只要兩個人湊在一起就會變成兩條那樣，男女兩個人在一起，就必須要更多、更廣、更深地過上日日新又日新的人生。

追本溯源，熱情即是呈現為愛與恨的可怕的蓬勃心潮，自己的本質具有熱烈地愛著自由與獨立的本能，自己的天性就是會在與人的交往中極深地陷進去，容易去相信與接納，而這樣的本能，便是大自然賦與她唯一意義深遠的枴杖。在漫長寂靜、天明天黑日復一日的鄉間生活中，伸子思考，並悟出了這些。佃讓她以全副心神經歷到戀愛與婚姻生活中明亮黑暗的各種龐雜的情感，即便結果是以破壞告終，佃對她來說，也絕對不是萍水相逢、無足輕重的人。換個角度來想，光是佃讓她頗為徹底地從任何女人都必定會一度陷入的婚姻生活的夢想中解放出來，自己也許就應該要感謝佃。

種種來去的情感——對於佃，伸子的心情頗為平和。她回想起共苦的過去，甚至想要一同悼念那段記憶。最起碼為了彼此的回憶，她想要在最後寫一封道別的信。某天晚上，伸子滿懷追憶的感動，面對書桌。她攤開信箋，提起筆來，然而就要寫下第一個字時，她察覺令人驚愕的是，感情的門不知不覺竟整個閂死了。要從何寫起？感覺不管寫什麼，都只是可笑的、荒涼的空洞詞句。對佃小小的感情、發自真心的道別話語，只要訴諸文字，感覺都只會讓對方覺得虛假、惺惺作態。反而是過去自己對佃說過的種種怨毒的話語，一個接著一個在腦海中復甦，生動得驚人。佃回應這些冷淡嘲諷、醜陋的自暴自棄言詞，伴隨著他當時的表情眼神，彷彿要活生生地在鼓膜響起。伸子在夜晚的燈光下，恐懼地感受到語言是活的。人的一言一語，一旦說出口就有了生命。任由憤怒與怨恨驅使，對彼此所說的話，是否遲至現在才展現出撕裂彼此的威力？

——伸子沮喪地將連一個字都寫不出來的信箋仔細地撕成片片。她挪開椅子，將化成碎片的白紙從字紙簍上方撒下，走出庭院。碩大的月亮周圍籠罩著更大的月暈，草地散發出潮溼的夜晚氣味。遠方角落漆黑的偃松旁，冒出來借熱水洗過澡要走的婆婆。

「月亮真美。」

「……」

「晚安。」

「晚安。」

伸子冷然以對，那個宛如老母象的婆婆經過旁邊，刻意瞇起眼皮說：

「有首很棒的歌，說相隔兩地思念彼此時，月亮可以當作鏡子。」

婆婆伸出將溼手巾捲成一團握著的手，做出向伸子招手的可笑動作。

7

素子的來信是伸子的期待。啟程去鄉間前，出於伸子的需要，兩人相偕去了鎌倉。她有必要先去看個電影。素子也陪她去了。在鄉間一起生活的只有祖母，話題全是柴米油鹽醬醋茶，與此外的對象魚雁往來，對伸子來說逐漸成為生活上不可或缺之重了。伸子將不時充塞心胸的種種感情想法與佃的事，還有其他等等，不拘前後時序，寫在大小紙張上，寄給素子。素子亦逐一對此寫下意見回覆她。素子雖然就像伸子的第一印象那樣，感情豐富，但內在深處卻很穩重，或洞悉世情，維持著一種講求實際的均衡。對於伸子性急的感動或思索，素子一方面感到好意與滑稽，並以充滿友愛的挖苦應答。

「我覺得妳實在太不知世事了。今天的信也是，從那內容來看，妳應該也對佃懷抱過幻想。佩服我這種人，妳真是傻。任何人都不想被高高捧起，又被任意幻滅。」

又說：

「我這人很傻，但妳也夠傻了。而且是個非常精巧複雜的傻子，莫名堂而皇之地展現自己的傻氣的手段相當高明。」

伸子完全同意，再三反覆重讀素子的信，愉快地笑了。素子會依每天的心情，有時以齊一的渾圓小字仔細地寫信，有時又像鬧脾氣的孩子似地，字跡潦草粗魯，愈寫愈大。伸子懷著友愛，洞察素子表面上雖然彷彿知悉一切，卻是個人情味十足、好心腸且直率的人。伸子真心為結識素子的機緣感到喜悅。與素子新的聯繫，為伸子空洞而動輒消沉的心注入了生氣。

某天傍晚，伸子和祖母待在簷廊。祖母躺在長椅上，伸子搬出踏台坐在旁邊。兩人中午過後為了最近新雇的女傭的薪水吵了一架，才剛和好。用完午飯時，女傭說有急用，想要領薪水。這天是二十五日。原本說好用十五圓雇女傭來照顧祖母身邊瑣事，然而祖母卻突然動起吝嗇的念頭來，說家裡人這麼少，付女傭十三圓就好了。伸子說這樣不好，單純地動怒起來。但和好後兩人反倒分外親密，祖母難得安閒地向伸子道起往事來。她說很久以前，高山這戶人家有個老婆婆，聽到祖父當上參事司補，但因為重聽，訝異地問：「有三里四方這樣的職位嗎？」聽到這問題的隱居奶奶因為也耳背，一本正經地回應：「就是這樣。」七十九歲的祖母滑稽起勁地描述比自己年事更高而癡呆的兩名奶奶的對話，模仿那士兵般「是的沒錯」的口氣，逗得伸子笑了。女傭來叫晚飯，順便將兩封信遞給伸子。底下的一封是日本信封，和素子平常寄來的一模一樣。但早上才剛收到一封，因此不太可能是她，伸子納悶地翻過來一看，果然是素子的來信。日期和今早的一樣，不過是傍晚。

「二十八日我手頭的事應該會告一段落，會閒上一段日子，忽然想去妳那兒看看。若是打擾到妳就太過意不去了，如果不方便，請立刻告知我。如果方便我去，我應該會在二十八日一點出發。」

伸子邊走邊讀，這意外之喜幾乎讓她胸口疼痛起來。她一陣激動，接著興奮地想要去打電報，但總算是要自己冷靜下來，坐到餐桌旁。她亢奮地把這個消息告訴祖母。

「奶奶，有件很棒的事，二十八日吉見小姐要來作客。」

「喔——可是沒什麼好招待的，真傷腦筋。」

「那沒關係啦，她也明白鄉下不方便。」

伸子開心地拿起筷子，一股激情卻忽然衝上心頭，連嚥下去的飯都要梗在喉嚨裡。因為愈是感受到現在攫住自己的喜悅有多強烈，她便近乎悲哀而恐懼地明確認識到這五年以來，自己對喜悅是多麼地饑渴。就連朋友都能為她帶來如此莫大的溫暖喜悅，為什麼佃卻連一次都無法給她任何讓她回想起來時，能夠感受到歡喜和驕傲的喜悅？不過，動坂的娘家拒絕佃踏進這裡的鄉間別墅。但如果他有那個心，這五年來有太多機會，可以讓他在別處以微小但難忘的喜悅將伸子繫在一起。自己是如此地容易取悅，而且對喜悅饑不擇食——仔細想想，這真的毋寧是件不可思議的事。佃曾做過什麼讓她由衷感到開心、全身浸淫在他溫暖的心意裡頭的事嗎？總不可能連一樣都沒有。連一樣都沒有，這實在太教人害怕了，伸子慌張地搜尋記憶。然而她能夠回想起來的，只有為了讓對方相信她的真心而熱切說服佃的自己、竭盡全力想要好強地戰勝絕望的自己，要不然便是宛如暗火的男女之事。能夠留存在記憶中的各個場面，每一樣都伴隨著流過臉頰的淚水、流過焦黑心胸的淚水苦澀。然而在生活之中，做為主體企求掙扎的卻總是自己。

伸子回到書桌，寫了回覆素子的明信片，要女傭拿去寄，仍不斷地想著這些，感到了一股顫抖般的悲切。自從決定再也無法與佃一同生活後，伸子便明確地下定決心，絕不讓這段藉由自我的精神和肉體得到的經驗白費。她決心不讓它只是一場不幸或失敗。一定要從中得到新的收穫！因此她想要以理性的心，去綜觀或解剖以時代和性別問題為背景的自己的生活歷程。但素子無拘無束的心所洋溢的溫暖，讓伸子的感情決堤了。她認識到自己從二十歲到二十五歲，這段對任何熱情與歡喜都能夠純粹地像火焰般去接納的年輕時代，就這樣空虛而貧瘠地過去了，同時她也痛感到這些年華是這輩子一去不復返的。對生活的痛惜充斥了每一個細胞。伸子心中咒罵著佃和自己的不中用，無聲地靜靜啜泣了許久。伸子哭著，藉由哭泣一點一滴地緩和了這些苦楚，同時思考著。世上有這種感受的女人，就只有我一個嗎？自己期望得到的生活歡娛，在這個世上是極其奢侈、不該妄想去得到的嗎？——神啊，神啊！她並且質疑，自己是個誇張過分到不會有任何人來愛的女人嗎？

8

素子來的那天，伸子迫不及待地到車站去接她。午後下起了滂沱雷雨。出門的時候雨已經停了，但伸子擔心萬一從市區回去的時候，雨勢又變大，人力車不肯跑，就只能在市區過夜了，便帶了小梳子等隨身物品一起出門。去年夏季，村子的車夫家被落雷劈中，車夫因為驚嚇過度而病倒了。後來每當下起大雷雨，那名車夫就會嚇得無法動彈。如果從市區就是這樣的天候，不會有任何車夫願意冒險經過以強風聞名的街道送客到村子。

幸而歸途只有風大，沒有下雨。漆黑的夜晚道路上，只聽得到四面八方穿梭的風狂猛的呼嘯聲。素子有些不安地從前面的車子說：

「風好大，還有很遠嗎？」

「只剩下三分之一的路程了。」

伸子慢慢地、用力大聲明確地回話，聲音卻被風吹散，沒能傳進素子耳裡。

「什麼？」

她聽見素子反問的聲音，但不再說話，任憑車子搖晃。

隔天早上，素子打開東側的遮雨板，驚奇地說：

「哇！原來這裡景色這麼美。真是又把我嚇了一跳。其實昨晚我有點後悔，覺得跑來不得了的地方了。」

經過雷光和雨水洗滌後清爽的遼闊北國天空、遠方魅力十足的連峰、左邊瞭望的丘陵上可愛的森林，這些鮮活的美讓伸子也看得出神。

「空氣不一樣對吧？非常清爽、強勁對吧？」

「我沒想到Ｆ縣會有這樣的地方！」

「我只去過關西，京都，比起那邊的景色，我更喜歡這裡。妳呢？」

「那裡很平凡，是平凡的美。」

祖母出來，不停地說：

「歡迎歡迎，鄉下地方，沒什麼好招待的，真不好意思。」

伸子悄聲對素子細語：

「即使到了八十歲，還是不會忘了這種技巧呢。」

然後大笑起來。

壁櫃裡有條黑色系的深藍底綠褐粗格紋膝毯，古色古香，伸子將它鋪在庭院草皮上，兩人趴在上頭。素子發明了一個遊戲，拔掉冒出膝毯毛穗間的草葉，插進自己的細菸管頭，當成吹箭一樣玩。

「喏，借我吹吹看，我可以射得更遠。」

草太輕了，反而飛不遠。

「啊，用這種怪姿勢趴著，肩膀都痛了。」

不久後，素子翻成仰躺，交握雙手遮在額頭上，目不轉睛地眺望地平線。四下飄著芬芳的青草與陽光的氣味……伸子充滿了和平而快樂的信賴。她想起之前去鎌倉的時候，兩人一樣像這樣在飯店旁的小沙丘曬太陽的心情。只要待在素子身邊，她便感覺到踏實的舒適與平靜，覺得可以擺脫負面意義的女人味所帶來的拘束。這對伸子來說，是全然新鮮的感情。

伸子找出過世的祖父用的望遠鏡帶上，一起看雲、看山。青翠美麗的山肌透過望遠鏡一看，樹木稀稀疏疏，就像山豬的皮膚。兩人閒聊起來。嚴肅的話題、悠閒的話題、回憶，怎麼也說不盡，伸子聆聽素子真實不虛地述說過去的生活。兩人一起寄去楢崎家的信收到了回信明信片。上面寫著：

「我猜吉見小姐現在應該在那裡。如何？我的千里眼很厲害吧？」

兩人讀了明信片笑了。素子住了三天，返回東京。

素子離開前躺的長椅還擱在房間角落，上面放著羽絨被。夜裡，伸子打開房間交界的紙門，書桌所在的房間明亮，隔壁房間一片黑暗，她就在這其間來來回回，感受到活潑的生活欲望不知不覺間再次漫流全身。不自覺之間，整個人似乎都被這樣的流動所占領了。她認為一星期前接到素子要來的通知那晚，幾乎有如肉體痛楚般令她無法入睡的悲傷，反而是告知生活欲望覺醒的前兆。想要過新生活、想要找到不同的生活，先前如此渴想的時候，連它們在哪裡都不知道。然而就在不知不覺間，時機到來了。就宛如一早忽然醒來，頓時真切地感受到天地的春意般，留神四下張望，流動在自己身邊的，已不再是過去的浪潮了。這樣的感受深深地驅動了伸子。

隔天，伸子懷著更深更確實的覺悟，寫了給佃的信。一想到要寫一封富有情誼的信，寧靜的心情不再像之前的某一夜那樣氾濫決堤，而是化成了莫名整然有禮的文章。伸子看不中意，一次又一次撕掉，最後終於死了心，決定僅簡單寫下要點：她這次來到鄉間，是為了藉此做一個結束，讓彼此進入不同的生活，請他原諒她無法留在東京實現這件事，以及無法告訴他的軟弱。

「這件事從一開始就是只有我需要，你完全不認為有必要。我想現在亦是如此。但是這次請你務必同意。並且，我由衷希望我們能夠避免彼此憎恨的關係。」

她寫完後，仍注視著這兩張信箋好半晌。是感動，還是滿不在乎？她的感情狀態模稜兩可。伸子仔細地理好信箋，摺好，裝進信封，親手帶著出門去郵筒投遞。

歸途中抬頭仰望，整片天空染滿了夕照。高處飄著許多染上色彩的竹葉狀雲彩，不時有閃電掠過。桑田、防風杉林，甚至是遙遠的山脈，都迷人地融入了燦光之中。空氣透明，微風不起。身心皆順其自然地仰望著天空，「啊，這下總算卸下重擔了」的心情深刻地逼近，伸子好希望和遠方的素子為這四下的寧靜、遼闊和美麗，一同歡喜並擁抱在一起。好想去東京……她跨出步子。好想去東京……好想去。好想去。腳步愈來愈快，伸子漸漸迫不及待起來了。素子回去的那時候，如果能夠，伸子也想要一起回去。但她想到自己還沒有明確地向佃表明立場，便忍了下來。如今總算是告一段落了。即使去個東京兩、三天，也總不可能就毀掉這一個月來的忍耐。她想素子現在也許很忙，就等了幾天。即使要去東京，她也不想去常有來客、佃有可能會去的動坂娘家。她打算去找素子。然後不見任何人，僅盡情地吸收都會的熱鬧與素子那挖苦卻令人愉快的鼓舞。

伸子快步走著，忽然想到自己連一件單衣也沒有帶。在六月的東京，夾衣是穿不住的。她想到一個妙點子，便匆匆趕回家，從櫃子裡取出藍條紋夾衣，拿到住在農田對面、唱了那首「希望月亮化作鏡子」的俗謠給她聽的婆子那裡。她急切地拜託。

「這件衣服的內裡全部拆掉，縫上衣襬和衣領。在四日早上前弄好。我要把它改成單衣。」

那是一件重新染過的衣物，內裡是白的，看起來很滑稽，但伸子覺得反正外頭還會穿外套，無所謂。

9

伸子原不打算通知動坂的娘家，但是在回東京的火車上，遇到意外的對象，以致計畫生變。她用素子家附近的公共電話打給母親。她說自己在昨天傍晚回到東京，母親在懷疑的不快中帶著亢奮說：

「這樣啊……？」

「有件怪事，佃不在赤坂喔。」

伸子無法理解這是什麼意思。

「我沒有要去赤坂，我不知道。」

「妳在哪裡？」

「吉見小姐家。」

「總之佃不在赤坂。」

多計代恐嚇似地又重複這句話。

「他打過電報來，問妳什麼時候從K回來。」

母親拐彎抹角，語帶深意，伸子直截了當地說出要點。

「我在火車上遇到強斯頓先生，他說他務必想見見爸，明天會去動坂。我也會過去，到時候再聽妳說。」

母親想了一下，斬釘截鐵地說：

「妳現在過來。」

兩邊都在電話口沉默了良久。伸子說「那我過去」，便掛了電話。

伸子在計程車上搖晃著，思忖：那麼，佃是去K了嗎？他看了信，在伸子前天出發之後，昨天動身過去了吧。當然，伸子並不認為光憑那封信就可以解決一切。她可以清楚地想像佃反覆重讀那封信，得知伸子是認真的，決心動身時的心情。他一定是帶著七分不安，三分自信動身的。因為伸子提出想分手，已經是兩年前的事了。她甚至在鎌倉暫時自己租屋住，但結果還是屈服於他的淚水和當下的激情，又回去了。這次或許會更頑固些，但只要自己也帶著相應的強硬與耐性，慢慢去磨就行了。佃做為丈夫這種習慣性的態度顯而易見，伸子覺得既厭煩又氣憤，連對他某種程度公允的觀感都要失去了。她甚至湧出某種冰冷的反抗心理，想要讓他認清自己已今非昔比。

父母一臉肅穆地坐著迎接入內的伸子。佃擅自前往岳家拒絕他去的K。他拍了「伸子何時回來」的莫名其妙電報，本人卻不知去向。紛亂頻至，而且無法預測背後潛藏了什麼麻煩，讓父母蒙受坐立難安的困擾，心情大壞。伸子可以理解他們的感受，但他們彷彿與佃沆瀣一氣地斥責她、要她道歉的態度傷了她。夫妻間的糾紛不僅止於夫妻之間，甚至波及周圍，迫使她不得不暴露出可厭的內心陰霾。伸子覺得這是自己的責任，但父母那彷彿在叫她不可以愛丈夫、也不可以厭惡丈夫的微妙心態，讓她感到諷刺又可悲。

伸子說出她寄給佃的信，父母沉默了。

「這是一輩子的大事，得好好考慮過才行。而且像妳這種感情豐富的人，實在不可能一輩子一個人孤獨地過。」

多計代這才感觸良多地說。

「這我自己也清楚。論考慮，這事我已經想了一兩年，甚至更久。但撇開道理不談，我已經承受不下去了。魚不可能在沒有水的地方存活，但沒有人會說這是魚的錯吧？我想人也是有一樣的情況的。」

「我想反正應該明天就會見到，但最好還是仔細想想。雖然嗯，或許結果還是這樣比較好……」真正有勇氣的人是溫和的。希望自己也能獲得那溫和的百分之一，與佃見上最後一面。伸子懷著這樣的心情上了床。

隔天一早，來自佃的電話把伸子叫醒了。

「赤坂打來的電話。」

聽到這通知，眼皮還沒完全睜開，不舒服的心情就先掠過心胸。她為了得到平復心情的餘裕，理好衣物，前往木板地房間。

「喂。」

「喂？妳什麼時候回來？」

佃性急的、喉嚨乾燥黏滯般的聲音劈頭便刺進鼓膜。

「今天強斯頓先生要來，我要陪他喝茶。這件事完了以後——」

「妳很忙嗎？」

「……」

「這麼忙的話，隨妳有空的時候再回來吧。」

接著是「鏘」地掛電話的聲音。

伸子沒有睡回籠覺，就這樣醒著。不到一小時，赤坂又來電了。

「喂，伸子小姐嗎？」

這回不是佃，而是佃的好友織田低沉平坦的聲音。伸子不知道要說什麼好，沉默不語。

「妳幾點左右要回來？」

「應該會是八點左右。你——在那邊？」

「對，昨晚我在這裡過夜——那麼，再見。」

電話有頭無尾地掛斷了。想像佃和織田兩個男人在房間躁動不安地說著「那這次我來打吧」的光景，總覺得異樣地誇張。伸子感到羞恥極了。

10

伸子在九點多去了赤坂。

從大馬路轉角走入住戶早早就寢、沒有半個行人的陰暗巷道，佃的房間的燈光透過竹籬，明亮地灑到路面來。伸子望著這一幕，感到單衣的肩膀處微寒，打開陰暗的格子門。佃就像繃斷的弦一般衝了出來。

「伸子？」

「我回來了。」

佃彷彿等不及伸子脫下木屐，抓住她的兩手，把她拖進盡頭處沒有燈火的房間。伸子在黑暗中磕磕絆絆，撞到椅子，便順勢抓住了那把椅子。佃仍然不肯放手，一手抱著她，拖開一張椅子坐下，以瘋狂的力道緊緊地擁住了她。

「Do you still love me?」

話聲剛落，佃就像個孩子似地放聲大哭起來。他一邊哭，以自己的臉頰摩挲伸子的臉頰，撫摸她的手、肩膀、頭髮，用顫抖的大手幾乎要捏碎地撫遍她的全身。伸子一動也不動，任憑擺布。他沉重的頭沉甸甸地靠在她的胸口上。伸子感覺到源源不絕的淚水溫暖地滲透衣物，抱住他的頭，帶著悲傷，靜靜地撫摸那頭髮。眼睛熟悉黑暗後，在昏暗中看見丈夫的肩膀隨著嗚咽抽動著。伸子茫然地看著，在對自己的駭懼之中，在內心呢喃：

「啊，我沒有哭……我沒有哭……」

自己竟然沒有和丈夫一同放聲哭泣，這讓伸子驚恐不已，她忘我地撫摸他的頭。她也悲切痛苦到幾乎要因突來的惡寒與欲嘔顫抖起來，然而卻怎麼也擠不出半滴淚水。兩人非如此痛苦不可，而且死去的愛情不再復燃，就連這一切都即將要回到過去——這樣的絕望，讓伸子苦惱到幾乎要停止呼吸。

「啊……」

伸子更深地將佃的頭抱進懷裡，臉頰貼在他的髮上。

「我愛過的人！曾經那樣可愛、惹人憐愛的人，我們之間流過了多少淚水……！」

連一句話都說不出口，連淚水都流不出來，胸口痛苦僵硬，伸子幾乎要昏厥過去。她閉上眼睛，一個踉蹌。佃急忙撐住她，讓她躺下來。

佃似乎試圖以感官的暴風掠奪伸子的心，再次將她收為己有。伸子起初拒絕，但最後激烈地哭泣著，主動懷著狂暴的悲傷投入他的擁抱。她在傷害著兩人的無盡痛苦和動亂的感官火花間飄蕩著，認識到「最後」這兩個字大大地、雄辯地寫在他們這對可悲的男女身上。

隔天，佃沒有去上班。

「我去K的時候，已經請假到下星期了。因為我認為花上三天，總可以做出個了結。」

伸子感覺丈夫這次竭盡了全力——抱持著只要他竭盡全力，伸子就非回心轉意不可的確信。

這是一種囚禁。這天烏雲密布，一片悶熱，紙門卻全數拉上，兩人在狹小的書櫃前，在榻榻米上促膝對坐一整天。只有用餐的時候才起身。就連餐點，也是伸子逼不得已被迫坐在她經常一個人沉思的角落，只是翻來覆去地想著終究只有一個的答案期間，佃親自準備的。然後用完飯。這時，佃或許會柔聲或恫嚇地問她：

「我都這樣求妳了，妳還是不肯回心轉意嗎？或許我也有不好的地方，所以往後我一定會改，即使這樣，妳還是不肯跟我一起生活嗎？」

伸子無力地仰望他，問：

「你說你要改，那你哪裡不好？」

「我哪裡知道！」

佃果斷地拱肩答道。

「我不認為自己哪裡有錯，但既然妳那樣說，或許我是有不好的地方，所以我才說要改啊！」

伸子嘆氣說：

「別再這樣沒有結果地爭論下去了，好嗎？要說不好，我們兩個都有錯，吵架雙方都該罰。但至少也該像個明事理的人，別再繼續彼此傷害下去了。」

佃沉默了片刻，謹慎地說：

「從事寫作的女人，像楢崎小姐，也可以過得相當出色，妳應該也辦得到吧？而且我也和織田談過，妳那樣的苦，是我們在十五年前早就經歷過的事。」

伸子的嘴唇因苦笑而扭曲。

「你說楢崎小姐？首先，你怎麼會以為我只需要寫作就能活下去？真是太奇怪了，我在寫蹩腳的小說之前，首先是個女人，而且是全然的女人……」

「既然如此——」

佃就像哄小孩那樣撫摸著伸子的手背，說服地說。

「為什麼妳要離開如此深愛妳的我？啊！橫豎我這副身子骨也撐不了多久，至少在我死前，就陪在我身邊吧，好嗎？」

佃以含淚的雙眼看著伸子，但見她沉默不語，便換上了怨毒的表情，然後脅迫似地說：

「我在K讀了妳全部的日記。」

——他一定是氣急敗壞地四處翻找伸子離開後的書桌周邊吧。伸子能感受到他急著想要找到某些可以連結這無處發洩的狂亂不安的憎恨的石頭，或寬心的石頭。伸子把日記丟在桌上就回來了。裡面詳盡地寫下了她對素子的傾倒等情感。

「……」

佃煩躁地再揮出一擊。

「我打開櫃子，在一堆東西裡面找到妳寫回娘家的信。從那須寫的。我完全沒想到妳居然會寫出那種東西，太意外了。」

悶熱，痛苦。伸子快要神智不清了。夜晚再次降臨。佃就像撲火的飛蛾，再次於伸子身上展開雙臂。

「啊，你想怎麼樣！你到底想要把我怎麼樣！」

伸子哇哇大哭，止不住地抽泣著，昏厥過去。

同樣可怕的第二天，伸子的神經開始徹底疲勞了。到了傍晚，她懇求地對佃說：

「我說，就算我們彼此銷磨，直到發瘋，還是一樣的。與其鬧到不可挽回的地步，為何不在更早之前就正視我的真心呢？你總是不當一回事，認定不管我再怎麼痛苦，就是離不開你……」

「我不知道女人怎麼樣，但男人只要結了婚，就再也沒辦法一個人了，這不是指肉體上的意義——」

「或許是這樣吧……但你真正需要的是一個做妻子的女人。你只是認為我是你的妻子，所以不能放我走罷了，那不一定非要是伸子不可。絕對不是因為是伸子，所以不能讓我走……」

佃惡狠狠地瞪著伸子，確定地問：

「那，無論如何妳都不願意就是了？」

伸子點了點頭。

「無論如何？」

「對，無論如何……」

「好！我就想聽妳這句話！」

佃凶猛地站起來，從桌上一把抄來紙筆。

「來吧，既然決定了，就把家裡的東西都列出來吧。」

佃在白色信箋中央畫了條橫線，上面寫下T（佃），下面寫下N（伸子）的首字母。

「那麼，書桌——妳要吧？椅子，我也實在太可憐了，就留個三把給我吧。還有櫃子——」

佃面無血色，臉頰看起來整個凹陷了。握筆寫字的食指力道大得恐怖，伸子出了神地看著。分家私……拿走家私……心都碎了，家私卻還留著……多麼醜惡、可厭的移交手續啊。伸子覺得這實在太難看了，多希望這瞬間所有家私全都消失不見算了，無恥！

「不用寫了，我什麼都不要。只要有書和陶器……」

佃一把擲下筆。

「啊，要是爸知道了，一定……」

他用力抓頭，哭了起來。伸子覺得那動作有些假惺惺。在兩人的關係中，父母的力量曾經有過任何助益嗎？儘管如此，她的眼眶卻湧出冰冷的淚，滑下臉頰，滴落在膝上。

佃搖搖晃地走著，從儲藏室拿來鐵絲剪。他走出簷廊，在固定於角落的小鳥籠前蹲了下來。紅雀和十姊妹對著他振翅。佃看了片刻，喃喃道：

「啊啊，這種東西也沒用了！」

接著用剪刀開始剪網子。從伸子坐的地方，可以看見網子「啪啦」、「啪啦」地逐漸捲起。小鳥們被突來的變動驚嚇，縮在角落，哀傷地尖叫著。剪出一個大洞後，佃拍打網子後方。一隻十姊妹就像飛石一般，從破口飛向了庭院。接著是紅雀，然後是剩下的十姊妹。有的停在近旁簷廊下一叢瑞香的枝條上，有的飛到更遠的梅樹樹梢，彷彿難以相信突然被釋放的寬闊空氣與自由，吱吱啼叫著。結果一隻十姊妹不知在想什麼，忽然飛回到簷廊來了。牠的頭一歪又一歪，看著破開的網，一蹦一跳，又鑽回籠裡了。佃和伸子不知不覺間都被鳥的動作吸引，佃看到十姊妹意外的回歸，突然一把揪住伸子的手，幾乎要捏碎。

「啊！啊！連鳥都知道要回來……而妳……而妳……」

苦澀湧上心頭，伸子別開目光。誰願做籠中鳥——？她是這樣的心情。伸子的視線，注視的是傍晚的天空。背對都會向晚的混濁蛋黃色天空，庭院的松樹顯得黝黑。極鮮明、極清楚地，連一根根的松葉，都是黑色的。

宮本百合子年表

一八九九年	出生	二月十三日，出生於東京市小石川區（現在的東京都文京區）。
一九〇五年	六歲	十月，全家搬家到北海道，至三歲期間都在札幌生活。 進入東京市本鄉區駒本尋常高等小學校就讀。父親前往英國留學。 九月，日俄戰爭結束。
一九〇七年	八歲	六月，父親歸國。
一九一二年	十二歲	進入東京女子師範學校附屬高等女學校就讀。暑假時開始試著撰寫小說，仿作與野謝晶子的《口語譯源氏物語》，創作長篇小說《錦木》。
一九一四年	十五歲	七月，第一次世界大戰爆發。
一九一六年	十七歲	進入日本女子大學英文科就讀，一個學期後休學。根據每年回福島縣外婆家的經驗，創作長篇小說《貧窮的人們》。 九月，《貧窮的人們》連載於《中央公論》雜誌。
一九一七年	十八歲	一月，小說《太陽光輝燦爛》、《大地豐饒》發表於《中央公論》雜誌；小說《三郎爺》發表於《東京日日新聞》；散文〈一芽之生〉發表於《新日本》雜誌。 《貧窮的人們》由玄文社出版。
一九一八年	十九歲	單行本《一芽之生》作為新潮社「新進作家叢書」之一出版。

一九一九年	二十歲	七月，《彌宜樣宮田》發表於《中央公論》雜誌。 九月，和父親前往美國紐約留學。 十一月，第一次世界大戰結束。在紐約旅館的陽台上見證歐洲大戰停戰當天的景象。 在哥倫比亞大學當旁聽生，結識荒木茂，與荒木茂結婚。 十一月，〈美麗的月夜〉發表於《中央公論》雜誌。 十二月，回國。
一九二四年	二十五歲	春天，在野上彌生子的介紹下與湯淺芳子相識，開始撰寫長篇小說《伸子》。 夏至秋季這段期間，與荒木茂離婚。 九月，《伸子》開始在《改造》雜誌連載。
一九二六年	二十七歲	《伸子》連載完結。
一九二七年	二十八歲	一月，短篇小說〈一太與母親〉發表於《女性》雜誌。 七月，短篇小說〈高台寺〉發表於《新潮》雜誌。 九月，短篇小說〈未開拓的風景〉發表於《婦人公論》雜誌。 十月，短篇小說〈帆〉發表於《文藝春秋》雜誌。 十二月，與湯淺芳子前往蘇聯旅行，二十五日抵達莫斯科。
一九二八年	二十九歲	《伸子》由改造社出版。 八月，弟弟英男自殺。
一九二九年	三十歲	一月，因膽囊炎入院莫斯科大學第一附屬醫院。 五月，前往柏林、維也納、巴黎、倫敦等地觀光。
一九三〇年	三十一歲	十一月，從莫斯科回到東京。 十二月，加入全日本無產者藝術團體協議會作家同盟。
一九三一年	三十二歲	一月，成為同盟中央委員。

		九月，組織婦人委員會，向農村婦女提倡文學。 十月，加入日本共產黨。全日本無產者藝術團體協議會作家同盟更名為日本無產階級文化聯盟。 十一月，以勞動婦女為讀者的刊物《職業婦女》發行，擔任責任編輯。
一九三二年	三十三歲	二月，與宮本顯治結婚。 四月，宮本顯治遭檢舉，轉為地下活動。開始撰寫長篇小說《一九三二年的春天》。 十月，《職業婦女》、《無產階級文化》、《無產階級文學》等左翼雜誌遭到激烈反彈停刊。
一九三三年	三十四歲	因為政府對左翼的鎮壓，幾乎無法從事文學活動。 十二月，宮本顯治遭檢舉為「日本共產黨內奸查問事件」主謀而入獄。
一九三四年	三十五歲	一月，遭檢舉入拘留所。 二月，日本無產階級文化聯盟解散。 六月，因母親病危從拘留所釋放，但半年的拘留生活已嚴重危害健康。
一九三五年	三十六歲	四月，短篇小說〈乳房〉發表於《中央公論》雜誌。 五月，再度遭到檢舉。 十月，小說《突堤》發表於《中央公論》雜誌。因「從事日本共產黨外圍團體無產階級作家同盟活動及宣傳共產主義」遭起訴。
一九三六年	三十七歲	一月，父親過世。 六月，判決結果入獄兩年，緩刑四年。
一九三七年	三十八歲	六月，小說《貓車》發表於《改造》雜誌；評論〈山本有三氏的境地〉發表於《文藝雜誌》。 小說集《乳房》由竹村書房出版；評論集《日夜隨筆》由白揚社發行。
一九三八年	三十九歲	一月，被迫禁止發表作品至隔年春天。
一九三九年	四十歲	三月，撰寫小說《那一年》，遭禁止發表。 十一月，短篇小說〈杉垣〉發表於《中央公論》雜誌。

一九四〇年	四十一歲	一月，執筆短篇小說〈朝之風〉，發表於《日本評論》雜誌十一月號。 三月，撰寫短篇小說〈過去發生的火災〉，發表於《改造》雜誌四月號。 小說集《朝之風》由河出書房出版。
一九四一年	四十二歲	二月，再度被迫禁止發表作品。 十二月，太平洋戰爭爆發，開戰隔天遭檢舉入拘留所。
一九四二年	四十三歲	七月，在東京拘留所因中暑昏倒，停止拘留出獄。
一九四四年	四十五歲	六月，宮本顯治的公審開始。 十二月，宮本顯治第一審判無期徒刑。
一九四五年	四十六歲	九月，第二次世界大戰結束。 十月，治安維持法廢止，宮本顯治得到釋放。 十二月，與宮本顯治前往松江市、米子市、大阪、山口市等地演講。
一九四六年	四十七歲	與壺井榮、佐多稻子、山本英安等人共同組織婦人民主俱樂部。 一月，為《新日本文學》雜誌撰寫創刊序文〈歌聲啊，響起吧〉。 七月，開始執筆小說《播州平野》，連載於《新日本文學》雜誌。 九月，小說《風知草》開始連載於《文藝春秋》雜誌。
一九四七年	四十八歲	一月，小說《兩個院子》開始連載於《中央公論》雜誌。 十月，開始執筆小說《道標》，連載於《展望》雜誌。
一九五〇年	五十一歲	十月，《道標》第三部完結。
一九五一年	五十二歲	一月二十一日，因電擊性髓膜炎菌敗血症去世。

日本近代文學大事記

一八八五年	明治十八年	四月，坪內逍遙的文學論述《小說神髓》出版，講述近代小說的理論與方法，提出寫實主義，影響了之後的日本近代文學。 五月，尾崎紅葉、山田美妙、石橋思案、丸岡九華等人成立文學團體硯友社，推崇寫實主義，創刊日本近代第一本文藝雜誌《我樂多文庫》。
一八八六年	明治十九年	四月，二葉亭四迷發表文學理論〈小說總論〉，補充了《小說神髓》的不足之處，兩者皆為對於日本近代小說的重要評論。 七月，谷崎潤一郎出生於東京市（現東京都）。
一八八七年	明治二十年	六月，二葉亭四迷發表長篇小說《浮雲》，此作以言文一致的筆法寫成，宣告日本近代文學開始。
一八八八年	明治二十一年	十二月，菊池寬出生於香川縣。
一八八九年	明治二十二年	一月，饗庭篁村、山田美妙等十四名文學同好共同編輯文藝雜誌《新小說》。同月，夏目漱石初識正岡子規，開始進行創作。 四月，尾崎紅葉出版《二人比丘尼色懺悔》，登上硯友社主導地位。 五月，夏目漱石於評論子規《七草集》時首次使用漱石的筆名。 九月，幸田露伴的小說《風流佛》出版。明治二十年代，幸田露伴與尾崎紅葉並列為兩大代表作家，文壇稱作「紅露」。 十一月，泉鏡花入尾崎紅葉門下。

一八九〇年	明治二十三年	一月，森鷗外發表短篇小說〈舞姬〉，對之後浪漫主義文學的形成有極大影響。
一八九二年	明治二十五年	三月，芥川龍之介出生於東京市（現東京都）。
一八九三年	明治二十六年	一月，島崎藤村與北村透谷創刊文學雜誌《文學界》，以浪漫主義為主，對抗當時主導文壇的硯友社。
一八九四年	明治二十七年	八月，甲午戰爭爆發。 十二月，樋口一葉接連創作出〈大年夜〉、〈濁流〉、〈青梅竹馬〉、〈岔路〉和〈十三夜〉等，轟動文壇。此時至一八九六年一月，後世評論者稱之為「奇蹟的十四個月」。
一八九五年	明治二十八年	一月，學術藝文雜誌《帝國文學》創刊。 四月，甲午戰爭結束。 六月，泉鏡花於純文學雜誌《文藝俱樂部》發表短篇小說〈外科室〉，帶起甲午戰爭後的觀念小說風潮。 十二月，金子光晴出生於愛知。
一八九六年	明治二十九年	一月，森鷗外、幸田露伴、齋藤綠雨創辦雜誌《醒草》，提倡近代詩歌、戲劇的改良。 十一月，樋口一葉逝世。
一八九八年	明治三十一年	一月，國木田獨步於雜誌《國民之友》發表小說〈武藏野〉，以浪漫派作家身分展開創作生涯。 三月，橫光利一出生於福島。 十二月，黑島傳治出生於香川縣。
一八九九年	明治三十二年	五月，壺井榮出生於香川縣。 六月，川端康成出生於大阪市。
一九〇〇年	明治三十三年	四月，與謝野鐵幹和與謝野晶子創立《明星》詩刊，傳承浪漫派精神。
一九〇三年	明治三十六年	三月，國木田獨步發表小說〈命運論者〉，此作與十月發表的小說〈老實人〉筆法轉向寫實，為開啟自然主義派先鋒之作。

		十月，尾崎紅葉逝世。 十二月，小林多喜二出生於秋田縣。
一九〇四年	明治三十七年	二月，日俄戰爭爆發。
一九〇五年	明治三十八年	一月，夏目漱石於《杜鵑》發表〈我是貓〉，大獲好評。 七月，蒲原有明發表詩集《春鳥集》，引領日本現代詩的象徵主義。同月，石川達三出生於秋田縣。 九月，日俄戰爭結束。
一九〇六年	明治三十九年	三月，島崎藤村自費出版小說《破戒》。此作與夏目漱石的《我是貓》並譽為二十世紀初寫實主義的雙璧。 十月，坂口安吾出生於新潟縣。
一九〇七年	明治四十年	一月，在森鷗外的支持下，上田敏等人成立文藝雜誌《昴星》，標誌著新浪漫主義的衍生。 九月，田山花袋於雜誌《新小說》發表小說〈棉被〉，為自然主義的先驅，也是私小說的起點之作。 十月，小山內薰創刊《新思潮》雜誌，引介歐美戲劇以及文藝動向，隔年三月停刊。
一九〇八年	明治四十一年	六月，國木田獨步逝世。
一九〇九年	明治四十二年	三月，大岡昇平出生於東京市（現東京都）。 五月，二葉亭四迷逝世。 六月，太宰治出生於青森縣。
一九一〇年	明治四十三年	四月，志賀直哉、武者小路實篤、有島武郎、有島生馬創刊《白樺》雜誌，提倡新理想主義和人道主義。 五月，永井荷風創辦雜誌《三田文學》。 六月，社會主義者策畫暗殺明治天皇，政府大肆搜捕社會主義者和無政府主義者，史稱「大逆事件」。幸德秋水與同夥遭逮捕審判，翌年判處死刑。

		九月，以小山內薰為首，集結谷崎潤一郎、和辻哲郎、後藤末雄等人第二次創立《新思潮》雜誌。 十月，山田美妙逝世。
一九一二年	大正元年	一月，德田秋聲的《黴》出版單行本，獲得空前的評價。一九一〇年發表的小說《足跡》也趁勢出版。兩部作品令德田秋聲奠定自然主義的地位。
一九一四年	大正三年	二月，山本有三、豐島與志雄、久米正雄、芥川龍之介、松岡讓、菊池寬等人第三次創立《新思潮》雜誌。久米正雄發表〈牛奶場的兄弟〉，豐島與志雄發表〈湖水與他們〉，皆為新思潮派的代表作。 七月，第一次世界大戰爆發。
一九一五年	大正四年	十月，芥川龍之介於雜誌《帝國文學》發表〈羅生門〉。在松岡讓的介紹下入夏目漱石門下。
一九一六年	大正五年	二月，菊池寬、芥川龍之介、久米正雄、松岡讓和成瀨正一等人第四次創立《新思潮》雜誌。芥川龍之介的短篇小說〈鼻〉受到夏目漱石激賞。 十二月，夏目漱石逝世。
一九一七年	大正六年	二月，萩原朔太郎自費出版第一本詩集《吠月》，獲得森鷗外讚賞，開拓象徵詩派的新領域。
一九一八年	大正七年	十一月，第一次世界大戰結束。同月，武者小路實篤於宮崎縣木城村發起「新村運動」，建立勞動互助的農村生活，實踐其奉行的人道主義。
一九二一年	大正十年	一月，志賀直哉開始於《改造》雜誌連載小說〈暗夜行路〉。 二月，小牧近江、今野賢三、金子洋文創刊雜誌《播種人》，鼓吹擁護蘇俄的共產革命，劃下無產階級文學時代的開始。
一九二二年	大正十一年	菊池寬創刊《文藝春秋》，致力於培養年輕作家。
一九二三年	大正十二年	一月，菊池寬創立文藝春秋出版社。 九月，關東大地震後，政府趁動亂鎮壓左翼運動者，社會主義評論家大杉榮遭憲兵隊殺害，無產階級文學運動暫時受挫停擺。谷崎潤一郎舉家從東京遷至京都。

一九二四年	大正十三年	六月，《播種人》改名《文藝戰線》復刊。 十月，橫光利一、川端康成、今東光、石濱金作、片岡鐵兵、中河與一等人創刊雜誌《文藝時代》，主張追求新的感覺。雜誌第一期揭載橫光利一的短篇小說〈頭與腹〉促成「新感覺派」的開始。
一九二五年	大正十四年	一月，三島由紀夫出生於東京市（現東京都）。 十二月，《文藝戰線》雜誌集結無產階級文學雜誌、學者，成立「日本無產階級文藝聯盟」，使無產階級文學得以迅速發展。
一九二六年	昭和元年	十一月，無產階級文學運動第一次內部分裂。「日本無產階級文藝聯盟」內部實行改組，改名為「日本無產階級藝術聯盟」。遭排除的非馬克思主義者另立「無產派文藝聯盟」，創立雜誌《解放》。
一九二七年	昭和二年	二月，芥川龍之介於文學講座上公開批評谷崎潤一郎的小說，展開一連串芥川與谷崎的小說藝術爭論。兩人於《改造》雜誌上撰文駁斥對方引發筆戰，直至七月芥川自殺。 五月，《文藝時代》宣布停刊。 六月，葉山嘉樹、林房雄、藏原惟人、黑島傳治、村山知義等人遭「日本無產階級藝術聯盟」剔除，另組「勞農藝術家同盟」。 十一月，藏原惟人退出「勞農藝術家同盟」，另組「前衛藝術家同盟」。
一九二八年	昭和三年	三月，藏原惟人為了讓無產階級文學運動者不再分裂對立，結合「日本無產階級藝術聯盟」、「勞農藝術家同盟」等團體組成「日本左翼文藝家」，之後誕生「全日本無產者藝術聯盟」。 五月，濟南事件。 六月，中村武羅夫公開發表評論〈是誰踐踏了花園！〉，公開抨擊無產階級文學。 十二月，「全日本無產者藝術聯盟」創立文藝雜誌《戰旗》，迎來無產階級文學的高峰。
一九二九年	昭和四年	三月，小林多喜二完成小說〈蟹工船〉，發表於《戰旗》雜誌。此作為無產階級文學的代表作，受到國際高度評價。 十月，橫光利一、川端康成、犬養健、堀辰雄等人創刊《文學》雜誌。

一九三〇年	昭和五年	十二月，中村武羅夫、川端康成、龍膽寺雄、淺原六朗、嘉村礒多、久野豐彥、岡田三郎、飯島正、加藤武雄、權崎勤、尾崎士郎、佐佐木俊郎、翁久允等人組成「十三人俱樂部」，號稱「藝術派十字軍」。 四月，以「十三人俱樂部」為中心，吸收其他現代主義派作家如舟橋聖一、阿部知二、井伏鱒二、雅川滉，成立「新興藝術派俱樂部」，公開反對馬克思主義，取代新感覺派，成為文壇上最大宗的現代藝術派別。 七月，小林多喜二因〈蟹工船〉遭到當局以不敬罪起訴，遭捕入獄。 十一月，黑島傳治發表以濟南事件為題材的長篇小說《武裝的城市》，遭當局禁止發行。
一九三一年	昭和六年	十一月，「全日本無產者藝術聯盟」底下的專業同盟與其他無產階級文化團體合併為「日本無產階級文化聯盟」，創辦《無產階級文化》雜誌。
一九三二年	昭和七年	三月，保田與重郎創刊《我思故我在》，反對無產階級派和現代藝術派，主張回歸日本傳統，為「日本浪漫派」之前身。
一九三三年	昭和八年	二月，小林多喜二遭當局逮捕殺害。 五月，室生犀星、井伏鱒二等人成立「秋聲會」，島崎藤村並成立「德田秋聲後援會」鼓勵創作低迷的德田秋聲。 十月，小林秀雄、林房雄、武田麟太郎、川端康成、廣津和郎、深田久彌、宇野潔二等人重新創立新《文學界》雜誌。另一方面，舟橋勝一、阿部知二成立《行動》雜誌。 十二月，《無產階級文化》發行最後一期，隔年「日本無產階級文化聯盟」被迫解散。
一九三五年	昭和十年	二月，坪內逍遙逝世。同月，直木三十五逝世。 四月，菊池寬為紀念好友芥川龍之介與直木三十五，創立「芥川賞」與「直木賞」。前者為鼓勵純文學新人作家，後者則是給予大眾作家的榮譽肯定。第一屆芥川賞頒予石川達三的〈蒼氓〉，直木賞得獎作家為川口松太郎。

一九三六年	昭和十一年	二月，陸軍中「皇道派」的青年軍官率領數名士兵，刺殺「統制派」政府官員，包含兩任前首相，並且一度占領東京。後來遭到撲滅。此政變又稱「帝都不祥事件」。 三月，武田麟太郎、本庄陸男、平林彪吾等人創立《人民文庫》，獲得無產階級派作家的支持。另一方面，保田與重郎、神保光太郎、龜井勝一郎、中島榮次郎、中谷孝雄、緒方隆士等人創刊《日本浪漫派》雜誌，伊東靜雄、太宰治、檀一雄等人也加入其中。
一九三七年	昭和十二年	四月，永井荷風出版小說《墨東綺譚》，此作體現荷風小說的深沉內涵，也流露出對時局的消極反抗。 十二月，日軍占領中國南京。
一九三八年	昭和十三年	二月，菊池寬以促進文藝發展、表彰卓越作家為目的，成立日本文學振興會。 三月，石川達三目睹南京大屠殺慘況後，寫成小說《活著的士兵》，發表後遭當局判刑。
一九三九年	昭和十四年	九月，第二次世界大戰爆發。同月，泉鏡花逝世。
一九四一年	昭和十六年	十二月，太平洋戰爭爆發。
一九四三年	昭和十八年	八月，島崎藤村逝世。 十月，黑島傳治逝世。 十一月，德川秋聲逝世。
一九四五年	昭和二十年	八月，日本宣布無條件投降。 十二月，以秋田雨雀、江口渙、藏原惟人、德永直、中野重治、藤森成吉、宮本百合子等戰爭期間遭受鎮壓的無產階級作家為中心，組成「新日本文學會」。
一九四六年	昭和二十一年	一月，荒正人、平野謙、本多秋五、植谷雄高、山室靜、佐佐木基一、小田切秀雄等人創刊《近代文學》，提倡藝術至上主義，邁開戰後文學第一步。 五月，太宰治在《東西》雜誌發表無賴派宣言：「我是自由人，我是無賴派。」無賴派因此得名。 六月，坂口安吾《墮落論》出版。 七月，谷崎潤一郎重新執筆因戰爭而停止連載的小說《細雪》，至隔年三月共完成三冊。

一九四七年	昭和二十二年	七月，太宰治於《新潮》雜誌連載小說《斜陽》，同年十二月出版。 十二月，橫光利一逝世。
一九四八年	昭和二十三年	五月，太宰治完成《人間失格》。此作與《斜陽》皆為無賴派體現於小說創作上的代表作。 六月，太宰治自殺。同月，菊池寬逝世。
一九五〇年	昭和二十五年	六月，韓戰爆發。
一九五一年	昭和二十六年	一月，大岡昇平於《展望》雜誌發表〈野火〉，隔年出版，成為戰爭文學代表作之一。
一九五二年	昭和二十七年	二月，壺井榮於基督教雜誌《*New Age*》連載小說《二十四隻瞳》，同年十二月出版。
一九五三年	昭和二十八年	七月，簽署停戰協定。韓戰結束。
一九五八年	昭和三十三年	一月，大江健三郎於《文學界》發表短篇小說〈飼育〉，同年獲得芥川賞，是當時有史以來最年輕的受獎者。
一九五九年	昭和三十四年	四月，永井荷風逝世。
一九六五年	昭和四十年	七月，谷崎潤一郎逝世。
一九六八年	昭和四十三年	十月，川端康成以《雪國》、《千羽鶴》及《古都》等作品獲得諾貝爾文學獎，為歷史上首位獲獎的日本人。
一九七〇年	昭和四十五年	十一月，三島由紀夫發動政變失敗後自殺。
一九七一年	昭和四十六年	十月，志賀直哉逝世。
一九七二年	昭和四十七年	四月，川端康成逝世。

作者簡介

宮本百合子

一八九九年出生於東京。本名是中条百合，父親是農學校講師，母親是出身貴族女學校的名媛，宮本自小就受歐美思想薰陶，學習鋼琴，也經常觀賞戲劇、美術館的繪畫作品。十七歲時進入日本女子大學就讀，並在《中央公論》雜誌發表小說《貧窮的人們》，受到文壇矚目，並稱她為「天才少女」。

一九一八年，宮本與父親一同赴美，隔年她在哥倫比亞大學當旁聽生，和年長十五歲的學者荒木茂結婚。然而宮本婚姻生活並不順遂，五年後，她和荒木離婚，隨即在友人的引介下與俄國文學研究家湯淺芳子展開同居生活。她將這段婚姻過程寫成長篇小說《伸子》，被譽為是「日本近代文學的第一級作品」。

一九二七年，宮本與湯淺前往蘇聯、歐洲旅行，傾倒於馬克思主義。宮本回國後就開始參與無產階級文學運動，加入無產階級作家同盟，並成為日本共產黨的一員。一九三二年，她與共產黨員宮本顯治結婚，隔年宮本顯治就因「日本共產黨內奸查問事件」而入獄。宮本顯治入獄期間，宮本為了表示自己與獄中的丈夫在同一陣線，將筆名冠上夫姓，正式使用宮本百合子這個名字。

二次大戰結束後，宮本與中野重治等人共同創立新日本文學會，致力於推行文藝運動與婦女運動。代表作《風知草》、《播州平野》、《道標》等作品也於此時完成。在長篇巨作《道標》完成後的隔年，一九五一年，宮本因病過世，享年五十二歲。宮本的作品從《伸子》開始，便體現一個主題：自由。她在創作中帶入自身經歷，領先時代提倡女性解放，更是日本戰後的民主主義文學、抵抗文學開創先鋒。

譯者簡介

王華懋

專職譯者，譯有數十本譯作。近期譯作有《今晚，敬所有的酒吧》、《便利店人間》、《無花果與月》、《戰場上的廚師》、《花與愛麗絲殺人事件》、《破門》、《一路》、《海盜女王》等。

譯稿賜教：huamao.w@gmail.com

幡 007 **伸子**

作者	宮本百合子
譯者	王華懋
封面設計	王志弘
校對	呂佳真
責任編輯	謝佩芃
國際版權	吳玲緯
行銷	蘇莞婷、黃俊傑
業務	李再星、陳紫晴、陳美燕、馮逸華
副總編輯	巫維珍
編輯總監	劉麗真
總經理	陳逸瑛
發行人	涂玉雲
出版	麥田出版 地址：10483台北市中山區民生東路二段141號5樓 電話：(02)2500-7696 傳真：(02)2500-1967
發行	英屬蓋曼群島商家庭傳媒股份有限公司城邦分公司 地址：10483台北市中山區民生東路二段141號11樓 網址：www.cite.com.tw 客服專線：(02)2500-7718｜2500-7719 24小時傳真專線：(02)-2500-1990｜2500-1991 服務時間：週一至週五09:30-12:00｜13:30-17:00 劃撥帳號：19863813 戶名：書虫股份有限公司 讀者服務信箱：service@readingclub.com.tw
香港發行所	城邦（香港）出版集團有限公司 地址：香港灣仔駱克道193號東超商業中心1/F 電話：+852-2508-6231 傳真：+852-2578-9337
馬新發行所	城邦（馬新）出版集團【Cite (M) Sdn. Bhd.】 地址：41-3, Jalan Radin Anum, Bandar Baru Sri Petaling, 57000 Kuala Lumpur, Malaysia. 電話：+6(03) 9056 3833 傳真：+6(03) 9057 6622 讀者服務信箱：services@cite.my
麥田部落格	http://ryefield.pixnet.net
印刷	漾格科技股份有限公司
初版	2019年12月
售價	480元
ISBN	978-986-344-691-0

國家圖書館出版品預行編目(CIP)資料

伸子／宮本百合子著；王華懋譯. -- 初版. -- 臺北市：麥田出版：家庭傳媒城邦分公司發行, 2019.12
面；　公分. --（幡；RHA007）
譯自：伸子
ISBN 978-986-344-691-0（平裝）
861.57　　108014414

城邦讀書花園
www.cite.com.tw

Printed in Taiwan.
本書若有缺頁、破損、裝訂錯誤，請寄回更換。